遇见，醉美古诗词

景青 著

唤醒现代人沉睡的诗性和情感，给你想要的诗歌和远方

历代古诗词 精华结集

重温三千年来的浅斟低唱和黄钟大吕
邂逅春花秋月里的浪漫美好及质朴沧桑

长江出版传媒 | 长江文艺出版社

图书在版编目（CIP）数据

遇见，醉美古诗词 / 景青著. -- 武汉 ：长江文艺出版社，2018.4
·（浪漫古典行. 唯美卷）
ISBN 978-7-5702-0017-7

Ⅰ. ①遇… Ⅱ. ①景… Ⅲ. ①古典诗歌－鉴赏－中国 Ⅳ. ①I207.2

中国版本图书馆 CIP 数据核字(2017)第 293587 号

责任编辑：张远林　　责任校对：陈　琪
封面设计：仙境设计　　责任印制：邱　莉　杨　帆

出版：长江出版传媒　长江文艺出版社
地址：武汉市雄楚大街 268 号　　邮编：430070
发行：长江文艺出版社
电话：027—87679360
http://www.cjlap.com
印刷：今印印务有限公司

开本：640 毫米×970 毫米　1/16　印张：20.5　插页：1 页
版次：2018 年 4 月第 1 版　　2018 年 4 月第 1 次印刷
字数：302 千字

定价：38.00 元

目　录

先秦

汉魏六朝

唐五代

宋

元明清

·先秦·

周南·关雎

《诗经》

关关雎鸠，在河之洲。窈窕淑女，君子好逑。
参差荇菜，左右流之。窈窕淑女，寤寐求之。
求之不得，寤寐思服。悠哉悠哉，辗转反侧。
参差荇菜，左右采之。窈窕淑女，琴瑟友之。
参差荇菜，左右芼之。窈窕淑女，钟鼓乐之。

【译文】鱼鹰儿关关和唱，在河心小小洲上。好姑娘苗苗条条，哥儿想和她成双。

水荇菜长短不齐，采荇菜左右东西。好姑娘苗苗条条，追求她直到梦里。

追求她成了空想，睁眼想闭眼也想。夜长长相思不断，尽翻身直到天光。

长和短水边荇菜，采荇人左采右采。好姑娘苗苗条条，弹琴瑟迎她过来。

水荇菜长长短短，采荇人左捡右捡。好姑娘苗苗条条，娶她来钟鼓喧喧。

【赏析】《诗经》以一首素朴无华的《关雎》为开端，徐徐打开了人类绚烂悠长绵延千年以至于无穷的情爱画卷。此后，或是浓墨重彩，或是淡笔写意，或是点染，或是工笔，各逞其态，各极其美，却怎么也无法撼动《关雎》——这幅素朴、诚恳的开篇画卷的地位。它的素朴和诚恳，散发着诱人的气息，让人身不由己地陷入其中，感受着它的美好与温暖。

也只有这种至诚至简，才能驾驭至繁至复。

汉代的解经者说它写的是“后妃之德”，司马迁说“《易》基乾坤，《诗》始《关雎》”，他认为此诗奠定了人道之大伦。但我更愿意相信它就是一首情歌。

几千年前的那名男子，因为目睹了一双关雎的耳鬓厮磨，青春的情愫便不可遏制地萌发了，一道爱情的闪电划破了西周子民原本沉睡粗粝的内心，于是波涛汹涌，于是百转千回，于是第一首情歌随着漂泊的荇菜在古老的河滨荡漾。

他目睹了“关关雎鸠，在河之洲”之欢悦，他便萌发了“窈窕淑女，君子好逑”之情愫，带着青春的逼人气息，带着原始的真诚憧憬，他陷入了对伊的单恋之中。“参差荇菜，左右流之。”荇菜左右流之，漂泊不定，像极了那个神秘却又散发着无法抗拒之魅力的窈窕淑女。他想靠近她，她却瞻之在此，忽焉在彼。距离产生了美，憧憬让他无法平息内心的狂热，寤也求之，寐也求之，夜复夜兮旦复旦。他的目光，径自循着伊人的芳踪，她是他的指南针。

荇菜被伊人“左右采之”，又“左右芼之”，从掬之在手到捧之在怀，距离越来越近，他对伊人的渴望也越来越深。他从辗转反侧的煎熬哀伤中看得更远了。想象着若这份相思得到回应，他一定琴瑟友之，钟鼓乐之。琴瑟的悠扬和谐，是他浪漫的期许；钟声的庄重神圣，是他质朴的承诺。一颗诚诚恳恳的心，在憧憬着一个诚诚恳恳的梦。

是情歌也好，是人伦大德也罢，这些都不重要。重要的是当他们彼此凝视的那一刻，他的心中有了爱，他的世界立刻变得温暖起来，他的生活也从此呈现出异彩。活着，也因此而有了意义。而这种发自内心的爱、憧憬和力量，是维系着所有人世间美好的根本。

周南·桃夭

《诗经》

桃之夭夭，灼灼其华。之子于归，宜其室家。

桃之夭夭，有蕡其实。之子于归，宜其家室。

桃之夭夭，其叶蓁蓁。之子于归，宜其家人。

【译文】三月桃花千万朵，色彩鲜艳红似火。这位姑娘要出嫁，喜气洋洋归夫家。

五月桃树美如画，果实累累大又多。这位姑娘要出嫁，早生贵子后嗣旺。

七月桃树美如画，绿叶茂盛永不落。这位姑娘要出嫁，齐心协手家和睦。

【赏析】《桃夭》之意义，在于提出了一个千古命题：怎样的女子才是好女子？台湾作家萧丽红在《千江有水千江月》中说："闺女是世界的源头，未来的国民之母。"因为，"女儿因负有生女教子的重责，可就关系人根、人种了"。

《桃夭》将外在的美艳同内在的智慧集中到同一个女子身上，给千百年后的中国女性树立了一个难以超越的标准。

外在的是"桃之夭夭，灼灼其华"。即将出嫁的少女，她的美丽如同桃花。"灼灼"二字，真是明艳照人。清代学者姚际恒称，此诗"开千古词赋咏美人之祖"，诚非过誉。内在的是"之子于归，宜其室家"，那姑娘今朝出嫁，将把欢乐和美带给她的婆家。一个好女子，预示着一个幸福、和美的家庭。

"桃夭"作为一个审美范畴，传达了春秋时期美的观念。这种美的观念，是真善美的三位一体。因而仅有"灼灼其华"的"目观"之美还不够，还要"有蕡其实"——绵延子嗣的实用之"善"，还要"其叶蓁蓁"，使家庭永葆昌盛之"真"。唯如此，才算是"宜其室家"，才算得上美丽的少女、合格的新娘。

《礼记·大学》引《桃夭》时云："宜其家人，而后可以教国人。"如此看来，"宜家"便是"宜国"。

王风·采葛

《诗经》

彼采葛兮，一日不见，如三月兮！
彼采萧兮，一日不见，如三秋兮！
彼采艾兮！一日不见，如三岁兮！

【译文】那人正在采葛藤。一天不见她，就像过了三月整。
那人正在采香蒿，一天不见她，就像三季那么长。
那在正在采苍艾。一天不见她，就像熬过三年来。

【赏析】一天，简直是生命里最短的计量单位，短到你简直都不能感觉到它的流逝。佛经谓："二十念名为一瞬顷，二十瞬名为一弹指。"弹指间，一天的光阴已如空花般消逝。然而，有时一天却长到不可思议。"一日不见，如三秋兮！"如果你有着如葛一般期待采摘的心情，则你的思念如弹指顷，将往生彼国。

那是怎样的一天？是一位痴情男子想念那采葛的爱人，在彷徨中挨过的一天，人世平凡简短的一天。《采葛》幽幽地叹息，将男子最简单的思念再三敷陈：心中只有她，没有光阴。这样的一首歌，将情人间的相思写得浅白而又感人至深。读来极虚诞，却并不夸张。

如果千生万世前真是一体的两半，便分开一瞬，也有无法言喻的痛苦。纵告别生生世世，也要千山万水寻了去。何况，她是他心仪已久的女子。昨日刚刚有过幸福而甜蜜的相会。

临别之际，她告诉他，今日她将同墟里的姐妹去数里之外采葛。因而，他早早便起，想一早赶过去。

《采葛》表现的只是凶猛急切的相思情绪，但旧说随意性很大。《毛诗序》以为是"惧谗"，所谓"一日不见于君，忧惧于谗矣"。朱熹《诗集传》则斥为"淫奔"之诗，说"采葛所以为，盖淫奔者托以行也。故因以指其人，而言思念之深，未久而似久也"。姚际恒、方玉润、吴闿生一致认为是怀友忆远之诗，方氏申述说：“夫良友情亲如夫妇，一朝远别，不胜相思，此正交情深厚处，故有三月、三秋、三岁之感也！”

近人则多主恋歌说。《采葛》写的想必是不能考证的许多年前的一个男子，在春秋朴素庄重的气息里，热烈想念他爱着的女子。因他竟夕相思，故而感觉一天的光阴竟有三个月、三个秋天、三年那样漫长。

我们甚至可以猜测，他的想念如此惊天动地，竟然令那女子手中采摘的葛都感应到了。那原本无情无义的葛藤，竟从此有了渴念的心情，令后世每个采割它的人，都染上了思念。

于是，同样的思念，便如葛藤一般，千年之下，缠绕至今。(何灏)

郑风·子衿

《诗经》

青青子衿，悠悠我心。纵我不往，子宁不嗣音？
青青子佩，悠悠我思。纵我不往，子宁不来？
挑兮达兮，在城阙兮。一日不见，如三月兮。

【译文】 青青是你的衣领，长长的挂在我的心。纵然我还不能去，你为什么不寄个音？

青青是你的佩带，长长的是我的想念。纵然我不能去，你为什么不来？

你轻快地往来啊，登在城楼上啊。一天不看见你，如同隔了三个月啊。

【赏析】 诗词的流传往往难以守住一条固定的线索，在行进之中，超出或离开原意，都很平常。如同这首《子衿》。我们对《子衿》的印象，也许更多是来自曹操的《短歌行》。这位三分天下有其一的枭雄，在他的诗作里将《诗经·郑风·子衿》中的儿女私情扩而为求贤若渴的君心。

《郑风·子衿》中，是女子在对爱人无限思念中的嗔语。她怨道：“青青子衿，悠悠我心。纵我不往，子宁不嗣音?”那穿着青青的衣领的男子啊，深深萦回在我的心灵。虽然我不能去找你，你为什么不主动给我音信?

曹操在诗作中化用想念爱人的悠悠之心，既表达了望天下贤才皆归于己的野心，又传递了对贤才的深情和想念。其深细婉转之用心，其铿锵有力之表达，打动了古往今来多少有志之士的芳心。然而，与三国时代投靠曹操意欲建功立业的将帅们不同的是，《子衿》中的那名男子，却不解风情，空留那可爱的女子独自想念。

那时节，一对相爱的男女相约在城楼相会。然而，当女子赶到约会地点，时辰已过，她的爱人，因她久候不至，已经怅然离去了。也许女子的迟到是有预谋的，她要男子因为等待的煎熬而更感到相逢的喜悦；也许，女子是无心的，她少女的芳心因会面而慌张，无意中流连而耽误了时间。无论如何，她的爱人失却了耐心，已然离去。这失算的女子只得呆呆地在城楼上坐下来，等候她的爱人返身。然而她的爱人却迟迟没有出现。孤单的女子不禁抱怨爱人：纵然我不曾如约去会你，难道你便就此音信断绝?她怨，然而又急切期待。

于是，等待中，他的影像自她眼中浮现出来——“青青子衿”，青衿是男子父母健在者之服。他是个穿着青色领襟的衣衫的、生机盎然模样俊俏的少年。此刻，他正在她心里青涩而迷人地微笑，他的微笑勾起了女子对于过往的记忆。那些小小的甜蜜，如同蓓蕾初放的喜悦。于是，她一动不动，在这样的彻悟中忧心忡忡地等待下去。

每个人一生中，想必都有过这样的哀怨与等待。每个人都有过这样彷徨而美丽的青春。(何灏)

唐风·绸缪

《诗经》

绸缪束薪，三星在天。今夕何夕，见此良人？子兮子兮，如此良人何？

绸缪束刍，三星在隅。今夕何夕，见此邂逅？子兮子兮，如此邂逅何？

绸缪束楚，三星在户。今夕何夕，见此粲者？子兮子兮，如此粲者何？

【译文】缠绕着捆柴薪，三星在天上明。今夜是何夜，见到这个好人？你啊你啊，像这样的好人怎么办啊？

缠绕着捆青草，三星在屋角光皓。今夜是何夜，见这个不约人来得巧？你啊你啊，像这样不约的人怎样办啊？

缠绕着捆荆条，三星在户梢。今夜是何夜，见到这美同胞？你啊你啊，像这样的美人怎样办啊？

【赏析】束薪，捆住的柴草，喻婚姻甜蜜，缠绵不解。《诗经》中的“薪”都比喻婚姻：“三百篇言娶妻者，皆以析薪取兴。盖古者嫁娶以燎炬为烛。”这是美妙的比喻，以烛之温暖和悦，象征新婚的如胶似漆，也象征今生今世，甘苦与共。

《绸缪》描写新婚之夜的缠绵与喜悦。诗借“束薪”作象征，用“三星”作背景，以明亮的星图照亮新婚夫妇的爱恋。“今夕何夕？”“如此良人何？”反复的慨叹，是不能置信又生怕是梦。人生的初见，常伴随不敢相信的惶惑。总会反复地问自己：你是不是真的属于我？那时，会生出强大的自私，将你的灵魂至躯体，全部据为己有。而另一个人，更以俘虏的身份自喜。人生的盲目以此为甚。当此之时，女子必低头轻呼：“如此良人何？”

那一刻的感情便极绸缪。

至于自此之后，跟前的这个人会变成附骨之疽，生长在自己的衣食住行里，那种侵略是否意味着真正的占领，谁也难以说清。唯一可以肯定的是，这种附着，在最初莫不心甘情愿。

从爱情到婚姻，绝对是种转变。虽不至天翻地覆，却也有穿透灵魂的裂变。新婚便是这场转变的纪念。纪念过去的浓烈，开启今后的平淡。

绸缪是新婚的基本形态，是感情最浓，也将开始变淡的时光。“情到浓时情转薄”。一份感情，好到不能再好，便要开始变化了。这是万物的定律，没有解药。

激情的强度如果持续太久，也许会招致覆灭。在应当释放时释放，则那些过往的绸缪，都会在今后长成枝繁叶茂。如盖的爱之树，才能庇佑一生的风雨艳阳。因而，绸缪理应如此缠绵，如此婉转，如此一唱三叹，如此百转千回。必得今夕如此浓烈，才能共度今后漫长的柴米油盐。所有今日积淀的，都是为了此后繁复不可知且充满不测的人生。

是为未雨绸缪。(何灏)

秦风·蒹葭

《诗经》

蒹葭苍苍，白露为霜。所谓伊人，在水一方。
溯洄从之，道阻且长。溯游从之，宛在水中央。
蒹葭萋萋，白露未晞。所谓伊人，在水之湄。
溯洄从之，道阻且跻。溯游从之，宛在水中坻。
蒹葭采采，白露未已。所谓伊人，在水之涘。
溯洄从之，道阻且右。溯游从之，宛在水中沚。

【译文】河边芦苇青苍苍，深秋露水结成霜。我所怀念的心上人啊，就在河水那一方。

逆流而上去找她，道路险阻又漫长。顺流而下去找她，仿佛就在水中央。

河边芦苇一片片，清晨露水尚未干。梦牵魂萦的心上人啊，就在河的那一边。

逆流而上去找她，道路险阻又艰难。顺流而下去找她，仿佛就在水中洲。

河边芦苇密稠稠，清晨露水未全干。苦苦寻觅的意中人啊，就在岸的那一头。

逆流而上去找她，道路险阻又难求。顺流而下去找她，仿佛就在水中滩。

【赏析】《蒹葭》是这样一首诗，每个人都从中捡拾自己的眼泪，用诗意面对感情的失却，并获得慰藉。《诗小序》说："《蒹葭》，刺襄公也，未能用周礼，将无以固其国焉。"然而我情愿相信它不过是一首最美丽的情诗。这个世间，如此不切实际而又无上美丽的，唯有爱情。

《蒹葭》描绘了一场浪漫悠久的寻找。这是一场贯穿整个人类史的具有普遍意义的寻找。

寻找真理，寻找真爱，寻找心灵的故乡，寻找风沙过后那些纯真的足迹，寻找黝黑面孔下那些对于爱的领悟。到最后，梦境已不可考，寻找已经成为唯一有意义的举动。谁也不知道，谁在寻找谁。

只知那时秋风湿润，芦苇摇曳。那孤独的追寻者，正一如既往地在苦苦地穿越。这是没有方向的穿越："溯洄从之，道阻且长。溯游从之，宛在水中央。"他似乎看到了那灵光，然而伸出手去，它又自指缝间流失，转瞬不见。他在烟雨中踽踽而行，他在恍惚中徘徊不定。那个身影若有若无，如雾如电。有时近在咫尺，他仿佛只要再跨越一步便能靠近。等他靠近，佳人又远在那水之滨。他停息下来，那召唤又在耳畔悄然响起。他在这样的若即若离中寻找了一生。

只是寻找，没有停止。只是寻找，没有悲哀。正如《人间词话》所说："《诗经·蒹葭》一篇，最得风人深致。"这种风致，难以言说，唯有曾经寻找过的人才能恍然大悟。所有的快乐都在那没有尽头的寻找里。

其实，《蒹葭》之美，正在乎其永远在水一方。如同那“出淤泥而不染，濯清涟而不妖……可远观而不可亵玩焉”的莲，因其最终不可靠近，才散发着永恒的魅力。(何灏)

郑风·出其东门

《诗经》

出其东门，有女如云。虽则如云，匪我思存。缟衣綦巾，聊乐我员。

出其闉阇，有女如荼。虽则如荼，匪我思且。缟衣茹藘，聊可与娱。

【译文】走出那东门，有姑娘多得像云。虽则多得像云，不是我想念中人。只有那位白衣青巾，姑且是我喜爱的人。

走出曲城的重门，有姑娘多得像白茅花。虽则多得像白茅花，不是我牵挂中人。白衣红巾的那位，姑且可以同她相配。

【赏析】这一首诗是专情的赞歌。男子唱道：虽然身旁美女如云，但心中始终只有你。弱水三千，我只取一瓢饮。

关于此诗的解释仍然存有分歧。诗序叙述了此诗的背景：“《出其东门》，闵乱也。公子五争，兵革不息，男女相弃，民人思保其室家焉。”针对这个解释，清姚际恒《诗经通论》曰：“小序谓‘闵乱’，诗绝无此意。按郑国春月，士女出游，士人见之，自言无所系思，而室家聊足娱乐也。”

可见，此诗所展示的不过是红男绿女于红尘中交错而过的一个场景。这是充满诱惑的场景：千门如昼，钿车罗帕，嬉笑游冶。“出其东门，有女如云”、“出其闉阇，有女如荼”。一众青春貌美的女子施施然而来，红装浅黛眉，眼波流慧，顾盼生姿，“乱花渐欲迷人眼”。

男子当然也被这样铺天盖地的美丽震住。

然而，叹则叹矣，男子清醒地知道，这些美丽不过是风景。你哒哒的马蹄是美丽的错误，“我是过客，不是归人”，因为“虽则如云，匪我思存”“虽则如荼，匪我思且”。再巧夺天工的美丽，虽然碰巧被我见到了，但不属于我，我又何必沾沾自喜？

因为，男子早已名花有主。他心灵的主人是那位“缟衣綦巾”“缟衣茹藘”的她。据朱熹考证，“缟衣綦巾”“缟衣茹藘”，均为“女服之贫贱者”。原来捆绑他心扉的，竟是一位素衣绿巾的贫贱女子。贫未必贱，素殆的躯壳反而更易绽放清新的心香。在那样的绽放之下，一切艳妆都将黯然失色。在男子心里，她的美好胜过那些莺莺燕燕千倍万倍。

千江有水千江月，对智者而言，一瓢之中已知天下。足矣。

邶风·式微

《诗经》

式微，式微！胡不归？微君之故，胡为乎中露！
式微，式微！胡不归？微君之躬，胡为乎泥中！

【译文】天要晚啦，天要黑啦，为啥不回家？要不是官家事儿多，咱哪会露水珠儿夜夜驮。

天要晚啦，天要黑啦，为啥不回家？要不为主子养贵体，咱哪会浑身带水又拖泥。

【赏析】式微，式微，胡不归？落日熔金，暮色四合，夜色一丝一丝逼近。等待的心，一寸一寸收紧，一点一点下沉。从安静地等，到仓皇地张望，到焦虑地寻找，被忧虑、猜测、期望、失落、恐惧种种情绪噬咬着的心，再也无法安宁。强作镇定，此刻是再也无法掩饰了。远处依旧没有那个熟悉的身影，她的优雅与贞静仓皇败北，最后化作一声声急切的呼号：“式微，式微，胡不归？”天晚啦，天黑啦，你为何还不归？

“微君之故，胡为乎中露！”“微君之躬，胡为乎泥中！”原来，是那高高在上的王，是那身如草芥之人的命，让出门在外的君子，在暮色低垂的归家时刻，陷入泥途中，立于风露里，有家也不得回。

对诗中的这个女子来说，生活的温馨和幸福不过在于：有个人能在黄昏里归来，然后在流连的暮色里和你坐在桌前，喜悦安静地咀嚼着食物，咀嚼着日子的滋味。对诗中的这个男子来说，幸福就是能回家，看着她精心为他准备的一桌子饭菜还有她倚于暮色中见到他时一脸的满足与欢欣。也许，他们的家很简陋。不过一间不宽敞的房屋，不过一扇斑驳的木门，不过几棵苍苍的桑木或是杞树。他远远望见，却心生温暖。抚摸着熟悉的门板，闻着熟悉的饭菜香，他知道家正在等着他的拥抱。

“式微”后来成为一个固定的词。此诗中“式微”指天色渐晚，主旨是一个女子在日暮黄昏时分，对服役在外的丈夫发出“胡不归”的深深呼唤。汉代解经者总是穿透诗歌的普泛日常意义，将其上升到劝贤士归来的政治层面上，虽有一层华丽神圣的光环，却失了它朴素本性的美好。因此，后来“式微”一词又成了“归隐”的象征。王维《渭川田家》有：“即此羡闲逸，怅然吟式微。”它成了中国传统文人在入世与出世、仕与隐、江湖与庙堂之间苦苦徘徊后，所选择的最后心灵归宿。

经过现代人的演绎，“式微”又成了衰落、衰败的象征。从丰裕跌落到贫乏，从高贵跌落到卑下，从繁华跌落到荒凉，从兴盛跌落到败亡，皆为“式微”。

世态与人心，被“式微”两个字写尽了。

郑风·女曰鸡鸣

《诗经》

女曰鸡鸣，士曰昧旦。子兴视夜，明星有烂。将翱将翔，弋凫与雁。

弋言加之，与子宜之。宜言饮酒，与子偕老。琴瑟在御，莫不静好。

知子之来之，杂佩以赠之。知子之顺之，杂佩以问之。知子之好之，杂佩以报之。

【译文】女人说鸡叫，男人说天刚刚亮。你起来看夜空，启明星有光亮。翱翔翱翔，射野鸭与雁子还早。

射中了正好，给你烹饪从早。应该用来下酒，同你白首到老。琴和瑟在弹奏，一切安静而美好。

知道你慰问我，送你杂佩不算宝。知道你顺着我，送你杂佩问你好。知道你恩爱我，送你杂佩用来报。

【赏析】如果这尘世还有什么是最简朴热烈的幸福，想来便是听到鸡鸣便醒，然后兴致勃勃同相亲相爱的人过平凡快乐的日子。日复一日，永不厌倦。

鸡鸣声才起，妇人已侧身倾听，身畔是熟睡的夫君，正自梦中微笑。妇人轻轻推他：鸡叫了。他半梦半醒回答，转头又欲睡去。妇人含笑阻止了他的睡眠，男子睁开眼，顺着妇人的眼光向窗外望去。满天都是星光。男子不舍温柔时光，借口天色尚早，不能射野鸭和雁子，想赖床。

接下来夫妇之间一问一答还在继续。妻作了一个假设，劝夫起来射猎，这样就可以给丈夫做一顿调和了百味的早餐。热乎乎的饭菜和酒香中，妻调琴鼓瑟，这样的日子和睦而美好。好得让人情不自禁地希望时光永远停留在这一刻，希望就这样牵着彼此的手，一直到白头。夫也用一个假设作答，他是贴心的。他说知道妻的体贴、妻的柔顺、妻的挚爱，他无以为报，只能用杂佩来表达他的心头好。一问一答，如一出波澜有致的小戏，层层推进，而夫妻彼此间绵绵情意便如层层波澜，直入人心，将你揉碎淹没。

我们可以接着设想后面的剧情：男子负箭在背，纵身上马绝尘而去。他离去的一瞬，马蹄卷起的菖蒲花散落一地。妻温柔的目光一直追随着他的身影，甚至在他打猎的过程中。心中有爱，心中有你。

男耕女织，琴瑟和谐，席上是家酿的米酒和充满馨香的稻粱。这便是幸福。幸福的容易，在它存乎日常。只要有心，俯拾皆是。彼此珍惜，便可岁月静好。纵然粗制草创，纹饰简陋，那鸡鸣声中是热乎乎的真实的幸福。这种简单的幸福，对现代人来说，几乎是一种奢侈。

唐风·蟋蟀

《诗经》

蟋蟀在堂，岁聿其莫。今我不乐，日月其除。无已大康，职思其居。好乐无荒，良士瞿瞿。

蟋蟀在堂，岁聿其逝。今我不乐，日月其迈。无已大康，职思其外。好乐无荒，良士蹶蹶。

蟋蟀在堂，役车其休。今我不乐，日月其慆。无已大康，职思其忧。好乐无荒，良士休休。

【译文】蟋蟀在堂屋，一年快要完。今我不寻乐，时光去不返。不可太享福，本职得承担。好乐事不误，贤士当防范。

蟋蟀在堂屋，一年将到头。今我不寻乐，时光去不留。不可太享福，其他得兼求。好乐事不误，贤士该奋斗。

蟋蟀在堂屋，役车将收藏。今我不寻乐，时光追不上。不可太享福，多将忧患想。好乐事不误，贤士应忧心。

【赏析】一只蟋蟀，引发了一场关于生命的思索。

流年似水，太过匆匆。转瞬间，已是“蟋蟀在堂，岁聿其莫”。姹紫嫣红的春天尚在记忆里留着余温，惊回首，已到了岁末。“今我不乐，日月其除。”“今我不乐，日月其迈。”“今我不乐，日月其慆。”浮生若梦，为欢几何？“其除”“其迈”“其慆”的时光洪流滚滚向前，我要用怎样的步子，才能将你追上？我要用怎样的方式，才能不负这如逝水般苦短的时光？

一个声音在心中响起：人生苦短，何不秉烛游，何不及时行乐？对酒当歌，方不负春风秋月的脉脉情深。另一个声音在心中响起：“无已大康，职思其居。”“好乐无荒，良士瞿瞿。”不要太享福了，该预防的要预防，该奋斗的要奋斗，人无远虑，必有近忧。所以，享乐而不为乐所享，役物而不役于物，乐而不淫，哀而不伤，才不负君子良人之本色。

活在当下与未雨绸缪，原是天平的两端，缺了哪一端，生命都会倾斜。漫漫人生路，不过是在这两端寻求一种平衡的艺术。几千年前的今天，一只蟋蟀，让人捕捉到了其中的玄机，窥探到了生命的秘密。

这只蟋蟀，在《诗经》众多的昆虫里，不是最华丽的，也不是最奇特的，却是最能触发人情思的一只，最有泥土气息的一只，最与人亲近的一只。《诗经·豳风·七月》：“七月在野，八月在宇，九月在户，十月蟋蟀入我床下。”就是这一只蟋蟀，诗人余光中说：“在海外，夜间听到蟋蟀叫，就会以为那是在四川乡下听到的那一只。”它唤起的不只是时光之慨、生命之思，还有一种浓浓的故园情。

九歌·少司命

屈原

秋兰兮麋芜[1]，罗生兮堂下。绿叶兮素枝，芳菲菲兮袭予[2]。夫人自有兮美子，荪何以兮愁苦[3]？秋兰兮青青，绿叶兮紫茎。满堂兮美人，忽独与余兮目成[4]。入不言兮出不辞，乘回风兮载云旗。悲莫悲兮生别离，乐莫乐兮新相知。荷衣兮蕙带，儵而来兮忽而逝[5]。夕宿兮帝郊，君谁须兮云之际[6]？与女游兮九河[7]，冲风至兮水扬波。与女沐兮咸池，晞女发兮阳之阿[8]。望美人兮未来，临风怳兮浩歌。孔盖兮翠旌，登九天兮抚彗星。竦长剑兮拥幼艾[9]，荪独宜兮为民正[10]。

【注释】①麋芜（mí wú）：即“蘼芜”，香草名。②袭：香气扑人。③荪（sūn）：石菖蒲，一种香草，这里是对少司命的美称。④目成：通过眉目传情，结成亲好。⑤儵（shū）：同“倏”，迅疾的样子。⑥须：等待。⑦女：通“汝”，你。⑧晞（xī）：晒干。⑨竦（sǒng）：执持。幼艾：少艾，美丽的少女（少男）。⑩民正：人民命运的主宰神。

【赏析】《九歌》是屈赋中最精、最美、最富魅力的诗篇，一般认为，《九歌》共有十一篇，《少司命》是其中的一篇。

根据古人的说法，屈原对楚地祭祀乐歌进行了改编与加工，写成格调高雅的诗歌，这就是我们今天看到的《九歌》。实际上，屈原只是借用了祭祀的躯壳，比如祭祀场景、歌唱形式、神灵之名等等，来抒写全新的思想情感内容。

少司命是什么神呢？是恋爱女神，或者说得古雅而郑重些，是高禖之神。所以她在诗中是一位年轻貌美的女子，屈原用奇情壮采的文笔和瑰丽奇特的想象，把这个少女缠绵悱恻的爱情写得荡气回肠，实际上是借神灵的外衣来写人间的故事。

少司命正当青春，拥有尘世未有的美丽，而情窦未开。人间的少男少女都有自己心爱的人，只有她还没有品尝过爱情的甜蜜，因而感到愁苦。满堂的美人中，忽然有个男子与她眉目传情。“入不言兮出不辞，乘回风兮载云旗”，仅此两句，已经写尽爱情的滋味与刹那的恍惚。“悲莫悲兮生别离，乐莫乐兮新相知”，这样的情话谁写得出？无怪乎其为千古情语之祖。后边的故事既精彩又老套，妆容，约会，等待，怨念，倏然而来，忽然而逝，送之不及，望之未来，不胜离合悲欢之感，唯有临风恍然，发为浩歌而已。这人间的悲喜剧！

九章·橘颂

屈原

后皇嘉树，橘徕服兮①。受命不迁，生南国兮。深固难徙，更壹志兮。绿叶素荣，纷其可喜兮。曾枝剡棘②，圆果抟兮③。青黄杂糅，文章烂兮。精色内白，类可任兮。纷缊宜修，姱④而不丑兮。嗟尔幼志，有以异兮。独立不迁，岂不可喜兮？深固难徙，廓其无求兮。苏世独立，横而不流兮。闭心自慎，不终失过兮。秉德无私，参天地兮⑤！愿岁并谢，与长友兮。淑离不淫⑥，梗其有理兮。年岁虽少，可师长兮。行比伯夷，置以为像兮。

【注释】①服：适应。②曾：通“層”，层。剡（yǎn）：尖，锐利。③抟（tuán）：圆。④姱（kuā）：美好。⑤参：与天地配合，合而为三。⑥淑离：明亮美好的样子。淫：动摇。

【赏析】橘真的是天地间最固执的树。

《晏子春秋》记载：“橘生淮南则为橘，生于淮北则为枳。”这种在南方的土地上能结出又大又甜美果实的树木，当它被强行迁徙到北方后，便只肯回报苦涩的枳实。

它的固执，同屈原的择善固执一般，“虽体解犹未悔兮”，——“独立不迁，岂不可喜兮”，因而得到屈原特别的敬重，并写下中国文学史上第一首咏物诗《橘颂》来赞美它，“后皇嘉树”橘的固执在屈原眼中变成美好。

《橘颂》里提到的伯夷是大丈夫。在屈原看来，橘是另一个伯夷，而伯夷是另 枝橘。

伯夷是饿死的，和他一起被饿死的，还有他的胞弟。伯夷名叫墨胎氏允，是商朝末年孤竹国的王子。他是老大，孤竹国王死后，因为跟弟弟墨胎氏智互相礼让王位，最终一齐流亡，过着惨淡而坦然的生活。

孔融让梨被称道了千年，然而，让一只梨是容易的，因为那好处毕竟有限。让一个国家就很难了，荣华富贵，权势利益，都在一鞠之间烟消云散。墨胎氏允让了，墨胎氏智也让了，“富贵不能淫”，他们双双奉上到手的富贵，自降为百姓，在北海之滨同普通东夷人一起晒着太阳。

当周文王的仁义跨越北海的风浪到达东夷时，这两个墨胎氏动了向往之心，仁义即是故乡，于是他们星夜启程，打算去投奔远在西方的故乡。他们历尽艰险，载欣载奔，最后被一队马车拦住了去路。来的是周武王，文王去了，武王正用他的暴力去征服纣王的暴力。

两个墨胎氏听说此事，面面相觑，惊呆了。等他们醒悟过来，两位仁义之士当即叩马而谏，周武王并没有听进去，不仅如此，他甚至动怒要斩之。愤怒的允和智并没有退缩，他们“威武不能屈”，怒目而叱。在姜尚的劝解下，大失所望的两个墨胎氏逃脱了武王的震怒，垂头丧气地离开了。

公元前 1046 年，周武王灭了商纣，建立了周朝。允和智眼见“普天之下，莫非王土”，为了坚持自己的仁孝理想，终于找了一座不姓周的山坡定居，是为首阳。两个墨胎氏在山上采薇而食，饥肠辘辘而不改变，“贫贱不能移”，自始至终不肯吞下半颗周粟，直到生命的结束。

允谥号伯夷，智谥号叔齐，他们同屈原一样，都是橘。“深固难徙，廓其无求兮。苏世独立，横而不流兮。闭心自慎，不终失过兮。秉德无私，参天地兮。”无欲则刚，以心为舵，绝不随波逐流。

孔子赞其“求仁而得仁……奋乎百世之上，百世之下，闻者莫不兴起也，非圣贤而能若是乎”！

橘是天地间最美好的树。（何灏）

渔父

屈原

屈原既放，游于江潭，行吟泽畔，颜色憔悴①，形容枯槁②。渔父见而问之曰："子非三闾大夫欤！何故至于斯？"屈原曰："举世皆浊我独清，众人皆醉我独醒，是以见放。"渔父曰："圣人不凝滞于物，而能与世推移。世人皆浊，何不淈其泥而扬其波③？众人皆醉，何不哺其糟而歠其醨？何故深思高举，自令放为？"屈原曰："吾闻之，新沐者必弹冠，新浴者必振衣；安能以身之察察，受物之汶汶者乎④？宁赴湘流，葬于江鱼之腹中。安能以皓皓之白，而蒙世俗之尘埃乎！"渔父莞尔而笑，鼓枻而去⑤，乃歌曰："沧浪之水清兮，可以濯吾缨；沧浪之水浊兮，可以濯吾足。"遂去，不复与言。

【注释】①颜色：面色，气色。②形容：形态，容貌。③淈（gú）：搅混。④汶汶（mén）：污浊的样子。⑤鼓枻（yì）：划桨泛舟。

【赏析】当渔父跻身时清时浊的沧浪波涛边，欢天喜地沐冠浴足的那一刻，屈原已经转身"赴湘流，葬于江鱼之腹中"。

水的浑浊，不过是改变了渔父清洗的部位："沧浪之水清兮，可以濯吾缨；沧浪之水浊兮，可以濯吾足。"所以，他选择了欢天喜地地生。但对有"洁癖"的屈原而言，面对浊流，"安能以身之察察，受物之汶汶者乎？""安能以皓皓之白，而蒙世俗之尘埃乎！"因而他选择了悲愤地死。

屈子的倔强固执与渔夫的从容洒脱，各擅其美，谈不上好坏对错，道不同而已。

在渔父眼中，肮脏与圣洁他都“莞尔”接受，他认为世界本来如此，没有这些分界。屈原则不同，他怀揣非此即彼的信仰，正道直行，因此，肮脏和圣洁在他那里有明确的分界，他痛苦地感到“举世皆浊我独清，众人皆醉我独醒”，因此他选择了自我放逐，去殉他的理想。

故而，渔父“遂去”，去往不见人烟的深山，或是熙熙攘攘的人世。无论华灯初上，抑或灯火阑珊，他“淈其泥而扬其波”“哺其糟而歠其醨”，永远淡淡地行走在战国喧嚣的土地上。

于是，屈原“深思高举”，“颜色憔悴，形容枯槁”，弹冠振衣，终赴湘流，让楚地那滔滔的汨罗江水去洗净胸中块垒。

有人说，《渔父》并非屈原之作品。其实，是不是出自屈原之手有何关系？在历史的长河中，我们每个中国人都既是屈原，又是渔父。我们既随波逐流又不容于世，我们既想独栖山谷、清癯地绽放，又要抱持高尚的理想、在艰难的旅途中坚定前行。生存的模式是万状的，我们要看的是千奇百怪的风景。（何灏）

·汉魏六朝·

大风歌

刘邦

大风起兮云飞扬，威加海内兮归故乡，安得猛士兮守四方！

【赏析】刘邦打败项羽建立汉朝之初，一些部队或部属都伺机叛乱。这首诗是他平定淮南王英布叛乱后，顺道回自己的家乡——沛县，与乡民一面酒酣沉醉，一面击筑而歌时所作。

诗歌在踌躇满志的欢欣背后隐藏着不易觉察的悲哀和忧虑。如果说项羽的《垓下歌》表现了失败者的悲哀，这首《大风歌》则表达了胜利者的悲哀。他得意而不忘形，以一个醒者的目光烛照未来——得江山不易，守江山更难。对于能否守住，他是充满忧虑的。

“大风起兮云飞扬”，风起云涌既有包举宇内的不凡气象，也预示着群雄竞逐、天下纷乱的情状，而他，正是这个乱世竞逐中的胜者！所以，“威加海内”是顺理成章的，但这个结果却充满偶然。这一点他一定是清楚的，他就像一个身无分文的乞丐，竟然凭借双手得了天下，这件事本身就充满神奇，不可思议。所以“归故乡”对他来说意味深长，既是宣威于四海之内，又有衣锦还乡之意。接下来第三句“安得猛士兮守四方”，突然透露出对前途未卜的焦灼和忧虑，就是可以理解的了。

英雄心里永远是江山，是对千秋万代的责任。所以，刘邦对能否有人来保卫这泱泱大汉天下感到深深忧虑——“安得猛士兮守四方”，这既是疑问，又是希冀。他自己不能得到答案，历史伟人在面对永恒时空的一刹那，感到深深的怅惘。也难怪史书记载，刘邦在边唱边舞之际，不禁“慷慨伤怀，泣数行下”了！

北方有佳人

李延年

北方有佳人，绝世而独立。
一顾倾人城，再顾倾人国。
宁不知倾城与倾国？佳人难再得！

【赏析】 当得起佳人之称的女子委实不多，何况是可以倾城倾国的佳人。人们都说这位北方佳人指的是汉代乐官李延年的妹妹李夫人。

《汉书·外戚传》记载：“（李）夫人兄延年性知音，善歌舞，武帝爱之。每为新声变曲，闻者莫不感动。延年侍上，起舞歌曰：‘北方有佳人，绝世而独立。一顾倾人城，再顾倾人国。宁不知倾城与倾国？佳人难再得！’上叹息曰：‘善！世岂有此人乎？’平阳主因言延年有女弟。上乃召见之，实妙丽善舞，由是得幸。”

此后，李夫人成为汉武帝最为宠幸的女人。她患病后，一直不让汉武帝近身探视。一直到死，她仍以一个娇艳如花的佳人形象活在汉武帝心中，直到永久。这样的女子，真是聪慧的佳人。

只是，李夫人真的是歌中所唱的“佳人”吗？也许当佳人从传说走向现实，她已失却了那份遗世独立的脱俗之美。歌中的佳人不应属于凡尘，她就像海市蜃楼一样，炫人耳目，却又瞬间消失。那次回眸，仅仅是一个无意的偶然。至于因她这惊鸿一瞥，使世间激起了多少波澜，引起了多少纷争，都被她抛在身后。我喜欢看你们为我争斗，为我倾城倾国，可是倾国倾城与我何干？

可以倾城倾国的佳人到底有多美，李延年并没有告诉我们，也许她是如同庄姜一样“手如柔荑，肤如凝脂……巧笑倩兮，美目盼兮”；也许她又像宋玉的邻家女子一样“增之一分则太长，去之一分则太短”；也许她与引起特洛伊战争的海伦一样，可以令人受尽磨难，仍然无怨无悔。我们的想象有多丰富，佳人就有多美。

佳人在这里，不是具体所指，没有清晰面容，她是我们这尘世疲惫生活中永远的幻梦。

长歌行

汉乐府

青青园中葵，朝露待日晞[①]。
阳春布德泽[②]，万物生光辉。
常恐秋节至，焜黄华叶衰[③]。
百川东到海，何时复西归？
少壮不努力，老大徒伤悲。

【注释】①晞（xī）：露水被太阳晒干。②布：布施，给予。③焜（kūn）黄：花叶枯黄貌。华：同“花”。

【赏析】小孩子不好好读书的时候，常被长辈谆谆告诫：“少壮不努力，老大徒伤悲。”这句似乎含有道德教训意味的话，的确是被人们说烂了，也被我们听厌了。

实际上，这首诗并不是拿来教训小孩子的，而是一个成熟的善感的人在观察了天地万物的荣枯之后，从心底发出的一声惊叹，这声惊叹即是他对生命的思考。秋葵长在园中，是那样郁郁青青，叶子上的露水，等着晨曦来晒干。阳光洒满大地，万物一片光辉灿烂。这是多么美好的时刻啊！假如人生是一株秋葵的话，那么，当它是青青的时候，它的光辉灿烂一定会十倍百倍于秋天吧。但是，时节是无情的，天地是无情的，万物荣枯的规律是无情的，当秋天一到，秋葵的花叶也将萎谢枯黄。人的一生，不也像这株秋葵一样吗？

那么，秋葵的荣枯是可逆的吗？它是一个轮回吗？带着深深的遗憾，诗人质问天地，也质问自己。他看着千万条河流，回答了自己：河流啊，你一个劲地向大海流去，什么时候才会流回来呢？可有谁看见过你流回来的那一刻？年轻时的光辉灿烂如果错过了，那么，到老就只能悲伤叹息了。时光是一支箭，只向前飞，永不回返。它只会老去，但永不会欺骗我们。你有怎样的付出，它便给你怎样的回报。

上邪

汉乐府

上邪！我欲与君相知，长命无绝衰。山无陵，江水为竭，冬雷震震，夏雨雪，天地合，乃敢与君绝！

【赏析】与文人诗词喜欢描写少女初恋时的羞涩情态相反，在民歌中最常见的是以少女自述的口吻来表现她们对于幸福爱情的无所顾忌的追求。这首诗属于汉代乐府民歌中的《鼓吹曲辞》，是一位心直口快的北方姑娘向其倾心相爱的男子表白爱情。

首句“上邪（yé）”是指天为誓，犹言“天啊”！古人敬天畏命，非不得已，不会冒犯上天的威严。现在这位姑娘开口便言天，可见她神情庄重，有异常重要的话要说。果然，姑娘把珍藏在自己内心几次想说而又没有机会说出来的秘密全部倾吐出来了：“我欲与君相知，长命无绝衰。”原来，她想追求一份坚贞的爱情。

她如何表明自己的坚贞呢？不是正面直说，而是反面设誓，列举了五种出人意料、绝无可能的逆向想象。“山无陵，江水为竭”，是说世上最永久的存在物发生了巨变；“冬雷震震，夏雨雪”，是说自然界最永恒的规律发生了怪变；“天地合”是说整个宇宙发生了毁灭性的灾变，然后吐出了“乃敢与君绝”五个字，力重千钧。这样奇特的方式，这样热烈的誓词，这样坚贞的信念，千载之下，犹能动人。

倾心的相遇也会分离，坚贞的誓言也会改变，这世界有太多的残缺与遗憾。可是我们永远记得，在说出誓言的那一刻，彼此的真诚。

饮马长城窟行

汉乐府

青青河畔草，绵绵思远道。远道不可思，宿昔梦见之。
梦见在我傍，忽觉在他乡。他乡各异县，展转不相见①。
枯桑知天风，海水知天寒。入门各自媚②，谁肯相为言！
客从远方来，遗我双鲤鱼③。呼儿烹鲤鱼，中有尺素书。
长跪读素书④，书中竟何如：上言加餐饭，下言长相忆。

【注释】①展转：即“辗转”，漂泊不定。②媚：爱。言：问讯。③双鲤鱼：指刻成鲤鱼形的两块木板，一底一盖，把书信夹在里面。④尺素书：古人写文章或书信用长一尺左右的绢帛，称为“尺素”。

【赏析】这首古朴民歌的生命力像连绵到天边的青草一样顽强，多少年过去了，我们今天读来仍然像当初一样亲切。

《饮马长城窟行》是乐府古题，但此篇不写长城窟饮马，而写思妇对长城窟饮马人的眷念。诗分两部分，跳跃极大。第一部分以春草起兴，给人一见即不能忘的强烈印象。“青青河畔草”代表时节，代表滋生，代表由河畔一直绵延到天边的道路，也代表了从这远道上离去的他。这个意象是如此美好而丰富，几乎涵盖了诗人要说的一切。诗从春草及于远道，由远道而积想成梦，思妇的思绪动荡流走。第二部分突然振起，并且改为直述，写收到双鲤鱼的惊喜过程，充满滑稽的喜感。这样的叙事真是美极了，跟《诗经》一样美。然而，千万遍地盼，盼来的只是一封书，这封书中只有两句话：上言加餐饭，下言长相忆。它的意思很简单，身在，情长在。这是对游子对思妇的期许，也是他内心的告白。吃饭，是为了延续生命，是一种活着。将彼此放在对方心里，为了一点念想，是另一种活着。这两句话看似简单，却极不简单。它渺然不言归期，将欢乐与悲伤、希望与失望交织在一起，让人悬想。大概这就是《诗经》“哀而不伤，怨而不怒”之旨吧。

行行重行行

古诗十九首

行行重行行[①]，与君生别离。相去万余里，各在天一涯。
道路阻且长，会面安可知！胡马依北风，越鸟巢南枝。
相去日已远，衣带日已缓。浮云蔽白日，游子不顾反[②]。
思君令人老，岁月忽已晚。弃捐勿复道，努力加餐饭[③]！

【注释】①行行：走啊走啊。②反：同“返”。③弃捐：舍弃，抛弃。加餐饭：当时安慰对方的习用语。

【赏析】这是一首在东汉末年动荡岁月中的相思乱离之歌。尽管在流传过程中失去了作者的名字，但“情真、景真、事真、意真”，读之使人悲慨无端，反复低回，为女主人公真挚痛苦的爱情呼唤所感动。

首句五字，连叠四个“行”字，仅以一“重”字绾结。“行行”言其远，“重行行”极言其远，兼有久远之意，翻进一层，不仅指空间，也指时间。于是，复沓的声调，迟缓的节奏，疲惫的步伐，给人以沉重的压抑感，痛苦伤感的氛围，立即笼罩全诗。“与君生别离”，这是思妇“送君南浦，伤如之何”的回忆，更是相思之情再也压抑不住发出的直白的呼喊。诗中的“君”，当指女主人公的丈夫，即远行未归的游子。

与君一别，音信茫然。“相去万余里”，相隔万里，思妇以君行处为天涯；游子离家万里，以故乡与思妇为天涯，所谓“各在天一涯”也。“道路阻且长”承上句而来，“阻”承“天一涯”，指路途坎坷曲折；“长”承“万余里”，指路途遥远，关山迢递。因此，“会面安可知”！当时战争频仍，社会动乱，加上交通不便，生离犹如死别，当然也就相见无期。

然而，别离愈久，会面愈难，相思愈烈。诗人在极度思念中展开了丰富的联想：凡物都有眷恋乡土的本性：“胡马依北风，越鸟巢南枝。”飞禽走兽尚且如此，何况人呢？这两句用比兴手法，突如其来，效果远比直说更强烈感人。表面上喻远行君子，说明物尚有情，人岂无思的道理，同时暗喻思妇对远行君子深婉的恋情和热烈的相思——胡马在北风中嘶鸣了，越鸟在朝南的枝头上筑巢了，游子啊，你还不归来啊！“相去日已远，衣带日已缓”，自别后，我容颜憔悴，首如飞蓬，自别后，我日渐消瘦，衣带宽松，游子啊，你还不归来啊！正是这种心灵上无声的呼唤，才越过千百年，赢得了人们的旷世同情和深深的惋叹。

相隔万里，日复一日，是忘记了当初旦旦誓约？还是为他乡女子所迷惑？正如浮云遮住了白日，使明净的心灵蒙上了一片云翳？“浮云蔽白日，游子不顾反”，这使女主人公忽然陷入深深的苦痛和彷徨之中。诗人通过由思念引起的猜测疑虑心理“反言之”，思妇的相思之情才愈显刻骨，愈显深婉、含蓄，意味不尽。

猜测、怀疑，当然毫无结果；极度相思，只能使形容枯槁。这就是“思君令人老，岁月忽已晚”。“老”，并非实指年龄，而指消瘦的体貌和忧伤的心情，是说心身憔悴，有似衰老而已。“晚”，指行人未归，岁月已晚，表明春秋忽代谢，相思又一年，暗喻女主人公青春易逝，坐愁红颜老的迟暮之感。

坐愁相思了无益。与其憔悴自弃，不如努力加餐，保重身体，留得青春容光，以待来日相会。故诗最后说：“弃捐勿复道，努力加餐饭。”至此，诗人以期待和聊以自慰的口吻，结束了她相思离乱的歌唱。

诗中淳朴清新的民歌风格，内在节奏上重叠反复的形式，同一相思别离用或显、或寓、或直、或曲、或托物比兴的方法层层深入，“若秀才对朋友说家常话”式单纯优美的语言，正是这首诗的永恒艺术魅力所在。而首叙初别之情——次叙路远会难——再叙相思之苦——末以宽慰期待作结。离合奇正，现转换变化之妙。不迫不露、句意平远的艺术风格，表现出东方女性热恋相思的心理特点。(曹旭)

迢迢牵牛星

古诗十九首

迢迢牵牛星①，皎皎河汉女②。
纤纤擢素手③，札札弄机杼④。
终日不成章⑤，泣涕零如雨⑥。
河汉清且浅，相去复几许⑦？
盈盈一水间⑧，脉脉不得语。

【注释】①迢迢（tiáo）：高貌。②河汉：即银河。③擢（zhuó）：举起，摆动。④机杼（zhù）：织布机上的梭子。⑤章：指布帛上的经纬纹理，这里指整幅的布帛。⑥零：落下。⑦相去：相离，相隔。⑧间（jiàn）：间隔。

【赏析】这是用牛郎织女美丽动人的传说，描写人间别离之苦的诗。此篇意象，乃从《诗经》中来，在《古诗十九首》中最具天上人间的浪漫色彩。《诗经·小雅·大东》写道："维天有汉，监亦有光。跂彼织女，终日七襄。虽则七襄，不成报章。睆彼牵牛，不以服箱。"意思是说，你看那天上的银河，照耀灿灿闪亮光。鼎足三颗织女星，一天七次移动忙。纵然织女移动忙，没有织出好纹章。牵牛三星亮闪闪，不能拉车难载箱。

曹旭先生在比较了《诗经》和《古诗十九首》之后说："与《诗经》不同的是，《诗经》中的织女，是'具有人类意识的星星'，《古诗十九首》中的织女，是'名叫星星的人'，她们都织不出布。《诗经》中的织女是徒有虚名，不会织布；此篇中的织女，却因相思织不出一匹布。从先秦到汉代，牛郎织女不断被人格化；而一旦被人格化后，两颗星星即成自由爱情的象征和带有悲喜剧色彩的男女主人公。"这个解释极为深透。美丽的天河，在人间看来，异常清浅，仿佛一跃就可跨过，可实际距离却是无比的遥远。牛郎与织女似乎永远只能在河的两岸默默对视。

此篇叠词的运用很奇妙，“迢迢”是星空的距离，“皎皎”是星空的光线，“纤纤”是手的形状，“札札”是机的声音，“盈盈”是水的形态，“脉脉”是人的神情，六个叠词如行云流水，不可替换。无怪乎古人说：“学者当以此等诗常自涵养，自然笔下高妙。”

生年不满百

古诗十九首

生年不满百，常怀千岁忧[①]。
昼短苦夜长，何不秉烛游！
为乐当及时，何能待来兹[②]？
愚者爱惜费，但为后世嗤。
仙人王子乔[③]，难可与等期[④]。

【注释】①千岁忧：对身后事的忧虑。②来兹：来年。③王子乔：古代传说中的仙人。④等期：相同的期盼。

【赏析】《古诗十九首》使我们以一种迥然不同于以往传统和俗世价值的眼光重新审视人生、审视生命、审视世界。这篇劝人及时行乐的诗即是如此。

“生年不满百，常怀千岁忧。昼短苦夜长，何不秉烛游！为乐当及时，何能待来兹”，这几句诗一上来就直叙忧患，发问人生，接着斩钉截铁地确立行乐原则，实在是惊世骇俗之言。后面四句点醒愚者和妄人。“为药所误”实在是一种妄人，“爱惜费”又是另一种愚人，这两种人都不值得效法，这无疑是给愚者、妄人的当头棒喝，其目的当然是要把人引到及时行乐的主题上去。

人生一世，草木一秋。谁也不能活过百年，千秋万代之后，哪怕洪水滔天，也与你无关。如此想来，你又何必怀抱无穷无尽的忧虑，活得忧闷而沉重呢？

岂非愚不可及！

又或者你抱持着苦尽甘来的哲学，常把人生有限的享乐推延到遥远的未来。然而“人生忽如寄，寿无金石固”，太多的偶然，容不得你精打细算，想要行乐就得“及时”，哪能总等待来年？

又或者你想修道成仙，这就更愚蠢了。从秦始皇到汉武帝，个个痴迷于此，结果谁也没能升天成仙，何况凡人？

当然，此篇所宣扬的及时享乐思想，恐怕未必是一种清醒的人生态度。但是，我们要知道，这里所表达的，除了对于汉末社会动荡不安、人命危浅的苦闷生活的无力抗议之外，更有一种对生命的深刻忧患和无可奈何的感情。

短歌行

曹操

对酒当歌，人生几何？譬如朝露，去日苦多。慨当以慷，忧思难忘。何以解忧？唯有杜康。青青子衿①，悠悠我心。但为君故，沉吟至今。呦呦鹿鸣②，食野之苹。我有嘉宾，鼓瑟吹笙。明明如月，何时可掇③？忧从中来，不可断绝。越陌度阡④，枉用相存⑤。契阔谈宴，心念旧恩。月明星稀，乌鹊南飞。绕树三匝⑥，何枝可依？山不厌高，海不厌深。周公吐哺⑦，天下归心。

【注释】①青青子衿（jīn）：出自《诗经·郑风·子衿》。青衿，青色的衣领，周代学子的服装。此句意思是渴望得到有才学的人。②呦（yōu）呦：鹿鸣声。③掇（duō）：取得。④越陌度阡：穿过纵横交错的小路。⑤枉用相存：枉：枉驾；用：以。存：问候。意思是为了求贤，不惜屈尊。

⑥匝（zā）：周。⑦周公吐哺：周公用自己“一沐三捉发，一饭三吐哺”的事例教导自己的儿子要礼贤下士。意思是洗发时多次绾束头发停下来不洗，进食时多次吐出食物停下来不吃。

【赏析】魏源评论曹操此诗“有风云之气”。何谓风云之气？

我们且看原诗。对酒当歌，人生几何？诗人一开始就是一声浩叹，这浩叹里有吞吐天地的气象，使人震惊、错愕。他为什么要发出“人生几何”的浩叹呢？因为在他的心中有太伟大的梦想、有太急迫的意愿，在催迫着他、折磨着他。他等不及，他藏不住，他丢不下。他是以英雄自命的，他生来就是英雄，而英雄的心里只有天下。

“譬如朝露”以下六句，写人生之短促、忧思之沉重，似乎只有杜康酒才能使人暂时忘忧。但是，酒不会使英雄醉，却会使英雄醒。英雄的忧伤不是个人的享乐和世事的纷扰，英雄的忧伤是对于天下的忧伤，是生命深处对于时光易逝、壮志未酬的忧伤，这忧伤广大而又无法消除。

“青青子衿”以下八句，借用《诗经》里的美好意象表现诗人对于贤才的渴望，深挚而又周到。在忧思中，诗人仰望苍天，但见一轮皓月高悬空中。引人向往而又高不可攀的明月啊，我什么时候才能得到你呢？梦想是不可把捉的，但它就在那里啊，明明如月！贤才在哪里呢？你们为什么还不来归附我呢？没有你们，谁来帮我完成一统天下的伟业呢？我对你们的渴慕就在那里啊，明明如月。

人生天地之间，如白驹之过隙，忽然而已。该怎样把我英雄的梦想坚持到底？该怎样才能不负此生？诗人的心中出现了一幅画面，月明星稀的夜晚，乌鹊寻找着可以栖息的寒枝。这时，他看到那些东奔西走的贤才从四面八方投奔自己而来，他与他们通宵宴饮，热烈地商讨统一大业的计划。山多高才算高，海多深才算深。我要学习周公，超越周公。为了我的梦想，我一定可以做到礼贤下士，使天下归心，国家统一。这就是我，曹操。

观沧海

曹操

东临碣石①，以观沧海。水何澹澹②，山岛竦峙③。树木丛生，百草丰茂。秋风萧瑟，洪波涌起。日月之行，若出其中。星汉灿烂④，若出其里。幸甚至哉⑤，歌以咏志⑥。

【注释】①碣（jié）石：山名。碣石山，在今河北昌黎。公元207年秋天，曹操征乌桓得胜回师时经过此地。②澹澹（dàn）：水波摇动的样子。③竦峙（sǒng zhì）：耸立。竦，通耸。④星汉：银河。⑤幸甚至哉：真是庆幸啊。⑥歌以咏志：以歌咏表达心志或理想。

【赏析】《观沧海》是中国诗歌史上第一首完整的山水诗。

公元207年，曹操经过多年浴血奋战，基本平定了北方。当此之时，如果能够一鼓作气征服南方的割据势力，就可望平息战乱，开创大一统的新局面。在这种政治军事情势下，曹操在北征乌桓得胜回师途中登上碣石山，眺望大海，心潮澎湃，写下了具有“吞吐宇宙气象”的《观沧海》。

“东临碣石，以观沧海”，起笔点题，气势完足。接下来分三层写诗人“观沧海”所见，写了三重境界：自然境界、风云境界、天地境界。诗人首先看到：海水浩渺无垠，动荡不已；山岛挺拔雄伟，巍然屹立；草木郁郁葱葱，充满生机。这就像是绘画的大笔勾勒，疏疏朗朗的几笔，已经自成一种境界：辽阔浩渺，生机勃勃。这也可以看作是诗人内在精神世界的第一重境界。继而诗人看到秋风动地而来，掀起滔天巨浪。但在诗人看来，这秋风萧瑟中并没有悲凉愁惨之气，而只有洪波涌起之豪迈与悲壮。这是诗人内在精神世界的第二重境界：风云激荡，雄奇瑰丽。最后，狂风渐弱，大海重又恢复了平静。此时，奇景出现了：鲜红的太阳和皎洁的月亮从空中经过，仿佛是在大海的呼吸里；灿烂的星河映满大海，仿佛是在大海的胸怀中。一下子将整个宇宙都纳进诗中，这种宏伟的气象非常人所能为。这也是诗人内在精神世界的第三重境界：吞吐宇宙，含纳万物。

古人说曹操诗歌具有“霸气”、具有“风云之气”，其实这种“霸气”或“风云之气”正是他一统天下的雄心壮志的流露，是他所独具的“老骥伏枥，志在千里；烈士暮年，壮心不已”的人生境界的写照，是他横槊赋诗、对酒当歌的英雄气概和宽广胸襟的表现，如果没有这些内在的东西作为支撑，他是不可能写出“日月之行，若出其中。星汉灿烂，若出其里”这样横绝古今的壮丽诗篇的。

咏怀

阮籍

夜中不能寐①，起坐弹鸣琴。薄帷鉴明月②，清风吹我衿。
孤鸿号外野，翔鸟鸣北林③。徘徊将何见？忧思独伤心。

【注释】①夜中：中夜、半夜。②鉴：照。③北林：《诗经·秦风·晨风》：“鴥（yù）彼晨风，郁彼北林。未见君子，忧心钦钦。如何如何，忘我实多！”后来“北林”一词常用来表示忧伤。

【赏析】阮籍是赫赫有名的“竹林七贤”之一。这七贤，以越名教任自然为信仰，精神自由而行为放诞。阮籍的放诞，尤甚于人。为避免与司马昭结亲，一连三个月大醉不醒；醉卧当垆女身旁，全然不顾路人侧目；听闻母丧之讯，依然不紧不慢，只为下完一盘棋；对不喜欢的人示以白眼，对喜欢的人青眼有加，如此等等。

这样一个不同寻常的人，却在不拘的外表下，隐藏着一颗极其孤独的灵魂。八十二首《咏怀》诗，是他孤独心灵的乐章。这里选的第一首，是这组乐章的序诗。

白天所做的一切，是给别人看的。夜里一片黑暗当中，他是唯一的醒者。

所以，他“夜中不能寐”。用什么来排解呢？起坐弹鸣琴。夜半而弹鸣琴，势必会惊醒他人。其实，他弹的是一把无弦琴，用心而不是用手。这无声的琴，流淌在他的心底，呼唤着高山流水般的知音。他的知音来了吗？来了。是薄帷上映照着的明月光，像镜子一样照着他的孤独。是有情的清风，轻轻拂动着他的衣襟。

这夜，太静，太深，太沉。他在孤独的泥淖中越陷越深，得逃出去。

出去后又有什么？只孤雁在孤野声声哀鸣，再也赶不上南飞的“人”字雁阵。一只从《诗经》中飞出来的晨风，栖落在郁郁苍苍的北林，没有看见它的伴侣，正忧心钦钦。两只落单的孤鸟，一南一北地呼唤着同伴，彼此亦非同类，一切都没有回应。这鸟其实是诗人自己。

一个人，在深深的夜里，走过来，走过去。没有别的了，也不想再多说什么，只能独自伤心。夜是孤独的，琴是孤独的，明月是孤独的，帘子是孤独的，清风是孤独的，大雁是孤独的，飞鸟也是孤独的，谁也没有同类，谁也不会懂谁。曾经以为，孤独是整个世界都忘了你；现在发觉，孤独是世界上只剩下我自己，自己与自己对话。

整首诗，只写了三个字：“我”“孤”“独”。

归园田居

陶渊明

少无适俗韵[①]，性本爱丘山。误落尘网中，一去三十年[②]。
羁鸟恋旧林[③]，池鱼思故渊。开荒南野际，守拙归园田。
方宅十余亩，草屋八九间。榆柳荫后檐，桃李罗堂前。
暧暧远人村[④]，依依墟里烟。狗吠深巷中，鸡鸣桑树颠。
户庭无尘杂，虚室有余闲。久在樊笼里，复得返自然。

【注释】①适俗韵：适应世俗的气质性格。②三十年：出仕十余年，而夸言三十，极言其久。③羁（jī）：束缚。④暧暧（ài）：迷蒙隐约貌。

【赏析】陶渊明是中国第一位田园诗人，也可以说是一个“田园”迷。从《归园田居》和《归去来兮辞》里，可以看出田园对他是如何充满着诱惑力。

好个田园！有宽大幽静的庐舍，有广阔四向的园田，有繁盛茂密的树林，又有供主人出游的舟车，又有供主人使用的童仆，又有自然情趣，又有闲暇光阴，简直是人间乐土了！这人间乐土当然并不完全是写实，它在写实之外也有诗化的剪裁。

在诗中，作者把自己出仕当官看成误落人间网罗，而把回到园田比作鱼鸟脱离樊笼深渊，返回自然界。诗写得很轻松，好像陶公整天整夜都是这样飘飘然似的。实则不然。在《感士不遇赋》中，诗人说：“密网裁而鱼骇，宏罗制而鸟惊。彼达人之善觉，乃逃禄而归耕。”意思是说：统治者制造了天罗地网，被统治者犹如骇鱼惊鸟，落入网罗。只有通达的人才能觉察到这一点，于是逃离官场，回到园田躬耕。你看，这字里行间流露的那种逃避现实、唯恐遭到不测之祸的惊惧心情，表明陶渊明的心情是多么的凄厉和哀伤！

尽管如此，诗人所描写的“田园”仍然是我们心灵的家，永远散发着诗意的光辉。

答庞参军

陶渊明

三复来贶①，欲罢不能。自尔邻曲，冬春再交②，欸然良对，忽成旧游。俗谚云：“数面成亲旧。”况情过此者乎？人事好乖③，便当语离。杨公所叹④，岂惟常悲？吾抱疾多年，不复为文。本既不丰[5]，复老病继之。辄依《周礼》往复之义[6]，且为别后相思之资。

相知何必旧，倾盖定前言[7]。有客赏我趣，每每顾林园。
谈谐无俗调，所说圣人篇。或有数斗酒，闲饮自欢然。
我实幽居士，无复东西缘。物新人惟旧，弱毫多所宣[8]。
情通万里外，形迹滞江山[9]。君其爱体素[10]，来会在何年。

【注释】①三复：再三展阅。来贶（kuàng）：送来的赠品，这里指庞参军所赠的诗。②冬春再交：两年。③好（hào）乖：容易分离。④杨公所叹：歧路的代名词。⑤本：体质。⑥《周礼》往复之义：《礼记·曲礼》："礼尚往来。往而不来非礼也，来而不往亦非礼也。"⑦倾盖：古人乘车有盖，途中相遇，停车交谈，双方车盖刚一相倾，即成朋友。⑧弱毫：毛笔。多所宣：多写信。⑨形迹：形体。滞（zhì）：阻隔。⑩体素：体质，身体。

【赏析】这首表达友情的诗以它的真情真意深深地感动着每一个读者。它写得是那么简单质朴，几乎完全不用修辞，但内里又是那么美丽、丰富，耐人咀嚼，达到了"质而实绮，癯而实腴"的艺术境界。

序中数语，简净雅驯，却是何等缠绵、何等深挚，一字一句都改动不得。序中说，再三拜读庞参军的赠诗，爱不释手，这是怎样的珍重与深情？又引俗谚说是"数面成亲旧"，这是怎样的相契相知？又抱病遵从周礼古义写诗回赠，这是怎样的古道热肠？这序写得好，诗只能写得更好了。

"相知何必旧，倾盖定前言"，是说相知何必老友，一见如故就很美好。"有客赏我趣，每每顾林园。谈谐无俗调，所说圣人篇。或有数斗酒，闲饮自欢然"，是说陶渊明与庞参军交游的乐趣与情景，"我实幽居士，无复东西缘"，是说自己是归隐之人，不愿出仕东奔西走。"物新人惟旧，弱毫多所宣"，是说时世虽变，朋友不能变，希望别后常通音问。"君其爱体素，来会在何年"，是说希望朋友保重身体，以后相会，还不知是何年何夕呢？

最重要的是"情通万里外，形迹滞江山"两句。这两句诗诚然是陶渊明写的，却仿佛是从我们自己的肺腑中流出的。我们给远方的朋友写信，也许会信手引了这两句吧。情贵相通，情相通则万里如在咫尺、天地不能拘缚，情相通则江山不能阻隔、时光不能改变，这种力量是多么磅礴！

饮酒

陶渊明

结庐在人境，而无车马喧。
问君何能尔？心远地自偏。
采菊东篱下，悠然见南山。
山气日夕佳，飞鸟相与还①。
此中有真意②，欲辩已忘言。

【注释】①相与还：合群结伴而归。②真意：自然意趣。

【赏析】鲁迅先生说过："倘要论文，最好是顾及全篇，并且顾及作者的全人，以及他所处的社会状态，这才较为确凿。"陶渊明的《饮酒》二十首，尤以这第五首最广为人知，最受推崇，也最难解。

有学者曾对陶渊明现存的142首诗文作过统计，说到饮酒的共56篇，约占全部作品的百分之四十。从这些诗中，我们知道，陶渊明的确是嗜酒的，他壮年之际曾有很长一段时间纵情酣饮，《饮酒》二十首就是他三十九岁那年秋天连续不断地酣饮赋诗的结果。此诗并未写到酒，但很可能是诗人在酣饮之后，感觉特别敏锐的一刻，信笔写出的。

按古汉语法则，"悠然见南山"既可理解为"悠然地见到南山"，也可理解为"见到悠然的南山"。所以，这"悠然"不仅属于人，也属于物，人恬静而自在，山静穆而高远。在那一刻，人与山相视相对，仿佛从未见过，又仿佛非常熟悉，二者之间有一种说不出的感通与交流，有一种说不出的矜持与亲近，有一种说不出的默契与领悟。如果将"见"字改为"望"字，则索然寡味矣。"见"字表现了诗人看山不是有意为之，而是采菊时，无意间，山入眼帘。所以，我疑心，这妙悟入神的"悠然见南山"一句是醉中所得，醒后是写不出来的。

只是"见南山"之举，对陶渊明来说，到底是"心中意"还是"眼中景"呢？这关系到对"人境"二字的理解。如果是"心中意"，那么渊明先生并未远离喧嚣的人群，他只是屏蔽了外界的一切，在心中修篱种菊，正如诗中所言：“心远地自偏。”心灵摆脱了这个尘世的束缚，南山之景便浮现在目前，有如佛家所谓的“观想”。如果是“眼中景”，那么渊明先生果真是隐居在南山之隅，悠然见南山，便是他实实在在的生活。

南山中，云无心而出岫，鸟倦飞而知还，万物欣欣而莫不自适，人在这周流不居的天道自然中感受到了一种“真意”，只是心已沉醉其中，想说什么却再也找不到什么适合的语言。此时此刻，物我浑然一体，不知何者是我，何者为物了。

王国维先生称“采菊东篱下，悠然见南山”是“无我之境”，这种物我一体之境界，人“惟于静中得之”。所以，这首诗充满了静穆之气，不是枯寂的静穆，其中涵盖万有，而又变动不居。

读《山海经》

陶渊明

孟夏草木长①，绕屋树扶疏②。众鸟欣有托，吾亦爱吾庐。
既耕亦已种，时还读我书。穷巷隔深辙，颇回故人车③。
欢然酌春酒，摘我园中蔬。微雨从东来，好风与之俱。
泛览周王传，流观山海图。俯仰终宇宙④，不乐复何如？

【注释】①孟夏：初夏。②扶疏：繁茂。③回：转回，掉转。④俯仰：低头抬头之间，指时间短暂。

【赏析】《山海经》被鲁迅称为“巫书”，其中包含了无比丰富的神话传说、山川异物。这部古书自从问世之后，很少有人公开引用过，它与传统的经书是大相径庭，普通士人哪敢提及？而陶渊明提到《山海经》，却是泰然自若，并且堂堂正正地以“读《山海经》”为题写诗，可谓卓识高见。这样有意识地集中谈及《山海经》，并对其所载内容进行讨论，陶渊明的这组诗应该算是首次。

说是读《山海经》之乐，实是田园生活之乐。你看，“孟夏草木长，绕屋树扶疏”，初夏时节，气候宜人，春花虽已将尽，但草木却更加茂密繁盛，而自己所居的茅庐便是在这片绿荫环绕当中。环境如此幽静，连鸟儿都因有枝叶扶疏的树木可以依托而感到高兴，何况是我这个主人呢？对于自己这个绿荫环抱的房舍，更是珍爱无比。诗人无比欣喜之情，颇能感染读者。实际上鸟儿是自然地依托树木，何“欣”之有，那是诗人推己及物，“观物观我，纯乎元气”。五、六句说自己耕种之余，时常读书。七、八句说僻处穷巷，贵人不来，无人打扰。“欢言”句写酒食之适口，“微雨”句写风雨之惬意。

在用大段篇幅倾诉了田园生活之乐后，诗人最后才点出主题。“泛览”二句不仅点了题，而且以“周王传”为陪衬，暗示了诗人爱读之书的内容性质。最后二句，更是绝妙之语。“俯仰终宇宙，不乐复何如。”低头昂首之顷，泛览流观之际，就可穷尽宇宙间的万千事理，读这样的书又怎不令人快乐呢！

如果诗人仍然“在樊笼里”，绝对不会有这样的欣然。他的隐居生活之可乐，是以“隔深辙”“回故人车”为前提的。在当时政治黑暗、社会动乱的背景里，能够相对地回避一下污浊的现实，求得哪怕是短暂的宁静，也是一种享受。美好的自然景色可使诗人的感情得到“净化”，使他内心的痛苦得到某种“缓冲”。而《山海经》内容丰富，包罗万有，可以益人知识、启迪智慧，它的神话故事更可使人产生憧憬、希望和理想。对于饱经苦难的乱世之民（包括诗人在内）来说，读《山海经》无疑是一种精神上的安慰和享受。如果说对田园之美的欣赏使诗人的心灵得以净化的话，那么《山海经》神话则使他的精神境界得到了进一步的升华。读《山海经》之乐，就乐在此处。

这首诗的基调仍然有陶诗一贯的冲淡，笔触也是悠闲的。但冲淡里已流露出希望，悠闲里已蕴蓄着激情，特别是在诗的末尾。

敕勒歌

北朝民歌

敕勒川，阴山下。天似穹庐，笼盖四野。
天苍苍，野茫茫，风吹草低见牛羊。

【赏析】敕勒是古代中国北部的少数民族部落，当时他们活动的地域是在内蒙古大草原上。这首北朝民歌有着北方民族特有的地域特色和豪健气格，与南朝民歌的小桥流水、委婉柔媚有着不同的风貌。

江南的小桥流水造就了细腻的审美韵味，草原的开阔单纯造就了壮美粗豪的气质。江南的人，“家”被划分为一座村庄，几所房屋，若干亩田地；草原上的人，逐水草而居，天地之间，凡可放牧的地方，都是他们的家。这一南一北的情调，共同造就了绚烂的中华文明。

这首诗一开始就呈现出强大的气势和力量。一条没有具体所指、绵延无尽的河流，一座气势磅礴、雄伟无比的大山，为全诗作背景。接下去，又是一幅苍茫辽阔的图卷：在一望无垠的大草原上，满眼青绿，无边无际地延伸开去，那同样辽阔的天宇，如同毡帐一般从四面低垂下来，罩住浩瀚的草原。如此风光，使人胸胆开张，情绪酣畅。

在苍茫的天地之间，风吹拂着丰茂的草原。时而在这里，时而在那里，露出遍地散布的牛群和羊群。画面开阔无比，而又充满动感，弥漫着活力。

诗没有写人，但读者自然能看见那遍布草原的牛羊的主人——勇敢豪爽的敕勒人。他们是大地的主人，是自然的征服者。只有他们，才能给苍茫大地带来蓬勃生机，带来美的意蕴。在诗中，我们不但感受了大自然的壮阔，更重要的，是感受了牧人们宽广的胸怀和豪迈的性格。那是未被农业社会文明所驯服、所软化的充满原始活力的人性。

在文明发展的过程中，人不断得到新的东西，也不断失去原有的东西。因而，就像成年人经常回顾童年的欢乐，生活在发达的文明中的人们，常常会羡慕原始文明的情调。《敕勒歌》在重视诗的精美的中国文人中，也受到热烈的赞美，原因就在于此吧？（贺圣遂）

· 唐五代 ·

送杜少府之任蜀州

王勃

城阙辅三秦①，风烟望五津。与君离别意，同是宦游人。
海内存知己，天涯若比邻。无为在歧路②，儿女共沾巾。

【注释】①城阙：指长安。②无为：不用。

【赏析】王勃是“初唐四杰”之首，这位应了张爱玲说的“出名要趁早啊”的早慧的天才20岁时就写下了骈文史上堪称完璧的《滕王阁序》，留下了“落霞与孤鹜齐飞，秋水共长天一色”这样震烁古今的名句。关于王勃其人，毛泽东的几句话讲得掷地有声：“这个人高才博学，为文光昌流丽，……以一个二十八岁的人，写了十六卷诗文作品，与王弼的哲学、贾谊的历史学和政治学，可以媲美。”可谓少年英发。

这首诗是王勃在长安送别一个杜姓朋友去蜀地任职时所写。全诗短短四十个字，开合有致，意脉贯通，境界又一扫历来送别诗悲哀沉郁的主色调，一变而为洒脱旷达，气格浑成，是“初唐之风骨”。

首联写景扣题，以“城阙”点明送别的地点，以“五津”交代友人的去向，境界阔大而又以迷离风烟暗含友人前程未卜的惜别之情。颔联写情，以“同是宦游人”，消弭两人之间的差异，拉近情感上的距离，同时又安慰了友人，深富人情味。颈联说理，这是一句穿越时空的有关友谊的宣言，将两人之间的情谊上升到“海内存知己，天涯若比邻”这样一个普泛化的美学境界。尾联又从高峻落入舒缓，从理到情，留下了一个深富人情味的余音。

“海内存知己，天涯若比邻。”王勃的这一句注定将要穿越时空而永垂不朽的友谊的宣言，让人无限温暖。在整个中华文化史上，除了王勃，还有谁能说出这样直接而又亲密的话语呢？除了在初唐时代这个神秘时空的交会点上，哪个朝代又曾续响过这浑厚清越的音调呢？这是一种沁人心脾的体贴，这是一种心灵相通的巨大震颤，这是一种仿佛天外之音的呢喃，这是一种无法言说的美丽。

我们生活在这个世界上，到处充满了人与人之间的联系。友谊，对于每个心灵来说，都是一种需要，一种迫切的需要，它的重要性仅仅排在生存与安全之后。这是心理学家马斯洛的人类需要层次论告诉我们的。也许我们只有在真正体味到孤独的时候，我们的内心才会真切地渴望友谊。但是，别忘了，不要让你的内心世界成为一片可怕的荒野，要在你的内心点燃一片温暖的光芒，把天涯变成比邻。

于易水送人[1]

骆宾王

此地别燕丹，壮士发冲冠。
昔时人已没[2]，今日水犹寒。

【注释】①易水：河流名，是战国时燕国的南界。燕太子丹在此地送别荆轲。②没（mò）：死，即“殁”。

【赏析】要读懂骆宾王的诗，必须先读懂骆宾王这个人。关于骆宾王的身世、性格等等，诗人兼学者闻一多先生说过几句概括性的话，很可以作为我们的参考。他说，骆宾王是“历史上著名的‘浮躁浅露’不能致远的‘殷鉴’”。又称他是“久历边塞而屡次下狱的博徒革命家”，说他是博徒革命家，大概是因为他晚年跟随徐敬业在扬州起兵反对武则天。但后来兵败，骆宾王也不知所终。闻一多先生又说他“天生一副侠骨，专喜欢管闲事，打抱不平、杀人报仇、革命、帮痴心女子打负心汉”。其他的不必论，我们且看看他的侠骨——透露在诗里的侠骨。

《于易水送人》本是一首送别的诗，但在骆宾王的手里，送别的诗却是满纸豪侠精神！这样短促简洁的文字，哪里有半点儿女情长！千载以还，犹且让人感到骆宾王诗中啸出的剑气，正破空而来，击打着易水的冰凉。

史载，公元前二百二十七年，燕太子丹遣荆轲刺秦王。其先，荆轲受燕太子丹知遇之恩，誓为报，所谓“士为知己者死”也。这真是旷古未有的一场悲壮的送别，而送别的地点就在易水之上。秋风萧瑟，易水深寒。燕太子丹及宾客，还有数百士兵，全身皆着素服，送荆轲于易水。送别之时，荆轲的知交，燕国击筑第一高手高渐离为荆轲击筑送别。歌声短促、悲凉，易水为之呜咽，士兵皆垂泪涕泣。在一片慷慨悲歌中，荆轲登上车子，把鞭子朝空中重重地一甩，头也没回，绝尘而去。

大约九百年以后，骆宾王站在易水边，心里感叹不尽。他想到了什么呢？也许他是这样想：燕赵古称多慷慨悲歌之士，今尚有其人否？也许他是这样想：荆轲啊，你虽死犹生，你的侠义精神必将千秋万代流淌在华夏儿女的血脉中。此刻我在易水边看到当年的遗迹，想见你的风采，我就热血奔流啊！我也要仿效你的壮烈，去干一番宏伟的事业。也许他是这样想：荆轲啊荆轲，你太孤独了，人们都快把你忘了，只有易水还在呜咽，犹且记得你的壮烈！荆轲啊荆轲，你用决绝的赴死的悲壮，温暖了天下后世多少志士的心！

登幽州台歌

陈子昂

前不见古人，后不见来者。
念天地之悠悠，独怆然而涕下。

【注释】①怆（chuàng）然：伤感貌。

【赏析】此诗是诗人接连受到挫折，眼看报国宏愿成为泡影，因此登上蓟北楼（即幽州台）慷慨悲吟写下的。幽州台是历史遗迹，“千金市骨”的故事就发生在这里。燕昭王欲雪国耻，思得贤士，在易水东南筑台。置千金其上，招揽人才，最后得到郭槐、乐毅等贤士。

“前不见古人，后不见来者”，从时间的绵延写登台所见。这两句意思是说像燕昭王那样能任用贤才的人，古代曾经有之，但不及见；后来当亦有之，但也不能见。诗人俯仰今古，用燕昭王千金纳才，圣主贤才风云际会之盛，反衬自己屡屡受挫、理想幻灭的不遇之悲，一腔悲愤融于历史长河，气象阔大恢宏。“念天地之悠悠”，从空间的无垠写登台所见。独立苍穹，面对茫茫宇宙，无限柔弱而又孤独，此刻诗人已经完全被时空的巨浪淹没，在强大的压力下，逼出“独怆然而涕下”这样一句百感交集的无声呼喊！

这首诗抒发的不仅仅是理想破灭、怀才不遇的个人之悲，更是人类普遍面临的一个永恒困境：孤独！人无往而不在种种联系之中，亲人，朋友，家乡甚至国家，民族。但人在本质上又是孤独的。有些路，只能一个人走，另外的人不能加入。一个寻常之人会以合群或喧嚣来掩盖孤独，一个以英雄自负的人，正是在体味孤独时，自我得到凸显和确认！

孤独不是世界上只剩下一个人，而是“我”与“我”以外的一切相对峙。这份孤独的情怀，是人们从根本上不愿意放弃的。杜甫曾说：“国朝盛文章，子昂始高蹈。”的确如此，陈子昂刚一登上初唐诗坛，就以这声近乎天籁的巨响震惊了天下。

渡汉江

宋之问

岭外音书断，经冬复历春。
近乡情更怯，不敢问来人。

【赏析】此诗是宋之问于神龙二年（706 年）从岭南贬所获准回洛阳途经汉水时所作。宋之问因媚附武则天的男宠张易之，唐中宗时被贬岭南。岭南在唐时属于极为边远的地区，环境恶劣，贬者往往无法生还。

中国是一个重人伦亲情的宗法社会，这种人伦亲情对一个背井离乡远谪在外的人来说，尤为重要。被贬在岭外那样一个偏远、蛮瘴之地，音书隔绝让人痛苦，渴望、焦虑与等待让贬谪的日子变得更加难以忍受和漫长。经冬复历春，一路数下来，就是熬！这种心境，诗人写得很逼真。

更妙的是后两句，回家是一首说不尽道不完的叙事诗，而诗人只选择了回归过程中最具有生发性的“近乡”时刻，捕捉了回乡者的矛盾心态加以刻画。“近乡情更怯，不敢问来人”，看起来多么矛盾，不是一直渴望这个时刻吗，为什么在面对它时，却又胆怯？他怯的是什么？是想要亲近还是害怕亲近？是害怕被遗忘还是渴望被遗忘？是不愿回到过去还是极想回到过去？都是，又都不是。他刻画的是人世间一种共有的普泛心理：越是想拥有的，在真正拥有的那一刻，越是害怕失去。人们往往在追求幸福时充满憧憬，却在幸福真正到来时患得患失。

这就是“人人有此情，不能为此语”。

春江花月夜

张若虚

春江潮水连海平，海上明月共潮生。
滟滟随波千万里[①]，何处春江无月明！
江流宛转绕芳甸[②]，月照花林皆似霰[③]；
空里流霜不觉飞，汀上白沙看不见[④]。
江天一色无纤尘，皎皎空中孤月轮。
江畔何人初见月？江月何年初照人？
人生代代无穷已，江月年年只相似。

不知江月待何人，但见长江送流水。
白云一片去悠悠，青枫浦上不胜愁。
谁家今夜扁舟子⑤？何处相思明月楼？
可怜楼上月徘徊，应照离人妆镜台。
玉户帘中卷不去，捣衣砧上拂还来。
此时相望不相闻，愿逐月华流照君。
鸿雁长飞光不度，鱼龙潜跃水成文。
昨夜闲潭梦落花，可怜春半不还家。
江水流春去欲尽，江潭落月复西斜。
斜月沉沉藏海雾，碣石潇湘无限路⑥。
不知乘月几人归，落月摇情满江树。

【注释】①滟（yàn）滟：波光荡漾的样子。②芳甸（diàn）：开满花草的郊野。③霰（xiàn）：天空中降落的白色不透明的小冰粒。此处形容月光下春花晶莹洁白。④汀（tīng）：水边沙地。⑤扁舟子：漂荡江湖的游子。扁舟，小舟。⑥碣（jié）石潇湘：碣石，山名，在渤海边上。潇湘，湘江与潇水，在今湖南。这里两个地名一南一北，暗指路途遥远，相聚无望。

【赏析】张若虚是扬州人，一生仅留下两首诗的张若虚，因为这一首《春江花月夜》，“孤篇横绝，竟为大家”。至于扬州这个地方，不说大家也知道，这可是“杏花春雨江南”最具代表性的城市。“腰缠十万贯，骑鹤下扬州”，这是无数人梦想的神仙般的生活。一切自然的、人文的条件都恰到好处地集中到了扬州的身上，再加上张若虚对于美的事物天才般的感受力，终于诞生了与初唐时代气息遥相呼应的《春江花月夜》。

《春江花月夜》是乐府《清商曲辞·吴声歌曲》的旧题。曲调创始于南朝著名的昏君陈后主。原是艳曲，这一体裁，奠定了《春江花月夜》无与伦比的音乐性的美。张若虚的这首《春江花月夜》是借旧题写新诗，从宫体诗的绮靡浓艳中振拔出来，一变而为清新明丽。

全诗紧扣春、江、花、月、夜五个意象，又以月为主体，通贯上下，诗情随着月轮的生落而起伏曲折。从“春江潮水连海平”到“汀上白沙看不见”这八句，由远及近，由大至小，描绘了一幅梦幻清幽的月下春江图。然后自然将笔墨凝聚在“皎皎空中孤月轮”之上。

从“江畔何人初见月”到“但见长江送流水”，是第二层。它从诗情画意上升到对人生哲理和宇宙奥妙的探寻上。正如李泽厚先生所说，在这里，它显示的是人的少年时代自我意识的初步觉醒及人面对宇宙无垠、人生有限的淡淡感伤和留恋。他一不小心，触碰到了永恒！

从“白云一片去悠悠”到“落月摇情满江树”，为第三层。诗人将宇宙永恒与人生短暂的无常之叹，具体到人世间最普遍最常见的见难恒别的痛苦与欢乐上，使诗歌在哲理化的基础上又有了浓浓的人情味。诗人借思妇之思与游子之怀，将相见与别离这种恒常的人间情味从情感两端细细描摹，形象而典型。

全诗以春江花月夜为背景，将自然之景、人生哲理、人间之情，现实与梦幻水乳交融。诗情的消长随景物的变化而变化，从春暖花开、潮涨月出到夜幕渐深、明月高悬再到春去花落、潮落月斜，多像一幅寓浓于淡、清雅幽美的水墨画，更像一首充满变奏和梦幻色彩的人生咏叹调。

闻一多先生说：“在这种诗面前，一切的赞叹是饶舌，几乎是亵渎。……这是诗中的诗、顶峰上的顶峰！”

望月怀远

张九龄

海上生明月，天涯共此时。情人怨遥夜，竟夕起相思。

灭烛怜光满，披衣觉露滋。不堪盈手赠，还寝梦佳期。

【赏析】这首诗是张九龄罢相被贬为荆州长史后所作。一个曾身居相位、胸有家国的伟男子却写出这样一首充满温柔情意的柔美小诗，的确让人感慨。

“海上生明月，生涯共此时”，起句笼天下人于月下，为全诗提供了一个广阔的场景。接下来的几联围绕着“怀远”，用一个有情之人的所思、所为、所感种种细节，描摹了一种近乎纯净的相思之情。这种相思，可以是同性之间的友情，也可以是异性之间的爱情，还可以是亲人之间的亲情。

古代信息难以沟通，感情难以传递，相思也变得特别耐人寻味。而月光普照世间万物，毫无偏私，一切有情都能受到恩惠。因此，它便成了传达有情之人情感信息的最好媒介。相思之情是共通的，在仰望同一轮明月时，你应该能读懂我寄托在明月上的情意。这便是“明月千里寄相思”。这一联，也正是抓住了人类情感的共性而流传千古。

诗中有两个与月有关的小细节。一个是“灭烛怜光满”，清辉满室，月色如水，将相思之人轻轻托举，浮游在相思海里，异常纯净而温情。所以，那一点点烛光此刻显得太多余，灭了才好。一个是“不堪盈手赠”，月中有我的情，有你的情。恨不能捧起这轮月，赠给远方的你。掬水月在手，弄柔情满怀。这样近乎痴情的句子，让人沉醉。

无边的月光下，萦绕着绵长无尽的情思，荡漾着对未来生活的柔情召唤。嘘，小声点，不要扰了伊人的佳期梦！

凉州词

王翰

葡萄美酒夜光杯①，欲饮琵琶马上催。
醉卧沙场君莫笑，古来征战几人回？

【注释】①夜光杯：周穆王时，西方献夜光杯，其杯用白玉之精制成，光可照夜。这里指华贵而精美的酒杯。

【赏析】凉州词原是乐府歌词，王翰和王之涣都写过同题的诗，唐代诗人写得最好，千古传诵。

对于久历边塞的军人来说，死亡是一个很平常而又很不受待见的游魂。军人们每天都在面对它，思考它，庆幸着或悲伤着一个个生命的暂驻或逝去。而这首诗写的正是死亡，是对于死亡的嘲弄，以及对于生命的深情抚弄。

开篇两句，即充满浓郁的边地生活色彩，饱蘸激情的笔触，铿锵激越的音调，奇丽耀眼的词语，铺开了华丽的盛筵。酒，是西域盛产的葡萄美酒；杯，相传是周穆王时代，西胡以白玉之精制成的酒杯，光可照夜；乐，则是用胡人的琵琶演奏的慷慨激昂的行军乐。在这样一次难得的宴饮中，诗人用视死如归的豪情说，请君莫笑战士贪杯，须知此去，根本就没有打算活着归来。

有人认为“醉卧沙场君莫笑，古来征战几人回”，是悲伤的。清人施补华说：“作悲伤语读便浅，作谐谑语读便妙。”颇有见地。诗人明知此去难回，却依然激情满怀地要醉卧沙场，这是一种看透了不可避免的命运却依然以一种拈花微笑的态度面对一切的超脱，这种含泪的笑，使灰色黯淡的人生罩上了一层柔和的银光。

在这首诗中，王翰像莎士比亚一样，以悲剧的情绪透入人生，以幽默的情绪超脱人生，这正是大唐的青春精神与风骨。

次北固山下

王湾

客路青山外，行舟绿水前。潮平两岸阔，风正一帆悬。
海日生残夜，江春入旧年。乡书何处达？归雁洛阳边。

【赏析】“北固山”，在今江苏镇江市以北，三面临江。王湾是北方洛阳人，曾往来吴楚间，为江南山水所倾倒。这一次诗人将船停在了北固山下，但见潮平岸阔、残夜归雁，由此触发了心中的乡思，写下了这首千古名篇。

时序变迁，良辰佳节，最容易触发游子的思乡之情。这首诗里，江南的青山丽水给了诗人那么多安慰，那么多灵感妙悟，但他乡虽美，终非吾土，诗人还是不可遏止地思念起自己的家乡。在这样一个“海日生残夜，江春入旧年”的客夜里，他心中想的只是：“乡书何处达？归雁洛阳边。”

这首诗中有两联名句。一为“潮平两岸阔，风正一帆悬”，以小景写出平野开阔、大江直流、风平浪静的恢宏大景来，堪称妙手。一为“海日生残夜，江春入旧年”，用“生”和“入”两个拟人化的字眼，写海日从残夜里孕育而出，新春从旧岁里脱胎而来，新旧交替，时序变迁何其匆匆！但这个匆匆里，没有哀伤和叹惋，却充满光昌流丽的希望。夜之将尽意味昼之开启，旧年即死意味着新年将生。对世间万事，倘能作如是想，倘能在绝望之中看到希望，在结束之处看到开始，在表面的断裂中看到宇宙万化的生生不息，将会活出什么样的境界来？

所以，能对此句作出深情妙赏的，绝非凡俗之人。据说宰相张说看到这首诗后激动不已，并令人将“海日生残夜，江春入旧年”挂在自己的政事厅上，奉之为“楷式”。

回乡偶书

贺知章

少小离家老大回，乡音无改鬓毛衰①。
儿童相见不相识，笑问客从何处来。

【注释】①衰（cuī）：疏落。

【赏析】唐代诗人贺知章于三十七岁考取进士，于八十六岁高龄告老还乡，不久寿终。《回乡偶书》这首千古传诵的名篇，应该写于贺知章告老还乡之后。在这首诗里，我们读到了一个从容而淡定的老人的形象，没有太多的感慨，没有满腹的牢骚，没有对于青春老去、物是人非故作深沉的思考。即便是感叹，也是轻轻的，从容的，悠然的。像一个参透了人生玄机的老顽童！

自称“四明狂客”的老顽童贺知章是可爱的。他是著名的醉八仙中的第一位，这有杜甫的诗为证：“知章骑马似乘船，眼花落井水底眠。”落井后还能安然睡觉？老顽童的“顽劣”真是可爱。贺知章又是李白的知己和忘年交。一个八十多岁的老顽童加上一个神仙似的青莲居士，那个可爱劲让人一想起来就如饮纯醪，颠倒如狂。据说，当年贺知章一见到李白就倾心喜欢，惊呼其为“谪仙人”，继之以“金龟换酒”，一醉方休。一千三百多年以后，我们读到这些“他人”的往事，而想见当时的情景，方才明白：人生的快意，原在于心灵的饱满，而不是过分地企求人生的圆满。

我们不禁要问，像贺知章这样纵情放诞、豁达无羁的人物，他为什么要于八十六岁高龄孑然一身回乡呢？我认为这个深层的含义可能是，作者着力刻画诗人孤独的形象是为了要还原人生的本质，即年轻时独自一人出去漂泊，老了依然是孑然一身归来。这个更符合作者对于人生的体悟，也更接近人生的本质。

有人认为那个“笑问客从何处来”的儿童是贺知章未曾谋面的孙子或重孙，我并不这样想。我认为，贺知章尽管体悟到了人生的秋凉，但他绝不会像英国诗人托马斯所说的那样：“老年应该怒气冲天，怒斥光明的消逝。”老顽童的性格和做派里没有与时间抗衡的懊恼和愤怒，他有的只是如水般的明净平和。

咏柳

贺知章

碧玉妆成一树高①，万条垂下绿丝绦②。
不知细叶谁裁出，二月春风似剪刀。

【注释】①碧玉：碧绿色的玉。这里用以比喻春天嫩绿的柳叶。②绦（tāo）：用丝编成的绳带。这里指像丝带一样的柳条。

【赏析】这首如诗如画的咏柳诗清新朴素，妇孺皆知。

起句重在写柳之形，用“碧玉”作比，写早春新柳的鲜活清新和亭亭玉立。“碧玉”在古乐府中是妙龄少女的美称，这里巧妙移来写这位袅袅婷婷的“柳美人”了。次句重在写柳之态。态是动的，是一种风神情韵。杨柳如丝如缕，在春风中柔媚披拂，像少女的绿色丝带一样，依依含情。第三句写柳叶的精巧玲珑。在尽情勾画之后，末句以“二月春风似剪刀”来点染，将无形无影的春风可视化、形象化，同时让人深深体味到春风化育万物的工巧和美妙。

我相信写这首诗时，诗人心里一定充满了如水般的温柔情意和莫名的欣喜，他用童稚般纯真的眼睛欣喜地打量着春天里的第一抹新绿、第一个奇迹，又将这种美从心间传达出来。于是，便有了这样一首《咏柳》。

心里有美，眼中才有美。这才是这首诗，也是诗人贺知章留给我们的珍宝。

临洞庭湖赠张丞相

孟浩然

八月湖水平，涵虚混太清①。气蒸云梦泽②，波撼岳阳城。

欲济无舟楫，端居耻圣明③。坐观垂钓者④，徒有羡鱼情。

【注释】①虚、太清：虚指元气，太清指天空。②云梦泽：古时云、梦为二泽，长江之南为梦泽，江北为云泽，后来大部分变干变淤，成为平地，并称为云梦泽，约为今洞庭湖北岸一带地区。③端居：闲居，独处。④坐：因为。

【赏析】这是一首投献之作。所干之人，有人说是张九龄，有人说是张说。无论投献对象是谁，无非是想借诗恳请对方援引。但如何婉曲达意，而又不失自尊，是很需费心拿捏的。

前四句写洞庭之景。这时的诗人，对仕进充满希望，他为自己能有机会一试抱负而兴奋激动，在昂奋情绪的驱动下，写下了“气蒸云梦泽，波撼岳阳城”这样气势磅礴的名句。其境界之阔大，气势之雄浑，堪与范仲淹的《岳阳楼记》媲美。透过这宏阔的景，不难看出诗人欲在太平盛世一展宏图的那颗跃跃欲试的心。

后四句抒情，又处处扣着洞庭湖之景来写。对着烟波浩渺的洞庭，却苦于欲济无舟。看着别人悠闲钓大鱼，可惜自己没钓竿。在这千载难逢的时代大潮里，我又如何能端居自处呢？这不过是说自己希望得到援引罢了。“欲济”“舟楫”“垂钓”“羡鱼”，处处不离洞庭，又处处在陈情，在投献。比兴巧妙，而心思婉曲。读到这里，我仿佛能看见诗人既要表露心曲又要维护自尊的矛盾心境。

投献的结果如何呢？来看一则逸闻。应进士举不第后，孟浩然仍留在长安献赋以求赏识，曾在太学赋诗，名动公卿，一座倾服，为之搁笔。他和张说交谊甚笃。传说张说曾私邀入内署，适逢玄宗至，浩然惊避床下。张说不敢隐瞒，据实奏闻，玄宗命出见。浩然自诵其诗，至“不才明主弃”之句，玄宗不悦，说：“卿不求仕，而朕未尝弃卿，奈何诬我！”乃放归襄阳。后漫游吴越，穷极山水之胜。

过故人庄

孟浩然

故人具鸡黍，邀我至田家。绿树村边合，青山郭外斜。
开轩面场圃，把酒话桑麻。待到重阳日，还来就菊花。

【赏析】《过故人庄》是孟浩然写的一首著名的田园诗。诗写的是他隐居鹿门山后，到一位村居的老朋友家里做客的情形。诗中描绘了闲适自然的山村风光和朋友欢聚的朴素情景，表现了诗人对田园生活的热爱和对真挚友情的赞美，宛如一幅幽美、纯朴的田园风景画和风俗画。

开头两句说，故人特意用田家的风味——鸡黍邀请诗人去做客，而诗人招之即至，可见这对老朋友多么亲密无间。家鸡田黍的细节描写，使诗一开篇便透出一股浓郁的田家气息。三、四句写故人村庄的自然景色。“绿树村边合”，绿树环抱着这个村庄，这是近景。“青山郭外斜”，一脉青山在城郭外逶迤，展现出开阔的远景。可见农庄地处郊野，环境僻静幽雅，有世外桃源的风味。

接下来诗人和老朋友面对着窗外的场圃把酒聊天，话题又是关于桑麻蚕丝的农家情事，这就更使人领略到浓烈的泥土气息和田园风味，感受到主客之间是多么无拘无束，感情融洽。结尾两句，诗人善于剪裁，省略了许多生活细节，而以率真地许愿收束全篇：“待到重阳日，还来就菊花。”诗人只是简淡地写他将在秋高气爽的重阳佳节再来赏菊，而主人的殷勤好客、诗人做客时的愉快和依恋不舍之情，已尽在不言中了。

《过故人庄》最显著的特色，便是用口头语写眼前景、叙家常事，却表现出浓郁的诗意，深厚的情味。人们从这首诗中窥见了劳动人民淳朴善良的心地，并深深体验到人类共同的、普遍的美好感情——友谊的珍贵和温暖。诗写得很闲散随意，这与现代官场的焦虑、虚伪完全是一种相反的情调。诗人没有直说，你却能从他平淡的叙述中感受到。

春晓

孟浩然

春眠不觉晓，处处闻啼鸟。
夜来风雨声，花落知多少。

【赏析】这是一首连小儿都能背诵的诗，诗写得很简单，却有一种简单到极致的美。

“春日载阳，有鸣仓庚”，鸟儿对春阳和暖的感觉是最灵敏的，它们会在每个清晨里唤醒春光，也唤醒贪睡之人的耳朵。睁眼一看，不知不觉天已大亮。这春意盎然的感觉，真好。

欣赏美好，留恋美好，是人之常情。因为对美好的眷恋，诗人自然而然地想起春花。因为想起了春花，自然而然地想起了昨夜里那悄然而至的春风春雨。这一夜的风雨，又吹落了花儿多少？这一问，包含着一种轻婉的叹息之情，也流露出诗人对美好逝去的不舍与淡淡的惆怅。

写这首诗时，诗人的心境一定是平和的。远离了人世的扰攘与喧嚣，远离了机心的权衡与度量，在自然的怀抱中，像一个初生的孩子，体味生命中短暂而又永恒的美好。

哪怕只是一闪念，也是一道洞彻灵府的光。

宿建德江

孟浩然

移舟泊烟渚，日暮客愁新。
野旷天低树，江清月近人。

【赏析】 田园风光之趣、山水隐逸之兴、羁旅行役之情是孟浩然诗歌的几个主要类别。这首诗是诗人入长安求仕落第后南游吴越时所作。诗借野旷江清之景抒发落寞孤独的游子情怀。

乘小舟漫游，不知不觉到了建德江。远处烟雾迷蒙的小洲，在夕阳余晖的笼罩下，如烟似梦。当最后一只倦鸟从眼前掠过，归向旧巢时，我心里涌起了莫名的惆怅。原以为漫越山川会一洗尘世烦恼，在这样一个静谧旷远的黄昏，我的心还是被忧愁击中。回家，回家，我的家又在哪里呢？

在寻觅中，感觉时空仿佛陷入一种亘古的幽静。向远处看，唯有无边无际的旷野，旷野尽头，一棵树的剪影很落寞，仿佛要高出天际之上了。向近处看，清清江面，波平如镜，唯有一轮多情的明月，静默地陪伴着我，我心里泛起了柔波。

整首诗，没有激切的情绪流露，没有浓烈的诗意展示，没有绚丽的色彩描绘，那么清，那么旷，那么淡。可在这清旷淡远中，我分明读懂了那颗寂寞的诗心。

李白说“吾爱孟夫子”，爱他“红颜弃轩冕，白首卧松云”。孟浩然一生未仕，“红颜弃轩冕”或许是仕进无路之后一种无奈的选择，但这种选择，为他开启了另一扇大门。游离于“轩冕”之外，让他真正用心贴近了山水，贴近了田园，在自然的怀抱里，谛听近乎天籁的心灵乐音。这样的人生，自有另一番妙趣。

渭川田家[1]

王维

斜阳照墟落[2]，穷巷牛羊归。
野老念牧童，倚杖候荆扉。
雉雊麦苗秀[3]，蚕眠桑叶稀。
田夫荷锄至，相见语依依。
即此羡闲逸，怅然吟式微。

【注释】①渭川：渭水，是黄河最大的支流。②墟落：村庄。③雉雊（gòu）：野鸡鸣叫。秀：小麦抽穗。

【赏析】《式微》是《诗经·邶风》中的一篇，诗中反复咏叹：“式微，式微！胡不归？”意思是：黄昏了，为什么还不回来呢？

我们在这世间走着我们的历程，就像推着石头上山，永远也推不上去，并且永远没有停下来的希望。这使我们焦虑，但这焦虑没法解除。有时候，我们愿意跑到诗里去，为的是歇一歇，给心灵一片可以憩息的土地。

王维的这篇诗就是他精心虚构的桃花源，是他心灵的净土。在王维笔下，我们看到乡村淳朴的生活，这里没有机巧和追逐，没有失意和彷徨，没有焦虑和喧嚣，农人的日子显得恬静而安闲。

暮色中，牛羊缓缓下来，没入深巷。柴门外，老人拄着拐杖，迎候着放牧归来的小孩。麦地里的野鸡叫得欢畅，在呼唤自己的伴侣；桑林里的桑叶所剩无几，蚕儿开始吐丝营造自己的窝。田夫扛着锄头归来，在田间小道上依依絮语，忘了归去。

一切皆有所归，唯独我们在这世上没有归宿。

使至塞上

王维

单车欲问边①，属国过居延②。征蓬出汉塞，归雁入胡天。
大漠孤烟直，长河落日圆③。萧关逢候骑④，都护在燕然⑤。

【注释】①问边：到边塞去慰问。②属国句：是“过居延属国”的倒文。③长河：即黄河。④候骑：负责侦察、通讯的骑兵。⑤都护：边疆的最高统帅。燕然：山名。后汉窦宪击匈奴，破北单于，至燕然山勒石纪功而还。

【赏析】边塞诗是唐代诗歌的重要题材，是唐诗当中思想性最深刻、想象力最丰富、艺术性最强的一部分。作者多有切身的边塞生活经历或军旅生活体验，以自己亲历的见闻来写作。《使至塞上》是王维边塞诗的代表作。开元二十五年（737年）河西节度副大使崔希逸战胜吐蕃，唐玄宗命王维以监察御史的身份出塞宣慰，察访军情，这实际是将王维排挤出朝廷。这首诗就作于赴边途中。

“单车欲问边，属国过居延”，开门见山，直接点出诗人轻车简行要到边塞去访察军情，而这其中路途遥远，要到远在西北边塞的唐朝属地居延去（居延在今甘肃张掖县西北）。“征蓬出汉塞，归雁入胡天”，这里诗人以“蓬”“雁”自比，说自己像随风远去的蓬草一样出临“汉塞”，像振翅北飞的“归雁”一样进入“胡天”。“飞蓬”在古诗中多用来比喻漂流在外的游子，诗人用在此处自比，正是暗写自己遭到排挤后，内心的激愤和抑郁。“单车”“征蓬”“归雁”寥寥数字将诗人出塞万里行程悲壮的心情状写出来。“大漠孤烟直，长河落日圆”，这是一句堪称经典的千古绝响，无怪王国维称之为“千古壮观”的名句。诗人抓住出塞途中看到沙漠中的典型景物进行刻画：荒凉大漠、烽火台上那一缕孤独的浓烟、没有任何树木遮挡显得更长的黄河、圆圆的落日……真乃“言有尽而意无穷”的神来之笔。落笔处“萧关逢候骑，都护在燕然”，则恰如一个正待展开的故事，读者还在苦苦期待后续的精彩，却得知故事到此结束，诗人平静地告知读者：我到了边塞，却没有遇到将官，塞外的侦察兵告诉我，我要找的首将正在燕然前线。

王维长于写景，这是不争的事实。而“一切景语皆情语”，无论是前两句的叙事所用的“单车”“征蓬”“归雁”几个意象，还是神来之笔下的“大漠”“孤烟”“长河”“落日”，这些意象呈现出共同的美学特征就是——壮美。塞外奇特壮丽的风光，画面开阔，意境雄浑：边疆大漠的浩瀚无边与荒凉寂寞，刚好衬托出远处烽火台燃起的那一缕浓烟，广阔无边的荒凉中那一缕烟显得格外醒目，格外孤独，此时作者心目中“烟”已被赋予了人的感情，然即便是“孤烟”，诗人仍以一个“直”字赞美了它的劲拔和坚毅之美。荒凉大漠中草木不生、没有遮挡，横贯其间的黄河，越发显得长无边际，而原本凄楚苍凉的落日却被诗人以一个“圆”字赋予了暖意和温情。诗人处处写景又处处留情，将自己的孤寂情绪巧妙融入所状写的情境中去。

叙事平实直白，内容明晰易懂，语言朴素隽永，意境雄浑开阔。状难写之景如在目前，气势流畅，回味无穷……（肖锋）

汉江临泛

王维

楚塞三湘接[①]，荆门九派通。江流天地外，山色有无中。
郡邑浮前浦，波澜动远空。襄阳好风日，留醉与山翁[②]。

【注释】①楚塞两句：是“三湘接楚塞，九派通荆门”的倒装句，意思是说湘水到楚塞与汉水相连，长江在荆门与汉水相通。九派指长江，三湘是湘水的总称。②山翁：晋人山简镇守襄阳时常去习氏园林游玩，每饮必醉。山简是竹林七贤山涛之子。

【赏析】这是一首描写襄阳风景的诗。汉江从襄阳城中流过，把襄阳与樊城一分为二。诗人坐在一叶小舟上，眼前天高水阔，而小舟微如尘芥。在他看不见的远方，莽莽楚地向南直接湘水洞庭，巍巍荆山由西向东隔阻着长江的九条支流。在这楚塞山峦之中，汉江从北而来冲入大荒浩荡奔流。水涨满了四野，极目望去，江流淹没了大地，汹涌到遥远的天边，群山若有若无，更其遥远。襄阳周遭的城郭，一个个都像在眼前的水中漂浮。随着小舟在波澜中摇晃，感觉远处的天空都在摇动。诗人以他特有的观察角度，写出了“临泛”的独特感受，把我们带入了一种宏阔的意境中。

最后，诗人说，待到“襄阳好风日”，他还要来与山简共谋一醉。他对襄阳风物的喜爱与依恋，就蕴含在这淡淡的话语里了。

山居秋暝

王维

空山新雨后，天气晚来秋。
明月松间照，清泉石上流。
竹喧归浣女，莲动下渔舟。
随意春芳歇，王孙自可留。

【赏析】秋的况味是高远而辽阔的，秋山的况味是疏朗而洁净的，何况是雨后，何况是明月相照。世界在暮色中安静下来，从喧嚣与尘土中脱出，散发着淡淡的光辉，显示出它内蕴的美与纯洁。

但它并没有停止转动。月光在松林中静静地照耀，清泉在山石上缓缓地流淌。竹林中传来洗衣女子的嬉笑，荷塘里渔舟的滑行荡开了荷叶。大自然的一切律动，都是那么优美和谐，像一曲恬静的乐曲。

“你真美啊，请你停留！”

鸟鸣涧

王维

人闲桂花落，夜静春山空。
月出惊山鸟，时鸣春涧中。

【赏析】《鸟鸣涧》是王维《皇甫岳云溪杂题》五首之一。五首诗每首分写云溪的一处风景。据研究唐诗的学者考证，皇甫岳是一个隐士，大概居住在江南润州丹阳郡（今江苏丹阳）。这组诗是王维在开元末至天宝初年游历江南，到皇甫岳隐居的云溪游览时写的。《鸟鸣涧》这一首描写云溪山中春夜的静谧和迷人。

这首诗在艺术表现上的特点，是以动写静，以声写静，创造出一个幽深、静谧而富于生机的意境。

诗的一二句“人闲桂花落，夜静春山空”，主要写环境的寂静空旷。人闲，即人清闲、安静。桂花，俗名木樨，是一种常绿灌木或小乔木，开白花的叫银桂，开黄花的名金桂，开红花的称丹桂，有秋天、春天、四季开花等不同种类。这里的桂花，是指春桂或四季桂。第一句说，内心十分清闲，环境非常幽静，除了可以看到桂花在晚风中徐徐飘落之外，什么声响也没有。第二句紧承前句：桂花悄无声息地飘落，更使我感到春夜的寂静和山林的空旷。这里可以看到，诗人写环境的寂静，不是直接描写，而是通过自己的感觉去表现。“人闲”两字很重要。正因为人很清闲，心里很静，才能细心地观察周围的景物。这两句主要写静，用花落的动态来表现静境，所以静中有动。

“月出惊山鸟，时鸣春涧中”两句，主要写静境中的声音和动态。月亮从东山那边升起来，给群山抹上了清柔的光辉；本来在黑夜中沉睡的山鸟，被明亮的月光惊醒了。这里，写月出鸟惊，都是动态。“时鸣”一句，表明鸣声并不连续，也并非群鸟一齐鸣叫。这些栖息在山涧两旁树上的鸟儿，它们时断时续的鸣声，在山涧中回荡。写到这里，诗人很巧妙地点出了诗题《鸟鸣涧》。而月出、鸟惊、啼鸣这些动态的声响，都发生在寂静、空旷的春山之中，因此它们并没有破坏环境的寂静，却反衬出更加静寂之境，但在寂静中，又富有生气和活力。这样，山中春天月夜的静景，在读者的心目中也就显得恬美、温馨、迷人，而不是死寂一片。

在王维以前，梁代诗人王籍曾写出“蝉噪林愈静，鸟鸣山更幽”（《入若耶溪》）的诗句，成功地用蝉鸣、鸟叫反衬树林和山谷的清幽，但王籍这一联，上下句重复表示一个意思，显得有点呆板。王维学习了王籍的表现手法，他在简短的四句诗中，却把“以声写静”和“以动写静”相互结合起来，先后用花落、月出、鸟惊、鸟啼等富于动态和声音的意象，一层层地把清幽的意境烘托出来，可谓“青出于蓝而胜于蓝”。（陶文鹏）

终南别业①

王维

中岁颇好道②，晚家南山陲③。兴来每独往，胜事空自知④。
行到水穷处，坐看云起时。偶然值林叟⑤，谈笑无还期。

【注释】①别业：别墅。②中岁：中年。③晚：晚近，近时。④胜事：快意的事。⑤值：遇到。

【赏析】王维可能是唐代最全面发展的一个文学艺术家，多才多艺，诗歌、书画和音乐堪称三绝。他精通音律，善弹琵琶，早年曾做过大乐丞的官，是一个大音乐家。书法兼擅草、隶各体，绘画才能尤为特出，甚至被后人推许为南宗画派之祖，他曾自负地说：“宿世谬词客，前身应画师。”诗歌以山水田园诗成就最高，开创了一个以清淡雅秀为特点的绵延千年之久的诗歌流派，被誉为“诗佛”和“天下文宗”。

《终南别业》是王维诗歌艺术的一个代表作，尤其是其中“行到水穷处，坐看云起时”两句，更是千古传诵。清代大才子纪晓岚评说此诗“由绚烂至极，归于平淡”。倘若王维听了这评价，当会心一笑。

关于这两句诗，我想了很久，越想越觉得写得好。

“水穷处”指的是什么？南山有水，汇流成溪，涓涓而下，莫知其源。你攀岩涉险，溯流而上，想看个究竟。但走到最后，溪流消失不见了。那么，溪流到哪里去了呢？难道世上本“无”的东西，还能生出一个“有”来？你怅然若失，仰望高空，只见浮云飘来飘去，旋生旋灭。噫，浮云是从哪里来的，又到哪里去了呢？你似有所悟。

如果你想到这里就不想了，这是一种态度，这种态度叫作“放下”。世界太奇妙了，人生太奇妙了，你想不明白啊。想不明白还要去想，那不是自寻烦恼吗？反正你又不想成为哲学家什么的，好好活在当下、享受当下就好了，这叫作解脱。

还是“水穷处”这个问题，你可以这样想：水没有了，并不是真没有。它可能是掩于地表之下了，也许此地即是泉眼；或者说天上下雨之后，雨水在此地暂时汇集，现在涧水已经干涸，只剩下一个空潭。想到这里，你索性坐下来，看天上云卷云舒。哦，原来水被太阳蒸发掉了，变成云了，云又可以变成雨，一下雨山涧又会有水了，何必绝望？人生也是如此。在生命的历程中，不论是经营爱情、事业还是学问，你起初勇往直前，义无反顾，走到最后竟然发现那是一条“绝”路，没法子再走下去了。此时，一种山穷水尽、悲哀失落的情绪袭上心来。这种情绪就像一条大毒蛇，缠绕着你整个身躯，咬噬着你的心灵。怎么办呢？生存还是毁灭，消沉还是奋起，放下还是执着？王维告诉我们，“行到水穷处，坐看云起时”。他的意思难道不是说，你不妨往旁边看看或者回头看看，也许有别的路可以通向光明。思路决定出路，换个思路走走，也许又是一片新天地。

也许，人生的绝境多半是自己执迷不悟硬往南墙上撞的结果。

面对人生的绝境，你应当有坐看云起的胸怀。所谓坐看云起的胸怀，就是把你心中一切得失全部放下。一旦你把一切得失全部放下，你的心也就获得了自由。一个拥有自由心灵的人，眼中还会有绝路吗？世上的事，多半如此。

相思

王维

红豆生南国①，春来发几枝？
愿君多采撷②，此物最相思。

【注释】①红豆：又名相思子，一种生在江南地区的植物，呈鲜红色。②采撷（xié）：采摘。

【赏析】相思之情，人皆有之。但各人表达的方式有不同，我们中国人不太习惯像外国人一样热烈奔放，直来直去。我们的方式比较独特，比较含蓄，也比较富于智慧。我们常常会把很深的感情藏起来，从不轻易流露。即便流露，也只是“临去秋波那一转”，浅浅的，淡淡的，充满了既自然又耐人寻味的诗意和芳馨。我们的真感情，是需要对方用心才能体会出来的。

毫无疑问，这种独特的表达感情的方式，是在中华文化的大树上开出来的一枝奇葩。王维的这首诗，就是一个很好的范例，它用一颗小小的红豆来曲折地传达深刻的相思，具有纯粹东方式的智慧和优美迷人的魅力。要读懂这首诗，我认为有两个关键点。一是，这首诗是一首寄怀之作（也有人说是赠别之作），是写给友人的而不是写给情人的。二是，红豆的生长地在岭南一带，即今广东、海南等地，而北方没有。王维是今山西境内的人，写这首诗时应该是在长安做官。也就是说，作者的家乡既然不生长红豆，而作者本人又从来没有去过南方，所以作者见到的应该只是豆粒而已，而没有见过红豆的自然生态，对红豆没有切身的体会。

明白了这两点，我们就知道，作者写这首诗寄给一位南方的友人，因为南方生长红豆，作者就问友人：春天来了，红豆树应该发芽了吧？作者这样问是很自然的，也是很中国化的表达方式。因为在中国文化里，一地的风土人情或者说特产就是此地的文化象征，所谓“一方水土养一方人”，二者是相互紧密关联，不可分割的，这就是中国的地域文化和乡土观念。我们当然知道，作者写诗寄给友人，不是随意而为的行为，他是因为思念友人才写诗以传达感情的，但作者自然不会明说。于是作者接着说道：等到红豆成熟的时候，我希望你一定要多采些红豆回去，因为我此刻最思慕此物！在这里，物与人又合二为一了，思慕物实际上就是思慕人。这层意思，读到此诗的友人是一看就会明白的，但作者却不明说，而是拐着弯来表达，这就显得含蓄隽永、深刻感人了，像这样的智慧，除了中国人之外，还有哪个民族有呢！

说到这里，大家都明白了，《相思》语言虽简，而意蕴深长。那么，《相思》何以成了千百年来情人们表达相思的颂歌的呢？说到底，还是《相思》这首诗含蓄优美的表达方式，恰好契合了中国人的心灵，并深刻地刻画出了我们心灵深处这种共同的情绪。我们都知道，不管是出于亲情、友情还是爱情，只要这种相思之情一经发生，都会在我们心中唤起刻骨铭心的感受和经久不息的煎熬。这是没有任何区别的。既然没有区别，那么《相思》成为爱情的颂歌，就是自然而然的事情。

鹿柴

王维

空山不见人，但闻人语响。
返景入深林，复照青苔上。

【赏析】这首诗给人的感觉是这样：如果我们是一只鹰，并且这只鹰的视野足够大，那么在这只鹰的一瞥里，它看到的恰好就是诗人位于终南山下的辋川别业中一个叫作鹿柴（zhài）的地方的一个瞬间，是它原原本本的那个样子。

黄昏的时候，空山之中但闻人语之声而不见人的身影。西斜的阳光静谧地穿过深林，投射在清凉的青苔上。这暗淡地浮动着并且正在静静地消逝的阳光，让人沉潜到这世界的幽深之处，在心底叹息着它的不可捉摸与无法言说。

从文学理论上来讲，文字只是个媒介，并且这个媒介的功能在某些方面还是捉襟见肘的。陆机说得好："宣物莫大于言，存形莫善于画。"意思是说宣明事物的道理没有什么比语言更好，保存事物的形状没有什么比绘画更善。令人称奇的是，诗人仅用了二十个字，就把"用文字画江山"这件复杂得不可思议的事情做成了。话虽这么说，但我得马上补上一句，这里面有很大一部分功劳是读者的想象力在起作用，在描画着这幅江山，让它活起来。诗人笔下文字的最妙不可言之处，也许仅仅在于它充当了恰当的触媒，把人的感官、记忆、情感与这世界严丝合缝地沟通了起来。

竹里馆

王维

独坐幽篁里[①]，弹琴复长啸。
深林人不知，明月来相照。

【注释】①幽篁：幽深的竹林。

【赏析】这是《辋川集》二十首中的一首，用语造句都很平常。既无动人的景语，也无动人的情语；既找不到哪个字是诗眼，也很难说哪一句是警策。然而它的妙处也就在于以自然平淡的笔调，描绘出月夜幽林空寂而又引人入胜的意境，寄寓着幽居者高雅而又不同凡俗的情趣，使其成为千古佳品。

诗人僻居深林之中，尘虑皆空，却并不感到孤独。他每日在竹林深处弹琴长啸，独与天地精神相往来。只有明月是他的知音，温柔而又神秘地陪伴着他。显然，诗人是把自身理想化了，也把这尘世的生活理想化了。但这里面确有一种梦幻的光华、一种诗性的光辉，引领我们的精神飞升。我们不能永远贴在地面步行，我们也不能永远在云端跳舞。

九月九日忆山东兄弟[①]

王维

独在异乡为异客，每逢佳节倍思亲。
遥知兄弟登高处，遍插茱萸少一人[②]。

【注释】①山东：华山以东。②茱萸（zhūyú）：一种有浓烈香味的植物。古时重阳节有登高、头插茱萸的习俗，以避灾疫。

【赏析】我们常常会被抛到陌生的环境中，被抛到孤独之中。此时，我们会想尽一切办法寻找我们熟悉的东西——回忆过去、思念亲人、想念故乡等等。这些在平日自然是存在的，但不一定显露出来。一旦遇到某种触媒——最常见的是“佳节”，就很容易爆发出来。节日有它特殊的意义，它把所有人联系起来，有时也把天地万物、风土人情与每个人联系起来，并且以一种特别的方式把许多共同的美好回忆根植于我们的记忆之中。

王维说：“每逢佳节倍思亲。”我想，他是说出了我们每个人都会有的一种自然而然的情感，这种情感依附于我们从小就非常熟悉并且日复一日地不断强化着的文化模式。这句诗也因这种朴实无华而又深刻有力的揭示而成为千古名句。

作为一个整体，这首诗前两句直接出现警句，形成高潮，后两句则采取“反客为主”的设想式写法，从另一个侧面深刻触及了人类情感的秘密，从而使整首诗成为完璧。

诗人想，在重阳节这个特殊的日子里，远在故乡的兄弟们是不是也会思念我呢？当他们兴高采烈地佩上茱萸、爬山登高、饮菊花酒的时候，他们会不会因为少了我而黯然神伤呢？

人的感情，一定不是单方面的，它一定得有一个对象。如果这对象对你的感情作出了回应，双方得以沟通、交流、共鸣，这感情才变得完整，你也才会在这份感情中得到慰藉。我想，诗人一定对此深有理解。所以，他呈现给我们的是一份完整的、美好的、深厚的、朴素的人之常情。

送元二使安西

王维

渭城朝雨浥轻尘[1]，客舍青青柳色新。
劝君更尽一杯酒，西出阳关无故人。

【注释】①浥（yì）：沾湿。

【赏析】在这首著名的送别诗里，我们唯一的疑问是，元二到底是何许人。人们常说，一首作品写完后，它就有了自己的生命。这是不假的。人们兴高采烈地忙着去谱曲，去传唱这歌词，没有一个人关心元二是谁。很快，这歌词就有了新的名字——《渭城曲》《阳关三叠》等等。

渭城在秦时称咸阳，唐代从长安往西去的，多在渭城送别。这是春天的一个早晨，刚刚下了一场小雨，整个渭城被洗得很干净。平日的车马声此时也沉寂下去了，那向西而去的不见尽头的古道显得冷清而多情。因为一场雨的缘故，那些最平常不过的风景——青青客舍和路旁柳色此时也风光如画起来，真是舒服到了极点。一切都在等待和酝酿着一个高潮。酒已喝了许久，同行的仆人早已牵出马来。远行者站起来，送别者也站起来：请喝了这杯酒吧，出了阳关，就再也见不到老朋友了。这句脱口而出的劝酒辞在一瞬间将远行者和送别者之间感情的波澜推向了顶点！而整首诗也就在这里戛然而止了。诗人没有说出的比已经说出的要丰富得多。

和贾舍人早朝大明宫之作

王维

绛帻鸡人送晓筹①，尚衣方进翠云裘。
九天阊阖开宫殿②，万国衣冠拜冕旒③。
日色才临仙掌动，香烟欲傍衮龙浮。
朝罢须裁五色诏，佩声归向凤池头。

【注释】①绛帻鸡人：古时宫中不养鸡，天将亮时，由头包红巾的卫士高声喊叫，以警百官，名鸡人。送晓筹：报晓。②九天：指皇宫，言其深远。阊阖（chāng hé）：指宫门。③冕旒（liú）：皇帝的礼帽。

【赏析】这首诗是应制颂圣之作，且是和诗，写起来有相当的难度。但王维却写得雍容典雅、堂皇伟丽、富贵尊严，有层次，有细节，有特写，意象俱足，音调和谐，真是令人赞叹他的才华。

诗分三层，首联写早朝前的准备，中间两联写早朝时的威仪，尾联写早朝后的行动。天还未亮，头戴红巾的卫士已在宫门外高声报晓，尚衣局的官员忙着给天子呈上翠绿的云裘。层层叠叠的宫殿如九重天门，迤逦打开；异邦万国的使臣拜倒在丹墀两旁，朝见天子。日色刚刚照临到殿堂，仪仗已排列成扇形屏障。御炉中香烟袅袅，缭绕着天子的龙袍浮动飘忽。早朝过后，中书省的官员们退到凤凰池上，把天子的圣旨写在五色纸上向外宣布。

“九天阊阖开宫殿，万国衣冠拜冕旒”，这气势非凡的诗句写出了真正的盛唐气象，也在一定程度上反映了真实的历史图景。以“九重”对“天门”，以“万国”对“一人”，利用数量上众与寡、位置上卑与尊的对比，突出了大唐帝国的威仪，千百年来为人们所津津乐道。

在今天中华民族走向伟大复兴的道路上，我们不应该忘记，在中国五千多年文明史中，中国的“汉官威仪”“盛唐气象”，曾经犹如太阳一般照耀着整个世界。我们的文化自信里，应该有这些东西。

送别

王维

下马饮君酒[①]，问君何所之？
君言不得意，归卧南山陲[②]。
但去莫复问，白云无尽时。

【注释】①饮（yìn）君酒：拿酒请君喝。②南山：终南山。

【赏析】诗人一大早特地赶来送别友人。在长亭边下了马，郑重其事地拿出酒来，还不忘再问一句：你要到哪里去呢？这是挽留，是关怀，也是依恋。因为这些事情，在朋友之间，自然是早就知道的。

“君言不得意”，道出一种苦涩来，这苦涩是彼此都理解的。行走在这世间，谁没有碰到过不如意的事呢？友人年轻、多感，这“不得意”使他意不平，决绝地要归隐山中。话虽点到即止，但你的心思我懂。你只管去山中隐居吧，不要再提得意失意的事了。山中白云悠悠，令人怡悦，相比起来，这尘世间的功名利禄，又有多少可恋呢！

王维是个矛盾的人，这矛盾使他逃向禅。但在他的诗里，我们却看不见这矛盾，他所描绘的世界，常常充满诗意的光华，有如梦幻。

杂诗

王维

君自故乡来，应知故乡事。
来日绮窗前，寒梅著花未①？

【注释】①著花：开花。

【赏析】我们并没有多少深情，于是我们急于表达。这个世界便充满了喧嚣。诗人很少说话，诗人只在他的诗里说一些简简单单、平平常常的话，但我们念在嘴里倒像有几千斤重的一个橄榄。

王维的《杂诗》就是这样的诗。这首诗仅仅截取了一段对话的一小部分，既没有场景的描述，也没有答语，却使我们在言说者平淡的说理和不经意的追问中感到一种深意、一种深情、一种虽饱经沧桑却永不世故的美好。你从故乡来，应该知道故乡的事情。你来的那天，镂花窗前的寒梅花开了没有？

言说者是在什么样的情形下说这番话的？他是对一个故人还是对自己的家人说的？他为什么要问起镂花窗前的那株蜡梅花呢？蜡梅花与问者和答者之间曾经有过怎样的故事？我们很想知道这些事，但这些事都不重要。重要的是，这绮窗、这蜡梅给人的感觉是多么美好啊！美好的事物，使人顿觉这人世也美好而深情起来。

题破山寺后禅院

常建

清晨入古寺，初日照高林。曲径通幽处，禅房花木深。
山光悦鸟性，潭影空人心。万籁此俱寂①，但余钟磬音。

【注释】①万籁（lài）：一切声响。凡能发出声响的孔窍叫籁。

【赏析】这首诗题咏的是佛寺禅院，全诗也因此而充满了佛理禅意。在空灵静寂中，让人有种忘却凡俗、超凡入佛的逸致。

诗按游观顺序一路写下来。清晨我登上破山进入古寺，一路上初升的旭日光照耀山林。别轻看了这句，这句中有禅意。佛家称僧徒聚集的处所为“丛林”，而“高林”自然含有礼赞佛宇之情。此为禅意一。穿过寺中竹林掩映的小径，一直走到幽深的后院，才发现那禅房还在花丛树林的深幽之处。这便是后来人们常说的“曲径通幽”，曲径通幽当然也有很深的禅意在里面。此为禅意二。

在幽静的禅房处，举目见青山浴着日光，鸟儿欢快自娱；低头见天光云影徘徊在幽深清潭上，让人万虑息机，一扫凡尘。鸟的自适与人之自省，物我之间通理共感。此为禅意三。当此时，万籁俱寂，只有警醒人心志的钟磬音若有若无，更添其静，而人在这个刹那，仿佛悟到了某种天机，这是禅的智慧，或谓之般若。此为禅意四。

诗人欣赏这禅院幽美绝世的居处，领略到这空门忘情尘俗的意境，刹那间顿悟，足可永恒。这也正是这首诗不同于一般山水诗的地方，在整个唐代的山水诗中，可谓别具一格。只是一般人因“曲径通幽处，禅房花木深”这一佳句，而忽略了这首诗的整体美。

据说，欧阳修特别喜欢这一句，效仿它作了好多句，终究无法超越，这也成了他终生的遗憾。细玩这句诗的妙处，正在于“曲径通幽处”这样的一个过程。它写出了中国园林构造的秘诀，也颇含象征意味，如参禅“踏破铁鞋无觅处，得来全不费功夫”，如追寻“山重水复疑无路，柳暗花明又一村”，这种从渐悟至顿悟的欣喜莫名，岂是一般人所能体会得到的？

芙蓉楼送辛渐

王昌龄

寒雨连江夜入吴，平明送客楚山孤。
洛阳亲友如相问，一片冰心在玉壶。

【赏析】这首送别诗是作者被贬为江宁县丞时写的。与一般送别诗不同，它将离情别绪写得并不浓，重在表明自己的冰清玉洁。

据《唐才子传》载，王昌龄曾因不拘小节，“谤议沸腾，两窜遐荒”。开元二十七年被贬岭南，从岭南归来后，他被任为江宁丞，几年后再次被贬谪到更远的龙标，可见当时他正处于众口交毁的恶劣环境之中。诗人在这首诗里以晶莹透明的冰心玉壶自喻，正是基于他与洛阳诗友亲朋之间的真正了解和相互信任，这绝不是洗刷谗名的表白，而是蔑视谤议的自誉。

首两句写景，用苍茫的江雨和孤峙的楚山，烘托送别时的凄寒孤寂之情。而屹立在江天之中的孤独的楚山，既烘托了友人离去之后诗人心中的孤寂，也让人联想到诗人如孤山一样傲岸清高的品格。后两句抒情，诗人以晶莹明澈的冰心玉壶自喻，将洛阳亲友的关切之情寄寓在他不惧毁谤的剖白中，表达了诗人光明磊落、表里澄澈的襟抱。关于以“冰心”和“玉壶”自喻人格的诗句，从六朝到唐代至以后，非常之多。以物喻人，是中国古典诗歌中的一个传统，自屈原始便以“香草”喻君子、“臭物”喻小人了。

全诗意境阔大，情景交融，富含无穷韵味。

出塞

王昌龄

秦时明月汉时关，万里长征人未还。
但使龙城飞将在，不教胡马度阴山。

【赏析】从军边塞，驰骋疆场，建功立业，报效祖国，在盛唐诗人中怀有如此壮志的并不鲜见，由此也铸就了前无古人、后无来者的盛唐边塞诗。王昌龄可算盛唐边塞诗的掌门人之一了，他长于七绝，格调高昂，诗家历来评价甚高，被冠以“七绝圣手”之美誉，并因之与李白齐名。《出塞》是王昌龄的代表作，被誉为唐人七绝的压卷之作。

《出塞》是乐府《横吹曲辞》旧题，写军旅从戎之事。以边关、明月入诗，在边塞题材的乐府诗中经常见到，王昌龄的高妙之处即在“秦汉”之用。历史向前，朝代更替，回首茫茫历史，唯边关战事，一度未息。“秦汉”二字，以互文的手法将历史时空无限延展，明月照边关，征人未还家，意本简单，但假以“秦汉”对明月边关进行修饰，原本简单的意思顿出意境：明月还是秦汉时的明月，边关还是秦汉时的边关，边关唯有明月相伴，依然是这样的荒凉寂寞，然而近千年的历史变换间，多少战争频发于这边关险隘？又有多少征夫将士不远万里来到这里，最后牺牲在这一片荒凉寂寞中？

前两句蓄足了势，于是便有“但使龙城飞将在”，定不叫胡人放马过了阴山的豪迈！“龙城飞将”承首句“秦汉”之言，乃诗人所呼唤的英雄将领李广。李广乃汉武帝手下的虎将，为平定与匈奴的边关战事而屡次出战，神勇无边，战功赫赫。阴山是古代中国与北方少数民族政权之间的分界线。“不教胡马度阴山”之意出于此。

诗人视野阔大，胸怀广博，以前人意象唱出雄浑豁达的主旨，气势非凡，确实难得。

凉州词

王之涣

黄河远上白云间，一片孤城万仞山。
羌笛何须怨杨柳，春风不度玉门关。

【赏析】据唐人薛用弱《集异记》记载：开元间，王之涣与高适、王昌龄到旗亭饮酒，遇梨园伶人唱曲宴乐，三人便私下约定以伶人演唱各人所作诗篇的情形定诗名高下。王昌龄的诗被唱了两首，高适也有一首诗被唱到，王之涣接连落空。轮到诸伶中最美的一位女子演唱了，她所唱则为“黄河远上白云间”。王之涣甚为得意。这就是著名的“旗亭画壁”的故事。由此可见，王之涣的这首诗在当时已广为传唱。

这首诗同样写戍边者不得还乡的怨情，却悲而能壮，无衰飒之气，依然是“唐音”的代表。诗以“黄河远上白云间”，写山川的雄阔苍凉，以“一片孤城万仞山”写玉门关的萧瑟孤独，由此可见戍边者的处境孤危。离家万里，思归不能，在荒寒的沙漠戈壁中，要承受多少才能说服自已留下来？而此时偏偏又有哀怨的别离曲《折杨柳》在耳边奏响，勾起了将士们心中无尽的愁苦。但苦也无用，因为春风根本吹不到玉门关，也无寄托离思的杨柳可折！

这种步步催逼、层层推进的情感，直将人压得几乎透不过气来。

有人会说，这诗里分明宣扬了一种哀伤的厌战情绪，这诗中的主人公根本称不上真正的英雄。但真英雄是什么呢？傅雷说：“真正的英雄不是没有卑下的情操，只是不被卑下的情操所征服罢了。”这些将士们在流露出他们的哀怨和柔弱时，依旧和玉门关一样，以一个有血有肉的真实的人的形象矗立在荒远的边疆。

古诗中，折杨柳和玉门关，都与征人离思有关。

登鹳雀楼

王之涣

白日依山尽，黄河入海流。
欲穷千里目，更上一层楼。

【赏析】《登鹳雀楼》一诗以区区二十字赚尽盛唐气象。

这二十个字对仗之工稳、音节之浏亮、用词之洗练、造境之深远，均已接近炉火纯青之境。进而言之，这二十个字在音节、色彩、动静、意蕴、情思等方面的奇妙组合，像雕刀一样，刻铸出了一个完全给人以一种新的艺术享受，代表着一种新的审美方向和美学追求，具有强烈的浪漫主义色彩和个性特色，青春郁勃、生气弥满、雄浑奔放、光彩熠熠、形式规范和高不可及的范本。这就是后人所艳羡的“盛唐之音”。

“白日依山尽，黄河入海流。”诗的首二句写楼周围的景物，极有层次。诗人在此不用工笔而纯写意象，寥寥十字，气象何其开阔。日、海、山、河，俱在其中，并吞万有，气象开张。“欲穷千里目，更上一层楼。”则寓哲理于情境之中，以尺幅千里之势，留给读者无尽的憧憬和想象。人之无尽的可能性和人生境界，都在这一句“更上一层楼”中了。

人生恰如登楼。人生之楼，无形而常在。斯楼也，高百尺而无止境，有境界之分而无高低之别。虽然捷足者自谓先登，才高者觉其已至，然终其一世，人人皆在攀登之中。

人生的每一个阶段、每一种境界、每一个层次，都可以说是人生攀登里程中的一层楼。而我们对于每一个阶段、每一种境界、每一个层次的透彻认识和勇敢超越，就是我们攀登人生高楼的阶梯。

这首诗是唐代五言诗的压卷之作，王之涣因这首五言绝句而名垂千古，鹳雀楼也因此诗而名扬中华。

赠去婢

崔郊

公子王孙逐后尘，绿珠垂泪滴罗巾①。
侯门一入深似海，从此萧郎是路人②。

【注释】①绿珠：原是西晋富豪石崇的宠妾，传说她“美而艳，善吹笛”。赵王伦专权时，他手下的孙秀倚仗权势指名向石崇索取，遭到石崇拒绝。石崇因此被收下狱，绿珠也坠楼身死。②萧郎：原指梁武帝萧衍，南朝梁的建立者，风流多才，在历史上很有名气。后成为诗词中习用语，泛指美好的男子或女子爱恋的男子。一说指善于吹箫，最后和秦穆公之女弄玉双双骑凤飞仙的萧史。

【赏析】据《云溪友议》说，崔郊极喜欢的一个婢女被权贵夺去，因写此诗寄托惆怅与怨愤。结果权贵看见此诗后，成人之美，他也收获了“有情人终成眷属”的美好结局。

“有情人终成眷属”，很朴素，很美好，也很难得。人世间的阴阳错违太多，有情人或因天命或因人意总是无法在一起。“生死与离别，都是大事，不由我们支配。比起外界的力量，我们人是多么小，多么小”，张爱玲早已说过。

这首诗的动人之处正在于“侯门一入深似海，从此萧郎是路人”。它写出了人世间的美好因人力的阻隔而凋谢的无奈，更写出了人无法自主命运的悲哀。是的，无法自主的命运——在这里或许是侯门，在那里或许是深宫。推而广之，它是让刘兰芝与焦仲卿死别的焦母，是让陆游与唐婉生离的陆母；是贫富悬殊的门第，是各有其序的尊卑。那些破坏阻隔的都是侯门，那些饮恨终生的都是去婢，那些爱而不得的都是萧郎。

情的深浅，爱的婆娑，在无法自主的命运面前，终成一梦。

命运不是风，是大地，人走在哪里，都在其中。

古从军行

李颀

白日登山望烽火，黄昏饮马傍交河①。
行人刁斗风沙暗②，公主琵琶幽怨多。
野云万里无城郭，雨雪纷纷连大漠。
胡雁哀鸣夜夜飞，胡儿眼泪双双落。
闻道玉门犹被遮，应将性命逐轻车。
年年战骨埋荒外，空见蒲桃入汉家。

【注释】①交河：在今新疆维吾尔自治区吐鲁番县。②刁斗：军中巡更用的铜器。

【赏析】《从军行》是乐府古题。此诗借汉皇开边，讽唐玄宗用兵。因为怕触犯忌讳，题目加上一个“古”字。全诗记叙从军之苦，充满非战思想。在盛唐豪爽慷慨的边塞诗中，这首诗将矛头直指最高统治者——当今天子，有勇气也有远见，可谓卓异。

全诗以一个士兵的口吻来写。白日里登山放哨，黄昏里饮马交河。年复一年，日日如此。边地风沙很大，使日月无光，而夜间刁斗寒声，让人尤觉凄凉。诗用“公主琵琶幽怨多”这个典故，昔汉武帝以江都王建之女细君为公主，遣嫁乌孙，以求修睦。征夫与公主，命运都不由自己做主，都是无谓的牺牲品，其幽怨是一致的。

续写边塞环境的荒寒、险恶，用“胡雁哀鸣夜夜飞，胡儿眼泪双双落”的对面写法，颇有意味。土生土长的胡雁与胡儿尚且难以忍受，何况远戍边关的汉人士兵？能看见胡兵的眼泪，也是极富人情味的一笔。在死亡面前，人原本是平等的。这点也是诗人的高超之处。

玉门被遮，回军无望，只有将性命交给奔波的轻车和未知的运数。汉武帝开边的结果是葡萄、苜蓿的种子进入中原，又有谁听得见荒寒的郊野里一个个哭于秋风的冤魂，又有谁看得见淹没在风沙里的累累白骨呢？末句“空见蒲桃入汉家”，在不动声色中蕴含着石破天惊的力量。

黄鹤楼

崔颢

昔人已乘黄鹤去，此地空余黄鹤楼。
黄鹤一去不复返，白云千载空悠悠。
晴川历历汉阳树，芳草萋萋鹦鹉洲。
日暮乡关何处是？烟波江上使人愁。

【赏析】《唐才子传》载李白登黄鹤楼本欲赋诗，因见崔颢此作，叹息说：“眼前有景道不得，崔颢题诗在上头。”传说未必真有其事，但李白却两次拟此诗格调作诗（比如《登金陵凤凰台》），却是事实。这一来，崔颢的《黄鹤楼》名气就更大了。

黄鹤楼本建于三国时期，是古代名楼，旧址在湖北武昌黄鹤矶上，俯瞰大江，面对龟山。楚山楚水曾造就过屈原这样伟大的诗人，也陶冶过李白这样的仙才，更引出了上述的一则公案。作为三大名楼之一，有关黄鹤楼，留下的题咏特别多，没有这些文化赋予山水以气格和灵魂，它们只是一个死的景观，很难在历史上留名。

关于这首诗，历来评者颇多，说得也很透彻。其实这首诗从格律上看，非古非律，亦古亦律，是不整饬不完美的。但正是这种不完美，这种创格和变调恰好成就了它别具一格的独特之美。从全诗来看，气韵浑成圆融，堪称完璧。

前四句是变调，也是虚写。从仙人乘鹤而去的传说顺势而下，一气贯注。不但打破了律诗的平仄虚实，还大量使用双声、叠音、重复词，形成了一种铿锵清朗的音韵美。后四句又整饬归正，实写楼中所见所感，写从楼上眺望汉阳城、鹦鹉洲的所见所感，最后归结为若有若无的乡愁，回到了登高望远以怀人、以消忧的诗歌传统上。叙昔人黄鹤，杳然已去，给人以渺不可知的感觉；忽一变而为晴川草树，萋萋满洲的眼前景象，这一对比，不但能烘染出登楼远眺者的愁绪，也使文势因此而有起伏波澜。这种出神入化的艺术技巧，非一般人所能模仿。正可谓羚羊挂角、无迹可求，也难怪力主“神韵”的《沧浪诗话》称此诗为“唐人七律第一”了。

有人说崔颢以才名著称，但有文无行，他好饮酒和赌博，与女性的艳情故事常为时论所薄。也许正是这种离经叛道的为人影响了他不拘一格的为文，因而才有了《黄鹤楼》这样一首打破常规的变体与不完美。有时候，不完美更能激发我们对美的感知，更能打动人。

上李邕

李白

大鹏一日同风起，扶摇直上九万里。
假令风歇时下来，犹能簸却沧溟水[①]。
时人见我恒殊调[②]，闻余大言皆冷笑。
宣父犹能畏后生[③]，丈夫未可轻年少。

【注释】①沧溟：大海。②殊调：与众不同的风调。③宣父：唐朝尊孔子为宣父。《论语·子罕》：“后生可畏，焉知来者之不如今也。”

【赏析】此诗是李白二十岁左右所作，是写来呈给渝州刺史李邕的，李邕是当时文坛盟主，有信陵君之风，文士多投其门下。

此诗很能表现李白初生牛犊不怕虎的风采意气。前四句借用庄子《逍遥游》中的故事和意象，而又做了进一步的想象发挥。这四句诗融入奇特的想象，把庄子的散文变成了朗朗上口的诗，并以大鹏自喻，表现了作者的非凡气概和自我期许，可以说是集自信、狂傲和倔强于一体。

当时的人注意到他是那么与众不同，又听说他大言炎炎，都很为他担心，有时也不免背后发出一声冷笑。但李白对这一切却不以为意，他引孔子的话反驳说，孔子尚且认为后生可畏，你们怎么知道年轻人不如你们呢？这是愤激，也是宣言。这宣言很快就证明了。

渡荆门送别

李白

渡远荆门外，来从楚国游。
山随平野尽，江入大荒流。
月下飞天镜，云生结海楼。
仍怜故乡水，万里送行舟。

【赏析】自古蜀地多出俊才，但其人不出川则无所成就，因为四川僻处西南，历来不是中国政治舞台的中心。

李白二十六岁离开自幼生长的西蜀，顺江东下，要去拥抱整个世界。当他的旅舟来到荆门山时，但见群山万叠，已在身后，平野无尽，尽在眼前。一路被两岸高山紧紧夹持的长江欢畅地流向辽阔的大地，就像李白心中的梦想打开了闸门一样，此刻已经一泻千里。因为天地的旷寥，云朵在空中堆叠出海市蜃楼的影像，明月在江水中投下清亮的影子。这由重山、长江、平野、大荒所组成的旷莽景象，隐隐传达出诗人急欲告别过去、介入新的人生的跃动姿态——一个广大的世界将属于他，因为他是真正的天才。也因此，他的生命将像这长江三峡一样变幻雄奇，无比精彩。

养育了他的故乡依然对他依依不舍，那浩浩江水，不是一路从故乡相伴而来了吗？是的，另一个来自四川的天才苏轼也是这样说的，“我家江水初发源，宦游直送江入海”。是这长江，是这蜀地，是这远行，使这些天才拥有了天地日月一样的怀抱。

望天门山①

李白

天门中断楚江开②，碧水东流至此回。
两岸青山相对出，孤帆一片日边来。

【注释】①天门山：在今安徽省当涂县，两山夹长江对峙，形如天门。②楚江：安徽是古楚地，所以长江流经这里的一段也称为楚江。

【赏析】天门山横亘大江南北，本来是一个整体，阻挡着汹涌的江流。但由于楚江怒涛的冲击，山脉被划断，天门被撞开，所以说是“中断”。但是，江水的力量虽大，天门山也没有示弱。由于天门山的夹峙，楚江流到这里，打个回旋，掀起汹涌的波浪，然后向北流去。这两句诗写自然之景与江山之势，却充溢着生命的律动。

“两岸青山相对出，孤帆一片日边来”，这两句是千古名句，它写出了作者坐在舟上顺流而下时面对激流和高山、面对自然的伟力和神奇所感受到的那种震撼和渺小，以及自己的孤帆冲过险境时所感受到的惊愕万状与畅快淋漓，诗人对这大千世界充满向往，他写出了这感觉。诗人不可能是站在远处遥望这天门山，他只能是在舟行途中由远及近地、身临其境地逼视这天门山，只有这样，他才能真切地体会到“两岸青山相对出”的流动感，才能真切地体会到天门山跃出相迎的新鲜与愉快。天门山，我来了！

早发白帝城

李白

朝辞白帝彩云间，千里江陵一日还。
两岸猿声啼不住，轻舟已过万重山。

【赏析】唐肃宗乾元二年（759）春天，李白因永王李璘之案，流放夜郎，取道四川赴贬地。行至白帝城，忽闻赦书，惊喜交加，旋即放舟东下江陵。此诗抒写了当时喜悦畅快的心情。

盛弘之《荆州记》说："或王命急宣，有时朝发白帝，暮到江陵。其间千二百里，虽乘风御奔，不以疾也。"写舟行之速，颇为出色。李白的诗篇正是化用盛弘之的意思，而成为千古绝唱。我们不妨看看李白是怎样用现成的米粮酿出味道醇厚的美酒的。

第一句以"彩云间"三字，写白帝城地势之高，为下面写船行之快蓄势。白帝城地势高，和江陵之间的落差大，江水急流直下，舟行才能迅速。此外，"彩云间"也是写景，五彩的朝霞预示着又将是一个好天气，而诗人便在这灿烂的曙光中，怀着兴奋的心情匆匆告别白帝城。第二句以"千里"和"一日"相对，显示船行之快。句末的那个"还"字也值得玩味。李白本是蜀人，从白帝城溯江而上才是还家，如今背道而驰，却用"还"字，从中隐隐透露出遇赦的喜悦。人逢喜事精神爽，诗人是在暗自庆幸又能回到原来的生活吧。

第三句的境界更为神妙。"巴东三峡巫峡长，猿鸣三声泪沾裳。"猿啼是催人泪下的，而李白用两岸猿啼来起反衬和铺垫的作用。前面两句已经将船行的迅速和诗人心情之欢畅写得非常生动，第三句如果再写欢快的景物，就会显得一泻无余。而以闲笔写猿啼，一来可以缓和语势，造成意境的婉转起伏；二来猿啼不断也说明船走得快，也可为下句作铺垫。“轻舟已过万重山”是全篇的压轴，在第三句的欲扬先抑之后，这一句将诗人的兴奋和欢畅之情推上了最顶点。这句中的“轻”字也颇有深意，诗人不久前经三峡溯流而上去夜郎，是流放贬谪，船行得慢，会觉得船重。如今遇赦而还，顺流而下，船行得快，觉得船轻。这不是船自身的缘故，而是诗人的心情由沉重变轻松了。

李白此诗写三峡舟行之迅速，和盛弘之散文的意思相同。但有所不同的是，盛文是客观叙述，李诗则包含着诗人真切的感情。而这份真情就像曲糵一般在字里行间充分发酵，从而酿成了这样一杯诗歌艺术的醇醪。

金陵酒肆留别

李白

风吹柳花满店香，吴姬压酒劝客尝。
金陵子弟来相送，欲行不行各尽觞。
请君试问东流水，别意与之谁短长？

【赏析】李白不甚重视家庭，所以他一生浪游，像神仙一样快活。在他的诗里，经常有送别、留别、赠别等题目，他把这些事情都写得很漂亮，很有神气，没有一丁点儿凄凄苦苦、割舍不下。

这一回，李白要离开金陵。春风骀荡，柳絮飘飞。他的很多粉丝，那些年轻、漂亮、爱梦想的金陵子弟，跑到一家酒肆来送别，吵嚷得很热闹。而酒家女招待也来不断劝酒，李白很开心。我们可以想到，这个吴姬应该是美丽多情而又知趣的。渐渐地就喝醉了，于是诗人指着窗外的长江吟出这首诗来，说：你们对我的盈盈情意，比这江水还长！

第一句，“风吹柳花满店香”，读起来口齿噙香，使人念念不忘。柳花怎么是“香”的呢？谁也说不明白。或许，这“香”是酒香？但整个店中都是柳花的世界，何况又不是酒坊，何故写这酒香？但李白可不管这些，他觉得柳花飞得好看，他就说：“风吹柳花满店香”。那么，他是闻到了香的？

在我们的日常经验里，视觉、听觉、触觉、嗅觉、味觉往往可以彼此打通或交感，眼、耳、舌、鼻、身各个官能的领域可以不分界限。颜色似乎会有温度，声音似乎会有形象，冷暖似乎会有重量，气味似乎会有形质。在当时那个环境氛围里，李白感到舒坦，他的身体、情感和意念都处于一种开放的状态，在尽情地呼吸。他的味觉被醇酒激活，他的视觉被柳花、吴姬迷住，他的听觉被金陵子弟的吵嚷和吴姬的软语逗引，他的触觉被拉拉扯扯搅乱，他的嗅觉也毫无抵抗地张开了呼吸。整个身心的舒坦里，你要使他的嗅觉处于休眠状态，那是没有道理的。写出这嗅觉的苏醒，证明了李白是一个彻彻底底的感觉派，是一个写真实的诗人，他的伟大让人没有话说。

诗文有一种描写手法，叫作“通感”。从通感的观点看去，李白闻到了香味，那是确实的了。

夜泊牛渚怀古

李白

牛渚西江夜①，青天无片云。
登舟望秋月，空忆谢将军②。
余亦能高咏，斯人不可闻。
明朝挂帆去，枫叶落纷纷。

【注释】①牛渚：在今安徽省当涂县长江边的牛渚山下，与采石矶相对。②谢将军：谢尚，曾经镇守牛渚。秋夜泛舟赏月，碰到袁宏在运租船中朗诵自己所作的《咏史》诗，音辞都很好，遂大加赞赏，邀其前来，谈到天明。

【赏析】此诗名曰“怀古”，实际上只是借用牛渚此地（谢尚闻袁宏咏史处）此景（夜泊牛渚望秋月），抒写作者怀才不遇的感慨。但这种借用和移植是如此不着痕迹，甚至连一句牢骚都没有，而只有碧海青天、月白风清、回忆美好、落叶纷纷，以至于诗评家赞誉其为“色相俱空”“不著一字，尽得风流”。的确，此诗写得自然超妙，纯用意象而又绝不黏滞，使我们看不见这诗里面有感慨、有惆怅、有辛酸，这是它的高妙处。

“牛渚西江夜，青天无片云”，夜色温柔，无声地将寥廓空明的天宇、苍茫浩渺的西江、皎洁清冷的秋月以及斯人、斯地融为一体。江天月夜，心思清明。几百年前，这里不是发生过谢尚闻袁宏咏史的故事吗？然而，斯人斯情斯境早已不在，只留下一个空空的回忆。我也像当年的袁宏一样，富于文学才华，但是今夜会有像谢尚那样的人来听我的吟哦吗？“斯人不可闻”。知音无人，但这回忆芳香而美好。

接下来的两句是想象之辞，进一步补足和升华了这个美好而又空灵的夜、这个美好而又空灵的梦。“明朝挂帆去，枫叶落纷纷”，明天，我将高挂征帆，去向远方，枫叶纷纷为我而落，像是纪念一个碎了一地的梦。

望庐山瀑布

李白

日照香炉生紫烟，遥看瀑布挂前川。
飞流直下三千尺，疑是银河落九天。

【赏析】写祖国的大好河山，没有比李白写得更好的。同样是写庐山的，李白还有这样的句子：“登高壮观天地间，大江茫茫去不还。黄云万里动风色，白波九道流雪山”，这壮阔，这飞动，这空灵，真是好诗！

这首诗前三句都是写实，只有第四句是想象，但这想落天外的第四句全从前三句铺垫而来。由于日光照射，香炉峰上的蒙蒙游气变成了紫色，所以诗人说“日照香炉生紫烟”，仿佛真有一个巨大的香炉放在那里似的。远远望去，一条巨大的白练高挂于青山之间。见过瀑布的人都知道，从远处看去，瀑布的上端的确是像布帘般悬垂不动的。走进了看时，则水声如雷，那瀑布从山顶飞流直下，足有三千尺之高。这还是写实。总起来看，“遥看”寓其远，“三千尺”状其高，“紫烟”萦回写其缥缈。唯其远而高而缥缈，故有银河泻落九天之感。我们童年时，在数星星的夏夜里，常常可以看见遥远的天幕中急速泻落下来的流星雨，这种壮观的景象曾使我惊心骇目，久久不忘。我揣测，银河落九天的想象应该是根据这种经验而来的。

送孟浩然之广陵[①]

李白

故人西辞黄鹤楼，烟花三月下扬州[②]。
孤帆远影碧空尽，惟见长江天际流。

【注释】①广陵：今江苏扬州。②烟花：形容柳如烟、花似锦的春景。

【赏析】“黯然销魂者，唯别而已矣。”但李白的这首《送孟浩然之广陵》却充满春天般的诗意和天地之外的畅想，显得那么与众不同。

在这首诗里，黄鹤楼除了是送别的地点之外，应该还有隐含的意义。仙人骑鹤而游的故事本属虚无，却令人向往，于是人们造了黄鹤楼来继续这幻梦。李白大概也是把那个虚无的故事作为附着在黄鹤楼身上的某种理所当然的部分而嵌入诗中的。“烟花三月”也使人向往。在李白之前，没有人用“烟花”两个字来形容三月，在李白之后，所有形容三月的字眼都敌不过“烟花”两个字。“烟花”是什么？烟花是秾丽，是明媚，是繁华，烟花又是向往，是迷离，是缥缈，一切都是，又都不是。如果硬要坐实了去解释，大概只能说是形容柳如烟、花似锦的春景。

黄鹤楼是那样一个似真似幻的地方，烟花三月是那样一个美好繁华的季节，李白是那样一个浪漫飘逸的人，所以这次离别完全是在很浓郁的畅想曲和抒情诗的气氛里进行的。李白心里没有什么忧伤和不愉快，相反他认为孟浩然的这次旅行快乐得很，他向往扬州，又向往孟浩然，所以一边送别，一边心也跟着飞翔。

“孤帆远影碧空尽，惟见长江天际流”，这充满诗意的诗句，证明了他的心是在飞翔的。但这两句诗的的确确又是在写眼前景象，李白在黄鹤楼上望着孟浩然扬帆而去，帆影越来越远，消失在碧空的尽头。此刻，只见长江滔滔，在天边奔流。

将进酒[①]

李白

君不见黄河之水天上来，奔流到海不复回！君不见高堂明镜悲白发，朝如青丝暮成雪！人生得意须尽欢，莫使金樽空对月。天生我材必有用，千金散尽还复来。烹羊宰牛且为乐，会须一饮三百杯[②]。岑夫子，丹丘生[③]，将进酒，杯莫停。与君歌一曲，请君为我侧耳听：钟鼓馔玉不足贵，但愿长醉不愿醒；古来圣贤皆寂寞，惟有饮者留其名。陈王昔时宴平乐[④]，斗酒十千恣欢谑[⑤]。主人何为言少钱，径须沽取对君酌[⑥]。五花马[⑦]，千金裘，呼儿将出换美酒，与尔同销万古愁。

【注释】①将（qiāng）进酒：请饮酒。乐府古题，原是汉乐府短箫铙歌的曲调。②会须：正应当。③岑夫子、丹丘生：均为李白好友。④陈王：指陈思王曹植。平乐（lè）：观名，在洛阳西门外，是汉代权贵的娱乐场所。⑤恣：纵情任意。谑（xuè）：戏。⑥径须：只管。沽：通“酤”，买。⑦五花马：名贵的马。

【赏析】这首气势豪迈、感情奔放的诗具有极强的感染力，非常形象地表现了李白桀骜不驯的傲气、纵情享乐的洒脱和怀才不遇的愤激。

起笔两个排比长句，挟天风海雨向读者迎面扑来，将李白式的悲而能壮、哀而不伤的情感呈现出来，奠定了全诗的情感基调。“君不见黄河之水天上来，奔流到海不复回”，从空间视角写时光流逝如江河入海一去不回。黄河水来，势不可挡；黄河水去，势不可回；一来一去，都不可逆而又迅疾。“君不见高堂明镜悲白发，朝如青丝暮成雪”，从时间视角写人生苦短，看朝暮间青丝白雪。极度的夸张中，蕴含着让人心惊的时光流逝感。这两句已经写尽个体在宇宙时空中的渺小了。

个体生命渺小脆弱而有限，该如何把握有限的今生？下面就是李白式的人生哲学，所谓达观知命，活在当下，在有限的时间里增加生命的浓度和宽度。他开的药方是：酒。

从“人生得意须尽欢”到“杯莫停”，告诉人们要“人生得意须尽欢，莫使金樽空对月”！他活在当下、及时行乐的论调中又带着强烈的自信和乐观，和魏晋时期弥漫着悲凉消极的及时行乐相比，是有差别的。他用乐观好强的口吻肯定自我“天生我材必有用，千金散尽还复来”！这简直是个体人生价值的宣言，这个人是大写的“人”，虽怀才不遇但相信自己终有积极用世的一天，能驱使金钱而不为金钱所使的豪气，真让一切凡俗之人汗颜。

从“与君歌一曲”到“与尔同销万古愁”，用劝告朋友的口吻告诉世人，把握当下，快快行动。为何要活在当下？李白用老庄达观知命的哲学告诉人们：钟鼓馔玉不足贵，即财利不足贵，都是身外之物；古来圣贤皆寂寞，即名位不足贵，都是过眼烟云。能永恒的是“惟有饮者留其名”，他以陈王曹植自比，一样的自命不凡，一样的有志难骋，一样郁勃不平。他以古人之酒杯，浇自己之块垒，在斗酒恣欢谑的洒脱放浪下，隐藏着一颗多么寂寞而孤独的心。

刚露一点深衷，又说到酒了，以下诗情愈来愈狂。“主人何为言少钱，径须沽取对君酌。五花马，千金裘，呼儿将出换美酒，与尔同销万古愁。”散尽名贵宝物和千金，只图一醉方休！“呼儿”“与尔”，口气甚大，有一种反客为主的任诞情态。典裘当马，不拘形迹，极其浪漫。接着又迸出一句“与尔同销万古愁”，与开篇之“悲”关合，这“白云从空，随风变灭”的结尾，足显诗人奔涌跌宕的感情激流，这“万古之愁”也似乎将人深深席卷淹没。

通观全篇，大起大落，非如椽巨笔办不到。整齐的长句中时而间杂几个短句，使全诗徐疾有度，富于韵律感和变化美。

南陵别儿童入京[①]

李白

白酒新熟山中归，黄鸡啄黍秋正肥。
呼童烹鸡酌白酒，儿女嬉笑牵人衣。
高歌取醉欲自慰，起舞落日争光辉。
游说万乘苦不早，著鞭跨马涉远道。
会稽愚妇轻买臣[②]，余亦辞家西入秦[③]。
仰天大笑出门去，我辈岂是蓬蒿人[④]。

【注释】①儿童：指李白的子女。②会稽句：朱买臣，会稽人，贫而勤读，薪樵自给，好负担诵书，其妻劝而不听，羞之求去，买臣笑曰：“我年五十当富贵，今已四十余矣，汝苦日久，待吾富贵报汝功。”妻子怒曰：“如公等，终将饿死沟中耳，何能富贵！”终于离去。后买臣显达，任会稽太守，其妻愧而自缢死。③秦：指长安。④蓬蒿人：贫士。

【赏析】李白是敢哭敢笑的人，他笑起来很恣肆，像个不谙世事的孩子。

天宝元年（742年），李白已经四十二岁，他得到唐玄宗召他进京的诏书，兴奋异常。他满以为实现自己政治理想的时机到了，立刻回到南陵家中，与儿女告别，并写下了这首激情洋溢的七言古诗。

全诗有三层波澜。前六句写极喜之状而不言原因，造成一种悬念，七八句才逆笔补出奉诏之意，这是一层波澜。九十句从上面“苦不早”很自然地联想到晚年得志的朱买臣，并把那些轻视自己的目光短浅的世俗小人比作“会稽愚妇”，以为自己像朱买臣一样，西去长安就可以青云直上了，这是第二层波澜。结句“仰天大笑出门去，我辈岂是蓬蒿人”，再起第三层波澜。

这诗是李白扬眉吐气之作，前面六句写欢欣鼓舞情态，铺写烹鸡酌酒、儿女嬉笑、高歌取醉、舞剑争辉一系列情形，像杜甫《闻官军收河南河北》一样，说什么“却看妻子愁何在，漫卷诗书喜欲狂。白日放歌须纵酒，青春作伴好还乡”，都有点手舞足蹈的样子。结句沛然喷涌，则像孟郊《登科后》一样，说什么“春风得意马蹄疾，一日看尽长安花”，略显用力过猛。“仰天大笑”，多么得意的神态！“岂是蓬蒿人”，何等自负的心理！诗人踌躇满志的形象在这里表现得淋漓尽致，但诗人并不在意下一幕将要演出什么。这才是李白。

行路难

李白

金樽清酒斗十千[①]，玉盘珍羞直万钱[②]。
停杯投箸不能食[③]，拔剑四顾心茫然。
欲渡黄河冰塞川，将登太行雪满山。
闲来垂钓碧溪上，忽复乘舟梦日边[④]。
行路难，行路难！多岐路，今安在？
长风破浪会有时，直挂云帆济沧海。

【注释】①斗十千：一斗酒值十千钱。②直：同“值”。③箸（zhù）：筷子。④闲来两句：古代传说，姜太公未遇周文王时，曾在磻溪钓鱼；伊尹见商汤之前，梦见自己乘船从日月旁边经过。

【赏析】这首诗是天宝三载（744 年）李白离开长安时所作。全篇感情跌宕起伏，三次落而复起。

诗一开始写朋友为他饯行，设下盛宴，但是他端起酒杯又放下了，拿起筷子又停住了，他离开座席，拔下宝剑，举目四望，心绪茫然。这是一起一落。一个怀有伟大政治抱负的人物，在受诏入京、有幸接近皇帝的情形下，皇帝却不任用，而是赐金放还，这不正像遇到黄河塞川、雪拥太行吗？但是诗人并未放弃，而是继续苦苦追求，他想到了两位一开始在政治上并不顺利却终于大有作为的人物：姜太公和伊尹，认识到人生变幻莫测，从而增加了信心。这是二落二起。回到现实，他又失望了。人生多歧路，要走的路，究竟在哪里呢？朋友们有的成功，有的沉沦，我岂能甘心接受这命运的安排与嘲弄？尽管前路漫漫，但总有一天我会像宗悫一样乘长风破万里浪，挂上云帆，横渡沧海，到达理想的彼岸。这是三落三起。

从全诗看，诗人于结尾处忽开异境，幻想抱负总会有实现的一天，充满着冲决黑暗、追求光明的积极乐观精神，凸显了诗人的倔强、自信以及对于理想信念的执着追求，展示了诗人从彷徨苦闷中挣脱出来的强大精神力量。

梦游天姥吟留别

李白

海客谈瀛洲，烟涛微茫信难求；越人语天姥，云霞明灭或可睹。天姥连天向天横，势拔五岳掩赤城。天台四万八千丈，对此欲倒东南倾。我欲因之梦吴越，一夜飞度镜湖月。湖月照我影，送我至剡溪。谢公宿处今尚在，渌水荡漾清猿啼。脚著谢公屐，身登青云梯。半壁见海日，空中闻天鸡。千岩万转路不定，迷花倚石忽已暝。熊咆龙吟殷岩泉，栗深林兮惊层巅。云青青兮欲雨，水澹澹兮生烟。列缺霹雳，丘峦崩摧。洞天石扉，訇然中开。青冥浩荡不见底，日月照耀金银台。霓为衣兮风为马，云之君兮纷纷而来下。虎鼓瑟兮鸾回车，仙之人兮列如麻。忽魂悸以魄动，恍惊起而长嗟。惟觉时之枕席，失向来之烟霞。世间行乐亦如此，古来万事东流水。别君去兮何时还？且放白鹿青崖间。须行即骑访名山。安能摧眉折腰事权贵，使我不得开心颜！

【赏析】年轻的时候，喜欢读李白的诗，因为打心里崇拜天才。经历了一些世事之后，有时也还是愿意读一读李白的诗，因为不想被太过局促的现实限制住了。

《梦游天姥吟留别》是千古名篇。在这诗中，李白很有骨气地说了一句："安能摧眉折腰事权贵，使我不得开心颜！"就说到很多人心里去了。尽管我们做不到，但我们总是这样希望。

这一句诗里的见解与流俗很是不同。作者并没有识时务地说攀附权贵是为了功名，是身不由己，作者一把抛开那些虚无缥缈的东西，很认真地把你的关注点拉回到日常，拉回到当下，拉回到你自己。为什么要搞得那么痛苦呢？活出你自己！

从某种意义上说，这句诗概括了李白身上那种卓尔不群的特质。这种特质就是，健康饱满的生命热情，自由奔放的个性追求，超越尘世的理想色彩。

李白的这种特质、这种精神和这种人格，李长之先生理解得最好。他说：

"倘若说在屈原的诗里是表现着为理想而奋斗的，在陶潜的诗里是表现着为自由而奋斗的，在杜甫的诗里是表现着为人性而奋斗的，在李商隐的诗里是表现着为爱、为美而奋斗的，那么，在李白的诗里，却也有同样表现着的奋斗的对象了，这就是生命与生活。

“根本看着现世不好的人，好办；在现世里要求不大的人，好办；然而李白却都不然，在他，现世实在太好了，要求呢，又非大量不能满足；总之，他是太人间了，他的痛苦也便是人间的永久的痛苦！这痛苦是根深于生命力之中，为任何人所不能放过的。不过常人没有李白痛苦那样深，又因为李白也时时在和这种痛苦相抵抗之故（自然，李白是失败了的牺牲者），所以那常人的痛苦没到李白那么深的，却可以从李白某些抵抗的阶段中得到一点一滴的慰藉了！这就是一般人之喜欢李白处，虽然不一定意识到。”

闻王昌龄左迁龙标遥有此寄①

李白

杨花落尽子规啼，闻道龙标过五溪②。
我寄愁心与明月，随风直到夜郎西③。

【注释】①龙标：今湖南黔阳县。王昌龄曾被贬谪为龙标尉，所以又称王龙标。②五溪：熊溪、蒲溪、酉溪、沅溪、辰溪的总称，在今湖南省西部和贵州省东部。③夜郎：古国名，在贵州省西部，“夜郎自大”的故事就发生在这里。诗中用夜郎之名，以见其边远。

【赏析】王昌龄号称“七绝圣手”“诗家天子”，李白对这位诗坛前辈至少是感到亲切的，如果不谈友情和崇拜的话。所以这诗写得深情。

“杨花落尽子规啼”写景兼点时令，杨花飘尽，春意阑珊，子规啼叫，“不如归去”。这是托物起兴，先言他物，引出诗人所要表达的事物、思想、感情。“闻道龙标过五溪”，此时诗人听到王昌龄因为“不护细行”左迁龙标，且已过五溪荒远之地，惊惜之余，而怀想弥切。

“我寄愁心与明月，随风直到夜郎西”，我将愁心寄与明月，随风吹送到夜郎之西那个你将去往的地方，你可揽明月而知我的怀抱。风、月、心这三个意象的组合，既富于动感和美感，也将愁思和深情写得灵动鲜活。为什么要将愁心寄与明月呢？一则明月千里可共，心中愁思无可告诉，无人理解，只有托之于明月；二则此心如明月，即使明月无法向你倾诉我的衷肠，你看见明月的时候也就看见了我。

宣州谢朓楼饯别校书叔云①

李白

弃我去者，昨日之日不可留；
乱我心者，今日之日多烦忧。
长风万里送秋雁，对此可以酣高楼。
蓬莱文章建安骨②，中间小谢又清发③。
俱怀逸兴壮思飞，欲上青天揽明月。
抽刀断水水更流，举杯销愁愁更愁。
人生在世不称意，明朝散发弄扁舟。

【注释】①谢朓（tiǎo）楼：又名北楼、谢公楼，在安徽宣城陵阳山上，是南齐诗人谢朓任宣城太守时所建。校（jiào）书：官名，即秘书省校书郎，掌管朝廷的图书整理工作。叔云：李白的叔叔李云。②建安骨：指刚健遒劲的诗文风格。汉末建安年间，“三曹”和“建安七子”等作家所作的诗风骨遒劲，后人称之为“建安风骨”。③小谢：指谢朓，字玄晖，南朝齐诗人。与谢灵运并称大、小谢。清发（fā）：指清新秀逸的诗风。

【赏析】这首诗是“苦闷的象征”，它所要表现的是理想与现实的冲突，这是诗人的苦闷，而诗人的苦闷就是我们的苦闷。

这首诗是天才之诗，它天马行空而又一气贯注，突如其来而又倏忽而去，即景切题而又飘忽迷离，随便你抽出哪一句，都是一块完璧，但你把所有句子放在一起，却不多也不少。

“弃我去者，昨日之日不可留；乱我心者，今日之日多烦忧”，起句陡起壁立。“昨日之日”与“今日之日”是许许多多个弃我而去的“昨日”和接踵而至的“今日”，也就是这时间之流的全部了。在这时间之流中，烦忧既不从今日始也不会在明日止，它是那样地一触即发而又一发而不可收。

“长风”以下六句迅速跳开，先是即景画出一幅壮阔明朗的万里秋空图，接着切题称赞李云的文章有建安风骨，并自比小谢致以礼敬，二人都有豪情逸兴、雄心壮志，想要登上九天揽取明月。写到这里，似乎作者心头的一切烦忧都一扫而光了。

但是不，精神在幻想的世界里翱翔得愈远愈久，理想与现实的冲突也就愈巨愈痛。“抽刀断水”的比喻奇特而富于创造性，这种堂吉诃德式的徒劳使我们感到既轻松又沉重。“人生在世不称意，明朝散发弄扁舟”，与我们的想望或者说欲望相比，这个现实世界充其量只会给我们一点零头或者甜头，所以诗人也只能用自慰来表达无奈了。

独坐敬亭山

李白

众鸟高飞尽，孤云独去闲。
相看两不厌，只有敬亭山。

【赏析】敬亭山在今安徽宣城。一座普通的山，因李白的诗篇而成为名胜。——全因这诗篇赋予了它灵魂。

在长久的漂泊中你会渴望宁静，在世事的纷扰中你会感觉疲倦，在逢场作戏的悲欢里你需要一个诚恳守护你的朋友。李白，这个自由洒脱的旅行者，这个风一样的人，某一天走到了敬亭山面前。在这里，一切都退后，连鸟都知趣地走开了，连孤云都不再来闲逛，只有一座山和一个人，相对而坐，他们俩要谈谈。敬亭山一动不动，他用沉默和温厚，向诗人诉说永恒的意味。诗人也一语不发，他用灵性和眼眸，接受了来自自然的款款情意。

你仍将在世上行走，你会走过许多地方的路，行过许多地方的桥，经过许多世间的事，见过许多陌路的人，唯有敬亭山会在那里千年万年，痴痴等你。

秋浦歌

李白

白发三千丈，缘愁似个长。
不知明镜里，何处得秋霜。

【赏析】《秋浦歌》就像无心的一嚷。

李白运用夸张的手法从来就炉火纯青，他说“白发三千丈”，也使人不觉其无理。他还说过庐山瀑布“飞流直下三千尺”“燕山雪花大如席”“长风几万里，吹度玉门关”，都使人感到亲切，明知道他是在说大话，但我们却因技拙而只能报以会心的一笑。

白发，明镜，秋霜，三千丈，这些事物都很具象、很具体。这些具象都是为了写一个字——“愁”。“愁”我们既看不见也摸不着，但借助这些具象，我们恍惚看见愁了、捉到愁了，但也只是恍惚而已。这是语言的诡计，它竭尽全力想要捉住在我们身上流动着的情感和思想，却更深刻地感到无能为力。

很多伟大的作家做过这种尝试。

“心之忧矣，如匪浣衣。”忧愁就像一个人穿了一件没有洗干净的衣服，你看这是多么贴切。“忧端齐终南，澒洞不可掇。”忧愁像终南山一样高，像大海一样不可收拾，这是多么新鲜。紧接着，李煜别出心裁地想，愁有数量吗？他的回答是："问君能有几多愁？恰似一江春水向东流。"李清照进一步想，愁有重量吗？她认为有，所以她说："只恐双溪蚱蜢舟，载不动，许多愁。"

一句好诗，就像一片用水洗净了的天空。"白发三千丈"就是这样一句好诗，在它纯粹的诗意里，我们暂时忘记了忧愁。

月下独酌

李白

花间一壶酒，独酌无相亲。
举杯邀明月，对影成三人。
月既不解饮[①]，影徒随我身。
暂伴月将影，行乐须及春。
我歌月徘徊，我舞影零乱。
醒时同交欢，醉后各分散。
永结无情游，相期邈云汉[②]。

【注释】①不解：不懂。②云汉：银河。

【赏析】李白的这首《月下独酌》，也许最能引起内心狂热的理想主义者、热衷功名的失意之人以及爱好热闹的乐天派的情感共鸣。这些人有一个共同的特点，就是特别富于感受性并且情感外露。而大诗人李白，正是他们的同调。李白的诗，以我心写我口，酣畅淋漓，一任本真。整个地来说，他的诗是青春的，自由的。风格即人。作为诗人的李白，也永远是青春的，自由的。因为唯有青春的心灵，才会歌哭无端，真实而又酣畅；唯有内心极热且充满理想，才会情感外露，恣肆而又张扬。正是这种心灵的相通，使得《月下独酌》这首诗抚慰了从古至今无数孤独的灵魂！

那么，李白究竟在这首诗中写了什么呢？寂寞。李白是天真的，他把自己内心真实的寂寞，对着明月全部倾吐了出来。这是作者与自己心灵的一次对话。

诗人在乱开着白花的芳馨的大地上，摆下一张桌子，对着明月自斟自饮。然而，就在这份惬意和酣畅之中，良辰美景像个幽灵，化为甜蜜的温柔，在作者易感的心灵上猛然刺了一刀。诗人感到美丽的忧伤——“独酌无相亲”！我想，人的心灵大概是这样的，在美中最容易感到美中不足，而寻常时却往往并不觉察。诗人正是这样，在花好月圆之中，寂寞袭来了。

但诗人毕竟多情而易感，他不会轻易被寂寞所压倒。于是诗人灵光一闪，又为自己“画”出了一个全新的美的境界：“举杯邀明月，对影成三人。”从落落寡合的“无相亲”到谈笑风生的“成三人”，诗人在一举手、一投足之间“画”出了一幅美丽的图画。然而，“画”中之美毕竟是镜中花，水中月。诗人马上严重地意识到了这一问题，诗人的心绪更乱了，情感也更为激越不平。“月既不解饮，影徒随我身”，诗人所需要的并不是这月下美景和杯中美酒，而是心灵的沟通与熨帖，是真正的交流。

于是诗人继续唱道：“暂伴月将影，行乐须及春。”寂寞如影随形，弄得诗人一点办法也没有。怎么办呢？只能暂时忘记忧愁，且在这美好的春夜里，花从底下，就着美酒，与月影共舞一场。至此，诗人主意已定，不再自我煎熬。于是诗句急转直下，由平声韵转入仄声韵。“我歌月徘徊，我舞影零乱。醒时同交欢，醉后各分散。永结无情游，相期邈云汉。”此时的李白，大概已经颇有些微醉了。他醉眼向上望去，空中的月亮好像在随着他歌唱的节奏起舞，他醉眼向下看去，地上的身影更是随着他的手舞足蹈而摇曳不定。诗人已然明了，他与明月，还有自己影子的“交欢”，只是他自己的徒然的努力，这一美丽的图画将随着他的醉倒而顿然消逝无踪。但是，诗人并没有气馁，他在这种短暂之中看到了永恒。如果我与月亮结为伴侣，时时相邀，那么我就会永恒地得到这片刻的快乐了。“永结无情游，相期邈云汉”，从这句话来看，李白算得上是一个真正无可救药的乐天派！

遭遇寂寞，是一种痛苦的快感。寂寞之于诗人，恰如一道洞彻灵府的闪电。

赠汪伦

李白

李白乘舟将欲行，忽闻岸上踏歌声[①]。
桃花潭水深千尺，不及汪伦送我情。

【注释】①踏歌：连手踏地为节而歌。踏歌是唐人一种歌乐形式。

【赏析】这首诗是为赠别汪伦而作，但在字面上我们却看不到汪伦其形，只以“踏歌声”空中传响，使读者闻其声而想见其形。汪伦是与送别的村人子弟们一起来的，他也在踏歌的队伍中。并且他来得正是时候，李白将行未行，忽闻岸上有人踏歌而来。“忽闻”给人突如其来、不期而至的感觉，这踏歌的古风古韵使李白感到新奇、欣喜，就连读者也感到新奇、欣喜。于是，结句不言惜别，只言深情，作者以桃花潭水比汪伦之情，化无形的情谊为生动的形象，恰是信手拈来。但又用“不及”二字及时转换妙境，桃花潭水仍是桃花潭水，友情依旧不可捉摸、不可比拟。作者刚要把我们引到捉住友情的那个悬崖边上，突然抽身走了，只留下我们在那里唏嘘茫然。

听蜀僧濬弹琴

李白

蜀僧抱绿绮[①]，西下峨眉峰。为我一挥手，如听万壑松。
客心洗流水[②]，余响入霜钟。不觉碧山暮，秋云暗几重。

【注释】①绿绮：古琴名。②客心：尘俗之心。

【赏析】一个蜀地的僧人濬怀抱着一张古琴，从峨眉云峰间飘然西下。无疑地，那连绵高耸的峨眉峰作了他和古琴的衬托。像是随意地一挥手，音乐从琴上泛起，弥漫着向人涌来。而在那琴音背后，整座峨眉峰都在应和低唱。峨眉峰里的天地元气，使这琴声有如万壑松涛，洋洋不绝于耳。这气象万千的音乐，像泉水一样流淌在我的心上，洗净了尘世的烦恼。它的袅袅余韵，与薄暮中山寺的钟声和鸣，使人不觉碧山向暮、秋云更深了。

听音乐的最高境界就是浑然忘却了时间、忘记了自己，而被音乐引到那天地杳渺深远之处，融于自然的律动中，音乐的最高境界也如此。

送友人

李白

青山横北郭，白水绕东城。
此地一为别，孤蓬万里征①。
浮云游子意，落日故人情。
挥手自兹去，萧萧班马鸣②。

【注释】①孤蓬：蓬，草名，枯后断根，遇风飞扬。此处比喻远行的征人。②班马：离群之马。

【赏析】李白的诗充满诗情画意，连送别诗也不例外。一个自由洒脱的人，一个胸襟莹澈的人，一个感情明快绝不黏滞的人，一个经常在诗中写大景物、用亮色调的人，一个有着行云流水般语言天赋的人，他所写出来的诗篇，不充满诗情画意才怪。

青山、白水、浮云、落日，这些都是大景物，都用亮色调，这些景物与诗人纯净的心愫融合在一起，形成了一种阔远朗莹的大境界。于是，那本来使人黯然销魂的“游子意”“故人情”，以及那本来使人孤单悲凄的孤蓬影、班马声，也被赋予了一种深情和悲壮的色调。

青山横亘在那里，像是有着绵绵情意。清澈的河水绕着东城缓缓流淌，是不忍离开的样子。落日即将收尽余晖，想挽留也挽留不住。主人挥手作别，那两匹马也鸣叫起来，不愿离开。所有这一切都很温暖，很明净，很有情意，像是弥满着淡淡的离愁别绪，很美。

子夜吴歌①

李白

长安一片月，万户捣衣声。
秋风吹不尽，总是玉关情。
何日平胡虏，良人罢远征②。

【注释】①子夜吴歌：六朝乐府吴声歌曲有《子夜歌》，相传为晋代一个名叫子夜的女子所创制，因起于吴地，故又名《子夜吴歌》。②良人：指丈夫。

【赏析】长安何其大哉！城中十万户啊。而以“一片月”笼罩之，可见这“一片”不是小，而是彻里彻外、满世界白茫茫一片之意，秋月之皎洁于此不言自明。这月对思妇是怎样一种撩拨啊！玉户帘中卷不去，捣衣砧上拂还来。谁在捣衣？不是一家两家，而是万户砧声，连成一片。古人衣服多为葛麻，葛麻织品最明显的缺陷就是太硬，穿着不舒服，所以妇女们在缝制前，要把布料铺在平滑的砧板上，用木棒敲平，以求柔软熨帖，称为“捣衣”。这项活动多于秋夜进行，所以在古典诗词中，凄冷的砧杵声又称为“寒砧”。这砧声对思妇又是怎样一种撩拨啊！而秋风，也是撩人愁绪的。风送砧声，凄凄切切，声声都是思妇思念丈夫的深情。但是，这秋风吹不尽砧声，也吹不尽砧声里的深情。于是想，什么时候才能扫平胡虏，夫君从此不再远征？

静夜思

李白

床前明月光，疑是地上霜。
举头望明月，低头思故乡。

【赏析】胡应麟《诗薮》说："太白诸绝句，信口而成，所谓无意于工而无不工者。"李白诗作的那种行云流水般的自然一直为后人所津津乐道，这首《静夜思》就是个绝好的例子。这首小诗，既没有奇特的想象，也没有华丽的辞藻。它用的是叙述的语气，写的是常见的景象，然而千百年来，却广泛地吸引着读者，不敢说妇孺皆知，起码也是家喻户晓吧。要问为什么，大概是它巧妙地拨动了人们心中那根微妙的弦吧。有过"独在异乡为异客"的经历，就能体会这首小诗隽永的美。

独自一人作客他乡，白天也许还有这样那样的事情，时间容易打发过去，夜深人静的时候，难免会想起家乡。如果恰是月明之夜，更是辗转反侧、难以成眠。偶然睁开眼蒙眬望去，啊！床前竟然铺着一层皑皑的白霜。床前有霜，是诗人刚睁开眼有点神思恍惚，在一瞬间的错觉。等回过神来定睛一看，不对，这不可能是霜痕，应是月光透过窗户照到了我的床前，今晚的月光真皎洁啊。

被月色吸引的诗人不禁推枕披衣而起，来到窗前抬头一看。一轮娟娟的素月正挂在空中，而这月亮就是故乡的月亮。一时之间，惹起了诗人的乡愁，想念故乡的月色、故乡的山川、故乡的亲人，想着想着，不禁难过起来，沉浸到思念之中无法释怀。从"举头"到"低头"，寥寥数字，就勾勒出一幅生动形象的月夜思乡图。虽没有明言思念有多深，而在不知不觉中的一“低头”间，已经将那种黯然销魂表露无遗。

短短四句诗，写得清新朴素，明白如话，可以说是“老妪能解”。它的内容是单纯的，但也是丰富的。它是容易理解的，但也是意味无穷的。在这恰似诗人脱口吟出的短短几句诗背后，包含着千言万语。不过他没有说出来，当然也不用说出来，留给千古读者在异乡的月下去细细思量吧。

塞下曲

李白

五月天山雪，无花只有寒。
笛中闻折柳，春色未曾看。
晓战随金鼓，宵眠抱玉鞍。
愿将腰下剑，直为斩楼兰。

【赏析】与岑参、高适等人不同，李白并没有去过塞外，也不知道战争的情形。所以他写不出“北风卷地白草折，胡天八月即飞雪。忽如一夜春风来，千树万树梨花开”“轮台九月风夜吼，一川碎石大如斗，随风满地石乱走”“战士军前半死生，美人帐下犹歌舞”这样具有塞外特色和表现战争真实的诗句，但即便如此，也不妨碍他写艺术的真实。《塞下曲》写天山风景、写战争情形，都应看作是写艺术的真实。所以这里的“雪”是飞雪，这里的“花”是春花，不必作过深的附会。天山五月还在飞雪，看不见春花只有刺骨的严寒，春色只能从笛声中想象，可见环境是艰苦的。作战一天，夜眠时还抱鞍枕戈，可见战斗是艰巨的。唯其艰苦艰巨，方显出结尾两句誓言的豪壮。

诗评家说，前面六句都是为后面两句作的铺垫。这是对的。如果没有那样一个艰苦的环境，也就显不出如此卓绝之精神。如果开口便作豪语，就会变得苍白无力。实际上，诗人所要表现的正是他那种英雄主义的精神、乐观主义的精神。

玉阶怨

李白

玉阶生白露，夜久侵罗袜。
却下水精帘，玲珑望秋月。

【赏析】《玉阶怨》这个题目通常用来写宫女的哀怨，但李白却以他永远新鲜的感觉，写出了一个玲珑少女的心。这诗写得是那么美丽动人，使人看不见那“怨”字。

玉阶、白露、水晶、秋月、玲珑，这些晶莹、光洁的物象和谐统一地叠加在一起，使我们想见这一位清秀、文雅而又忧伤的女子，她有着晶莹的质地，有着玲珑的心。这女子久久伫立玉阶，以致白露浸湿了罗袜。她无奈返回室内，却又怕月光照进来，因而下帘。帘既下矣，她又隔着水晶帘痴痴地去望那秋月。“玲珑”者，秋月也，女子之心也，女子情态也。从“生”到“侵”，到“下”，到“望”，一连串的无声动作中，时间在缓缓流动着。她在和夜色对峙，她还要对峙多久？

这宫中的玲珑少女什么话也没有说，诗人在替她说话。她也没有告诉我们什么故事，她给予我们的是幻想。好诗往往如此。

别董大[①]

高适

千里黄云白日曛[②]，北风吹雁雪纷纷。
莫愁前路无知己，天下谁人不识君？

【注释】①董大：指董庭兰，是当时有名的音乐家，在其兄弟中排名第一，故称“董大”。②黄云：天上的乌云，在阳光下，乌云是暗黄色，所以叫黄云。白日曛（xūn）：太阳黯淡无光。曛，指夕阳西沉时的昏黄景色。

【赏析】此诗送别的对象是著名的琴师董庭兰。那年春天，吏部尚书房琯被贬出朝，门客董庭兰也离开长安。冬天，高适与董庭兰相逢于睢阳，写了《别董大二首》。此时高适本人也因仕途蹭蹬北游于燕赵一带，从第二首诗中的“丈夫贫贱应未足，今日相逢无酒钱”可见当时境况之窘迫。

可是在这首诗里，我们丝毫见不到诗人的窘迫穷酸相。诗开篇铺设了“千里黄云白日曛，北风吹雁雪纷纷”这样一个风雪迷茫、雁阵惊寒、游子末路的苍茫之境，读来有种天涯末路的悲怆感。接下来“莫愁前路无知己，天下谁人不识君”却来了一个大反转，一扫六合阴霾，展示出一种环视宇内、气吞万里的豪情与达观。如果你以为他说董庭兰是著名乐师，认识他的人自然很多，所以没有什么好担心的，那是你不了解这个狷狂豪气之人真正的心性。

对他而言，是“一叶浮萍东入海，人生何处不相逢”，这种达观和自信，才是真正为游子拭小泪，为志士壮行的力量源泉。

如果你在下雨之时，能想到可能会出太阳，只是乐观。如果你在下雨之时，还能欣赏着眼前的雨，这是达观。这种人超越了悲观和乐观的藩篱，无论晴雨，在他眼里，都是人生风景。这种达观，使人能够带着宽容的嘲讽度其一生，逃开功名利禄的诱惑，接受命运给他的一切东西，并深切地热烈地享受人生的乐趣。

白雪歌送武判官归京

岑参

北风卷地白草折，胡天八月即飞雪①。
忽如一夜春风来，千树万树梨花开。
散入珠帘湿罗幕，狐裘不暖锦衾薄。
将军角弓不得控②，都护铁衣冷难着。
瀚海阑干百丈冰③，愁云惨淡万里凝。
中军置酒饮归客，胡琴琵琶与羌笛。
纷纷暮雪下辕门，风掣红旗冻不翻④。
轮台东门送君去，去时雪满天山路。
山回路转不见君，雪上空留马行处。

【注释】①胡：古代汉民族对北方各民族的通称。②不得控：（天太冷而冻得）拉不开（弓）。③ 瀚海：沙漠。④掣（chè）：牵曳。翻：飞。

【赏析】唐西北边疆一带战事频繁，岑参怀着到塞外建功立业的志向，两度出塞，一是至安西节度使高仙芝幕府任掌书记，一是随封常清至北庭任安西北庭节度判官，前后在边疆军队中生活了六年，这首诗即是他第二次出塞任判官送别前任所作。

塞北风光激发了男儿的豪情，刀口舔血磨砺着诗人的刚性，深入前线的军旅生活让他将唐诗所写的对象从宫廷楼阁转移到了江山塞漠，他的边塞诗为唐诗注入了一抹奇异的色彩，这点与高适很像，后人将他与高适并称为高岑。

这首七古，“纵横迭宕，大气盘旋，读之使人自生感慨”，而其中起伏转折一丝不乱。全诗核心字眼，一为雪，一为别，充满浪漫色彩和奇情壮彩。北国风光、壮士豪情、惜别深情融为一体。

前八句，从视觉的奇丽和感觉的奇寒写雪，也为送别友人铺设了一个壮美的背景。八月飞雪是一奇，开如梨花是二奇。尤其是“忽如一夜春风来，千树万树梨花开”这一句奇妙浪漫的比喻，将雪之繁密、雪之洁白、雪之不期而遇、雪之铺地盖地形容得美极了，形象极了。而在这深深的惊叹背后仿佛能窥见诗人那颗热烈而豪气的心在跳跃。这份热情，能抵御狐裘不暖的严寒，能消释角弓不得控、铁衣冷难着的酷烈。我们的将士，就是在这种苦寒的境地下用他们的青春和激情抵御这漫天的冰冷。

后十句，重在写别，但又处处离不开雪。有别前的渲染：“瀚海阑干百丈冰，愁云惨淡万里凝”，连上苍仿佛也为这送别而愁。有别中的热烈：“中军置酒饮归客，胡琴琵琶与羌笛”，因花想美人，因酒想侠客，侠之别自然离不开酒，醉笑陪公三万场，痛饮从来别有肠。有别后的惆怅：“山回路转不见君，雪上空留马行处”，目送那个渐行渐远的背影，直至他再也看不见，直至漫天冰雪中唯有绵延的马蹄印迹。在眼睛看不见的地方，依依惜别的心仍然和你一起。这个结句只是在冷静地记述，这冷静背后分明有柔情。

前面所有的壮美，被这一句柔美绾住，百炼刚至此化为绕指柔。随着诗歌节奏从飞扬酣畅转为舒缓平和，读者的心也慢慢平静下来了，只留下了深长的余韵。

读高适和岑参的边塞诗，总感觉其中充满了侠气。“侠之大者，为国为民。侠之小者，为友为邻。”平庸的生活，需要这样一点侠气。

逢入京使

岑参

故园东望路漫漫，双袖龙钟泪不干①。

马上相逢无纸笔，凭君传语报平安。

【注释】①龙钟：涕泪流溢貌。

【赏析】这首诗是岑参第一次远赴西域，充任安西节度使高仙芝幕府书记时所作。长安求仕无果，34 岁的他无奈告别在长安的家人，西出阳关，奔赴安西前线，以求一展抱负。

诗的前两句写得很缠绵。他每远离故园一步，就要回头望一眼，这便是故园东望路漫漫。走得再远，也走不出自己的故乡啊。他像小儿女一样，泪湿衣襟，一直难干。这哪里像志在横行的伟丈夫呢？可是，这无情未必真豪杰，这点缠绵和脆弱，倒让我们看到了一个真实的男儿。家，是每个人生命开始的地方，也是每颗心安息的地方。它不是一间房子，而是你长年累月在这里度过的生活，是点点滴滴的细节和回忆，是只有你与你的家人才能看得到并感受得到的一切。

后两句有人说写得很豪气。在通往西域的大路上，他忽然碰见一个要回京述职的老相识，心里充满感伤，想请他捎个口信安慰长安的家人，说自己平安。豪气在哪里呢？因为平安是诗人对自己的前程充满了乐观和自信，是建立在他不凡的抱负之上的对自己的期许。可是我读到的依然是柔情。戎马倥偬，即使是有纸有笔也未必能寄雁传书，更何况是无纸无笔呢？可是诗人很体贴，无纸无笔，凭君传语也要给家人报一个平安，让他们安心。

是的，平安。有什么比“平安”这两个简单家常的字更能告慰家人、一解乡思呢？功名、前程，统统抵不上“平安”这个最具人情味的词。平安就好，你在，一切都在。

刘熙载说此诗“能于易处见工，便觉亲切有味”。的确，它是平易、亲切、有味的。它戳中了人人胸中都有的那个痛点，便成了千古绝唱。

望岳

杜甫

岱宗夫如何[①]？齐鲁青未了。
造化钟神秀[②]，阴阳割昏晓。
荡胸生曾云，决眦入归鸟[③]。
会当凌绝顶[④]，一览众山小。

【注释】①岱宗：泰山。夫：读“fú”，句首发语词，无实在意义，用以强调疑问语气。②造化：天地，大自然。钟：聚集。③决眦：裂开眼眶。④会当：唐人口语，一定要。

【赏析】这首《望岳》是杜诗的开篇，开篇就精彩绝伦，预示着一个天才的降临。

全诗没有一个“望”字，却句句紧紧围绕“望”字着笔，由远望到近望，再到凝望，最后是俯望，一气呵成，而气象不凡。“齐鲁青未了”真是惊人之句，它以距离之远来烘托泰山之高，五个字囊括数千里，十分恰切地写出了泰山的地理特点，写出了泰山那种巨大磅礴的气象，其他三山五岳挪用不得。

巍峨的泰山，到底如何雄伟？走出齐鲁，依然可见那青青的峰顶。神奇自然汇聚了千种美景，山南山北分隔出清晨和黄昏。层层白云，荡涤胸中的沟壑；翩翩归鸟，飞入睁大的眼圈。有朝一日，我一定要登上泰山顶峰，俯瞰群山。

正因为泰山的崇高伟大不仅是自然的也是人文的，所以登上绝顶的想望本身，当然也就具有双重的含义。因此，“会当凌绝顶，一览众山小”这两句诗的象征意义是显而易见的，诗人希望登上事业顶峰的雄心壮志以及对前程万里的乐观和自信，始终洋溢在字里行间。而这正是杜甫能够成为一个伟大诗人的关键所在，也是一切有所作为的人们所不可缺少的。这就是为什么这两句诗一直为人们所传诵，而至今仍能引起我们强烈共鸣的原因。杜甫的这首《望岳》无疑将与泰山同垂不朽！

饮中八仙歌

杜甫

知章骑马似乘船，眼花落井水底眠。汝阳三斗始朝天，道逢麴车口流涎①，恨不移封向酒泉②。左相日兴费万钱，饮如长鲸吸百川，衔杯乐圣称避贤③。宗之潇洒美少年，举觞白眼望青天④，皎如玉树临风前。苏晋长斋绣佛前，醉中往往爱逃禅。李白斗酒诗百篇，长安市上酒家眠，天子呼来不上船，自称臣是酒中仙。张旭三杯草圣传，脱帽露顶王公前，挥毫落纸如云烟。焦遂五斗方卓然，高谈雄辩惊四筵。

【注释】①麴（qū）车：酒车。②移封：改换封地。酒泉：古郡名，传说城下有泉，味如酒，故名酒泉。③圣：酒的代称。④觞（shāng）：大酒杯。

【赏析】《饮中八仙歌》是一幅“群像图”，是一篇“人物传”，是一首“传奇文”。这独特的诗篇使人难忘，正像程千帆先生所说，“饮中八仙”并非真正生活在无忧无虑、心情欢畅之中，这篇诗乃是作者从沉湎中清醒过来以后，以自己独特的观察对在开元时代产生的一群极富个性的饮者作出的历史追忆，杜甫与“饮中八仙”之间的关系可以归结为：一个醒的和八个醉的。

诗中所写“饮中八仙”，从身份地位论，有王公贵族、文人骚客、潇洒名士、布衣平民，从年龄个性论，有老者、壮者、儒者、禅者。八个人的醉态各不相同，贺知章喝醉酒后，骑马的姿态就像乘船一样摇来晃去，醉眼蒙胧中跌到井里去了，还能在水底照睡不误。汝阳王李琎喝了三斗酒才去上朝，路上见了酒车还馋得流口水，恨不能将自己的封地移到酒泉去。左相李适之爱好招待宾朋，所以不惜日费万钱，他喝起酒来如长鲸吸尽百川之水，自称举杯豪饮是为了脱略政事，以便让贤。崔宗之是一个潇洒的美少年，他豪饮时，高举酒杯，用白眼仰望青天，喝醉后宛如玉树迎风摇曳，不能自持。苏晋虽在佛前斋戒吃素，饮起酒来常把佛门戒律忘得干干净净。李白饮酒一斗，立可赋诗百篇。他去长安街酒肆饮酒，常常醉眠于酒家。天子在湖池游宴，召他写诗作序，他却不肯上船，还大声呼喊："臣是酒中仙。"张旭醉后，豪情奔放，绝妙的草书就会从他笔下流出。他在王公大人面前脱下帽子，露出头顶，只顾自由挥毫如云烟般舒卷。焦遂虽是一介布衣，却能在醉后高谈雄辩，语惊四座。

从上面惟妙惟肖的描述中，我们看见，八个醉者共同的特点是醉得飘飘欲仙，把一切世俗观念和清规戒律都忘得干干净净。这种狂放、自由和旷达正是杜甫心中所憧憬的开元时代的精神特质，但是，经过安史之乱后，它已经逐渐失去存在的条件，而成为绝唱。杜甫是不是对此有着一种深深的怀恋呢？

后出塞

杜甫

朝进东门营，暮上河阳桥①。
落日照大旗，马鸣风萧萧。
平沙列万幕，部伍各见招。
中天悬明月，令严夜寂寥。
悲笳数声动，壮士惨不骄。
借问大将谁？恐是霍嫖姚②。

【注释】①河阳：古孟津，在今河南孟县。②霍嫖姚：汉武帝时元朔六年，十七岁的霍去病被封为嫖姚校尉，随大将军卫青击匈奴于漠南。

【赏析】《后出塞五首》是一组叙事连贯的古题乐府诗。这五首诗以一位军士的口吻，诉说他从应募赴军到只身脱逃的经历，通过一个人的遭遇深刻反映了安史之乱“酿乱期”的历史真实。第一首，从军者自叙应募动机及辞家盛况；第二首，叙述军士在路上的情事；第三首，写军士到蓟门军中之后所起的反感；第四首，进一步揭发蓟门主将的骄横，已到了顺我者生、逆我者死的地步；第五首，军士诉说脱身经过，以及到老孤独的情景。这里选的是第二首，也是五首中艺术成就最高的一首。

新兵入伍，早晨才进洛阳城东门外的军营，傍晚就上了孟津的大桥，气氛紧张，节奏很快。晚霞映照着迎风招展的大将军旗，战马在萧萧朔风中嘶鸣奔腾。这样凛然庄严的行军场面真是飒然有关塞之气。接下来写军队驻营后的情形。平坦的沙地上整齐地排列着成千上万个帐幕，各个部队的士兵正在被召集起来住入营帐。入夜后，唯见一轮明月悬在当空，整个军营寂寥无声，军令森严。偶尔响起几声悲凉的胡笳，战士心头一阵惨然，再也没有了入伍时的骄矜之气。统率这支军队的大将是谁呢？没有人敢向旁人发问，只能自己在心里揣测道，恐怕是和霍去病一样盼望立功的人物吧！

杜甫几乎没有高适、岑参、王昌龄那类豪迈乐观的边塞诗。他几乎没有抒写过英雄主义的主题。他在骨子里是反战的。

春望

杜甫

国破山河在，城春草木深。
感时花溅泪，恨别鸟惊心。
烽火连三月，家书抵万金。
白头搔更短，浑欲不胜簪。

【赏析】老杜是诗中圣手，揣摩人情体贴入微，尤善于对事、对物说情话。

此诗开篇即写春望所见：国都沦陷，兵荒马乱。一个“破”字，触目惊心，像是摔碎了一只金瓯，疼在自己心上。国家破了，山河仍在。山河没有感觉，一到春天，城外仍是草木深深。从诗歌艺术上讲，一切景语皆情语。诗人眼里所见的，是对国家最深的眷恋。

接下来写一家一人之生活与感受。时世如此艰难，花见了也要落泪。家人离别的痛苦，鸟听了也要心惊。整整一个春天都在兵荒马乱中，根本得不到家中的消息。这样的情形令人焦虑不安，我的白发越搔越短，连簪子都要插不住了。用“万金”来形容家书的珍贵，这迫切的心情，使人感觉妥帖。有国才有家，有家便有国。一封家书里，也写着国家。

曲江

杜甫

朝回日日典春衣，每日江头尽醉归。
酒债寻常行处有，人生七十古来稀。
穿花蛱蝶深深见，点水蜻蜓款款飞。
传语风光共流转，暂时相赏莫相违。

【赏析】每个人都免不了发牢骚，但各有特点。《曲江》二首就是杜甫的牢骚，其特点是含蓄，不一下子说完，弦外有音，留有余地。

第一首结句说：“细推物理须行乐，何用浮名绊此身?”绊此身的浮名何所指？指的就是那个从八品的“左拾遗”谏官。杜甫因为在左拾遗任上疏救房琯，触怒唐肃宗，结果被贬华州司功参军。这第二首即紧承“何用浮名绊此身”而来。

时当暮春，春衣正派用场，诗人却日日典起春衣来，可见冬衣已经典尽。

透过一层来写，更有力量。为什么要典春衣呢？读到第二句才知道，不过是为了每日尽醉而归，真是出人意外！诗人不仅在曲江尽醉，而是行到哪里就在哪里尽醉，以致“寻常行处”都欠有酒债。为什么要这样呢？诗人解释说，“人生七十古来稀”啊！人的一生能活多久？既然不得志，不如活个洒脱。但我们知道，这是牢骚，是反话，是以这个不合理来揭露那个更大的不合理！接下来，诗人就把笔墨宕开了。“穿花蛱蝶深深见，点水蜻蜓款款飞”，这是多么恬静、多么自由、多么美好的境界啊！这一联缘情体物，有天然之妙，使人感觉美。可是，这样恬静、这样自由、这样美好的境界，还能存在多久呢？春光啊，你可愿意为我稍作停留？哪怕只能暂时相赏，我也就心满意足了。在这里，诗人敏锐地意识到了人生的某种无可奈何，对于这无可奈何，诗人不再倔强地抵抗，他后退一步，恳切地说出了自己的希望。他得到的会是什么呢？

赠卫八处士

杜甫

人生不相见，动如参与商①。
今夕复何夕，共此灯烛光。
少壮能几时，鬓发各已苍②。
访旧半为鬼，惊呼热中肠。
焉知二十载，重上君子堂。
昔别君未婚，儿女忽成行。
怡然敬父执③，问我来何方。
问答未及已，儿女罗酒浆。
夜雨剪春韭，新炊间黄粱④。

主称会面难，一举累十觞。
十觞亦不醉，感子故意长。
明日隔山岳，世事两茫茫。

【注释】①参（shēn）商：二星名，商星居于东方卯位（上午五点到七点），参星居于西方酉位（下午五点到七点），一出一没，永不相见，故以为比。②苍：灰白色。③父执：父亲的挚友。④间：读去声，掺和的意思。

【赏析】这首诗作于肃宗乾元二年（759年）春天，杜甫自洛阳返回华州途中夜访老朋友卫八处士，主人设酒相待，诗人感慨赋诗。

“人生不相见，动如参与商。”开头诗人就苦道相见不易，就像参、商二星，此出彼没。卫八既是处士，怀抱隐居不仕之义。诗人却是一命微官，东奔西走，还曾身陷贼中，两人的生活道路是迥然不同的，而今日灯烛之下，老友重逢，恍如梦中：“今夕复何夕，共此灯烛光。”此时虽然两京已经收复，但河北之地激战犹酣，今夕有幸相聚，后会不知何时，老友之间的那种悲喜交集之情不言自明，以上四句总领全诗。

接着诗人开始写宾主坐定之后的叙谈。久别重逢，首先注意到的就是双方容颜的变化。久别重逢，诗人和卫八已是二十年未见了，二十年前杜甫只有二十七八岁，“放荡齐赵间，裘马颇清狂”，卫八和他年龄相仿，也应是风华正茂，而如今两人都是年近半百，丝丝白发已经爬满了鬓角，让人感到韶华易逝。“访旧半为鬼，惊呼热中肠。”而一旦互相询问当年的老朋友的下落，竟有一半已经不在人世了，世事无常，怎不让人心里难受。试想一下，杜甫这一年才四十八，可是亲朋故旧就已经死去过半，这肯定是和安史之乱造成的生灵涂炭有关，而此时战乱远未结束，所以二十年后，能够“重上君子堂”已经是值得欣慰的了。仅仅为能活下来就感到欣慰，那么时局之可痛心就尽在其中了。

“何以解忧，唯有杜康。”一番寒暄之后，老友重逢岂可不喝上两杯。诗人从叙话转到共饮的环节安排得自然而巧妙。二十年过去，当年未婚的卫八现已是儿女成行，他的儿女彬彬有礼，殷勤相问。知是父亲的多年好友，不待吩咐就去张罗酒菜了。“夜雨剪春韭，新炊间黄粱”：菜是冒着夜雨剪来的春韭，饭是新煮的掺有黄米的香喷喷的饭。这自然是草草杯盘，但深夜冒雨备办，也足见这些后辈对父执的尊敬，从侧面也说明了卫八处士良好的家风。酒菜已备，主人举觞劝客，难得碰面，请多喝几杯。诗人本是“性豪业嗜酒”的人，遇到的又是不避形迹的老朋友，心情激动，自然开怀畅饮，十觞不醉。就算醉了又何妨，明日辞别，再会又不知是何年了。真是今夕共此灯烛光，明朝世事两茫茫啊！

诗人是在战乱的年代、动荡的旅途中，寻访阔别二十年的故人，这一夕的晤面，就显得特别不寻常。在“干戈满天地”的大环境中，老友相逢，怀旧饮酒，这是一个充满了人情温暖的小小角落。但是儿女成行，正是在催人老去；少壮不再，恰好似盛世不回。本来很平常的春韭和黄粱因此特别让人感慨和珍惜，诗人的酒意渐浓，就用诗句记录下来那一夕的感受。

这首诗语句平易，娓娓道来，如说家常，但是因为有深切的感情蕴含在其中，情真所以让人并不感到它意浅。虽然绝大多数的人认为老杜的妙处，在于那些“沉郁顿挫”的篇章，但这一首自然生动的小诗，却别具一格，读之颇有情味。毕竟，有真情才会有真诗。(顾世宝)

梦李白

杜甫

浮云终日行，游子久不至。
三夜频梦君，情亲见君意。
告归常局促，苦道来不易。
江湖多风波，舟楫恐失坠[1]。
出门搔白首，若负平生志。
冠盖满京华[2]，斯人独憔悴[3]。
孰云网恢恢？将老身反累。
千秋万岁名，寂寞身后事。

【注释】①舟楫恐失坠：公元756年，李白因参加永王李璘的幕府兵败而流放夜郎。后来在途中遇赦。当时关于李白的行踪，传说纷纭，有传说他堕水而死。杜甫时在秦州，怀念老友，积想成梦，写了这首诗。诗中“舟楫恐失坠”等语可能与这个传闻有关。②冠盖：达官贵人的代称。③斯人：指李白。

【赏析】杜甫喜欢李白，这是件很奇怪的事情。至少从性格上来说，这事很费解。杜甫诗集中有十几首为李白而写的诗，写得一往情深。什么“醉眠秋共被，携手日同行”啦，一副很满足的样子；什么“三夜频梦君，情亲见君意”啦，好像李白也很想念他似的；什么“敏捷诗千首，飘零酒一杯”啦，他对这个很是神往；什么“笔落惊风雨，诗成泣鬼神”啦，简直崇拜得不得了；什么“世人皆欲杀，吾意独怜才”啦，恨不得死死护着他。但李白就不一定对这个比自己小十一岁的小跟班有什么好脸色，他不稀得那么做。而这个迂腐的儒者也从来没有介意过，他信什么就总信什么。所以，这看似不平等的友情很是稳固。我们私心里当然也希望这友情稳固，有天才，而又有爱护天才的人，这世界才显得平衡。

这诗当然写得好，但“冠盖满京华，斯人独憔悴”一句用来说李白却不恰切，李白是在失意中都活得很高兴的一个人。杜甫这句诗，用来形容自己倒是最贴切不过的。

月夜忆舍弟

杜甫

戍鼓断人行，边秋一雁声。
露从今夜白，月是故乡明。
有弟皆分散，无家问死生。

寄书长不达，况乃未休兵。

【赏析】今天是白露节气，到后半夜时，大地上清露盈盈，令人顿生寒意。漂泊到这秦州来已经有些日子了，兄弟们也四处流散。何况是秋天，何况是边地，失群的孤雁在空中发出哀鸣。路上见不到一个行人，只有军营里的更鼓远远地传来。白日里看到的这一切如今想来仍感悲凉。今夜的月亮是多么明亮啊！照在人身上，寒浸浸的。但这个月亮不是家乡的月亮，在家乡过白露节的时候，月亮温柔地洒下清辉，把整个大地照得通身皆白，表里澄澈。兄弟们在野地里一起追着月亮跑，这欢乐永无完结。家乡的那个月亮如今是再也看不到了，但是不容置疑，家乡的那轮明月真的是比今夜的月亮要明亮得多。在这清冷的月夜里，兄弟们都在哪里呢？想寄封书信问一问，但平时尚且不能到达，更何况如今战事频仍，只能作罢。没有家，也没有一个人可以问问兄弟的死生，这夜冷的！家乡的月亮是多么明亮啊！

江村

杜甫

清江一曲抱村流，长夏江村事事幽。
自去自来梁上燕，相亲相近水中鸥。
老妻画纸为棋局，稚子敲针作钓钩。
但有故人供禄米，微躯此外更何求。

【赏析】饱经乱离之后，诗人终于在友人严武的帮助下，于成都浣花溪畔盖起了一座草堂。诗人的心情一时大好。

清澈的江水在村边曲曲折折地流过，用“抱”来说它，像是有依恋的心情。初夏幽静，水木清华。一切平平常常的景色，此刻都有恬静幽雅的意味。

“自来自去”是梁间的燕子，“相亲相近”是水中的鸥鸟。物情如此幽静，人事的活动也使诗人感到惬意：老妻有了闲趣，在画纸为棋局，小儿寻着自己的欢乐，在敲针作钓钩。棋局最宜消夏，清江正好垂钓。心倘能安然于平静的时刻，便有轻盈的诗情。

然而这悠闲的生活是建立在故人分给“禄米”的基础上的。尽管依人过活并非长久之计，但也只有这样吧。如果一家大小能够就此生活下去，还奢求什么呢。这话语里当然有苦涩，我们听得出的。

蜀相

杜甫

丞相祠堂何处寻，锦官城外柏森森。
映阶碧草自春色，隔叶黄鹂空好音。
三顾频烦天下计①，两朝开济老臣心②。
出师未捷身先死③，长使英雄泪满襟。

【注释】①三顾频烦：刘备为统一天下而三顾茅庐于隆中，问计于诸葛亮。频烦，多次。②两朝开济：诸葛亮辅助刘备开创帝业，后又辅佐刘禅，经历前后两朝。③出师句：诸葛亮多次出师伐魏，未能取胜，最终卒于五丈原军中。

【赏析】诸葛亮是历代报国志士的楷模，他天文地理无所不通的才学，为后人景仰；他为君主三顾茅庐的殷勤，为后人艳羡；他的悲剧命运，更是让后人扼腕慨叹。而诸葛丞相更被人认同的，是他那份至死不渝的执着和他对刘备三顾的回报。这正是后人在过丞相祠时，都会停留感慨提笔作诗的缘故。杜甫这首诗，正是如此。

“丞相祠堂何处寻，锦官城外柏森森。”丞相祠在成都，诗人自是知道，所谓“何处寻”，当是柏树森森，遮挡而致。柏树的挺直，本是一种肃穆的感觉，又加上森森茂密，显得越发庄重。在这样的寻找途中，诗人心中当是激起无限感慨。一代名相，就这样在功业未就之时，星辰陨落，虽然后人为他立祠纪念，他却永远看不到蜀汉一统中原的一幕。更可悲的是，他和如他一般鞠躬尽瘁的后人都看不到，那大开的蜀国城门，和投降后的无谓的娱乐。原来心血付之一炬的速度可以如此之快，可以如此彻底，不留一点痕迹。诗人想着这个悲惨的结局，想着与诸葛亮的才华和志愿毫不相匹的结局，悲情愈来愈深。

走过柏树林，终于看到了丞相祠的一角。“映阶碧草自春色，隔叶黄鹂空好音”，这已经成为历史古迹的地方，杂草丛生，虽然春色也带给了它们碧绿，可那只是春天的事了。没有源于这个祠庙的生气，没有源于祠庙中这个伟大人物的生气，因为这个人物已经成为历史，而且是一段让人忍不住为之叹惋的历史，一段可以说是让先人不得瞑目的历史。繁茂的树叶间，藏着只只黄鹂，不停地鸣叫，本来，“春日载阳，有鸣仓庚”，是很让人激动的生灵复苏的时刻，而在这个祠堂面前，这一切都失去了生气。因为这里供奉的，是一位老臣。

“三顾频烦天下计，两朝开济老臣心”。这个“老臣”，为着君主三顾茅庐以托天下的情意，“鞠躬尽瘁，死而后已”，将自己的一生都赋予了那个特殊的时代，特殊的使命。这是怎样的情义，诗人是理解的，他与刘备之间，不只是臣与君的关系，他们之间更有知遇、感恩、托孤、遂愿的复杂感情，这样的感情让诸葛亮真正以天下为己任，用自己的心和最后的气力，去成就一段似乎存在于宿命中的相遇相知。“老臣”，这是何等尊敬的称呼！这个老臣，不也正是诗人自己么？

所以，诗人能与诸葛亮同喜同悲。“出师未捷身先死，长使英雄泪满襟。”历来为诸葛丞相洒泪的仁人志士不少，诗人当也是其中之一。对于有治国之心、治国之力，又有治国之便的英雄来说，“出师未捷身先死”，当是最悲哀的结局。诗人是如此精确地指出这一点，可见他对诸葛亮相知切切。而对于有治国之心，却无治国之便的诗人来说，他的痛，又何尝是一个“苦”字可以概括的呢！（唐芸芸）

春夜喜雨

杜甫

好雨知时节，当春乃发生①。随风潜入夜，润物细无声。
野径云俱黑，江船火独明。晓看红湿处，花重锦官城②。

【注释】①乃：就。②花重（zhòng）：花因为饱含雨水而显得沉重。锦官城：成都的别称。

【赏析】我们都经历过春天的雨，那种春天本来就有的“好”的心情，会随着雨的降临而越发欣喜，而杜甫的“喜”正在这里，在这首著名的写雨的诗中。

春天的精神和生气，即使是情绪极低落的人，即使是身处磨难的人，也会因此而感到些许的安慰，也会生出些许的希望吧。诗人之所以“喜”，即在于雨之“好”。好在何处呢？“好雨知时节，当春乃发生。”雨并不一定是受人喜欢的，要看下雨的时节，而这雨正像为讨人喜欢似的，选择了在春夜这个时节。所谓“知”，当然是清楚地明了，明了物对于雨的需求，明了人对于雨的喜好，明了人对于精神对于生命的活力的渴望。于是，在本是欣欣向荣的春天，雨及时下落，让春天锦上添花。

雨水的滋润，对万物复苏来说，是必不可少的，而这春雨的可人之处还在于，它“随风潜入夜，润物细无声”。从天而落，只是淅淅沥沥，不会雷霆大作，大张旗鼓，宣告它的来临。只有细心关注它的人才知道。它更不会给地上万物以居高临下的威慑，和对滋润万物以期感恩的期求。它们只是细细的、无声地渗透到树叶中、花蕾中、泥土中，渗透到一切生命的形态中，将生命变得崭新所需要的一切都无私地赋予。而一切都在潜移默化中，只有受到滋润的万物才知道。

它们的一切行动，都淹没在黑暗中。“野径云俱黑，江船火独明。”黑云密布，没有一丝月光，于是山野小路就和云层俱黑，只有江上停泊的小船，传来昏暗的灯光。这样的天气，应该是会下一夜的雨吧！诗人心中暗喜，因为这将是更多生命受宠的好时机。

“草木有本心，何求美人折。”它们或许不希求有人为之感动，但它们肯定得意于自己的杰作，会在天明后给人一个惊喜，而这个惊喜会让人更加为之感动。诗人很是明白这一点，这也是“喜”的缘由。他禁不住想象天明后的情景：“晓看红湿处，花重锦官城。”锦官城即成都，待晓雨停出门看来，那一团团，一簇簇，“红湿”之处是什么呢？竟是满城花树，受着春雨的滋润，红艳艳，沉甸甸，成了春色最有力的代言者。从在层层花瓣累积起来的春色中，诗人可以欣慰地得出夜雨的功绩。现在花上又添了一层雨露，那晶莹的剔透的，遮着花瓣，更将春色装扮一番。这样的“好雨”，如何让诗人不喜？整首诗中虽未出现“喜”字，但“‘喜’意都从罅缝里迸透”。读者读得这首诗，也会被诗人的欣喜感染，心中暗喜。而读者所喜的，除了这“知时节”“润物细无声”的“好雨”外，更是感动于诗人的感动，感动于诗人所崇尚的这种精神。于是，我们在每当春雨来临之时，也会想着这首诗，想着春雨的好，想着明日天晓的“花重锦官城”。(唐芸芸)

水槛遣心

杜甫

去郭轩楹敞[1]，无村眺望赊[2]。
澄江平少岸，幽树晚多花。
细雨鱼儿出，微风燕子斜。
城中十万户，此地两三家。

【注释】①去郭：远离城郭。②赊：远。

【赏析】当我们在一个地方住久了，会自然而然地喜欢上这里的一花一木。

悠闲寂寞使人多情，在与大自然的朝夕相对中，我们寻找美，寻找乐趣，也寻找归宿。这儿离城郭很远，庭院开阔宽敞。四周没有村子挡住视野，平时可以眺望远方。往远处看，碧绿清澈的江水浩浩荡荡，似乎和江岸齐平了。往近处看，庭院四周树林幽深，暮色四合，感觉花也明艳了起来。细雨蒙蒙，鱼儿喷吐着水泡儿，欢快地跃出水面；微风习习，燕子乘风滑翔，倾斜着掠过水蒙蒙的天空。城里拥挤着十万人家，熙熙攘攘；这里却只有两三灯火，清闲自在。“此心安处是吾乡”，草堂此刻就是诗人的家。

茅屋为秋风所破歌

杜甫

八月秋高风怒号，卷我屋上三重茅。茅飞渡江洒江郊，高者挂罥长林梢[①]，下者飘转沉塘坳[②]。南村群童欺我老无力，忍能对面为盗贼。公然抱茅入竹去，唇焦口燥呼不得，归来倚杖自叹息。俄顷风定云墨色，秋天漠漠向昏黑。布衾多年冷似铁，娇儿恶卧踏里裂[③]。床头屋漏无干处，雨脚如麻未断绝。自经丧乱少睡眠，长夜沾湿何由彻！安得广厦千万间，大庇天下寒士俱欢颜[④]，风雨不动安如山？呜呼！何时眼前突兀见此屋[⑤]，吾庐独破受冻死亦足[⑥]！

【注释】①挂罥（juàn）：挂住。②坳（ào）：水边低地。③恶卧：睡相不好。④庇：遮盖。⑤见（xiàn）：通“现”，出现。⑥足：值得。

【赏析】杜甫的诗歌自古以来就有“诗史”的美誉。但我认为，杜甫诗歌的成功，恰恰在于它浸透了诗人个体生命的辛酸血泪，表现了诗人个体生命的独特感悟。舍弃这一点，纯粹用诗歌的语言来写史或表现政治，恐怕连作为历史或政治的教科书来看，都不会是好的。

同样是为天下苍生呼喊，“穷年忧黎元，叹息肠内热”的深刻同情，抑或“朱门酒肉臭，路有冻死骨”的尖锐揭露，尽管都寓有作者鲜明的爱憎在内，却不如“安得广厦千万间，大庇天下寒士俱欢颜，风雨不动安如山”更能显示诗人个体的感情，也更具有诗的浪漫韵味。

关于这首诗，著名杂文家、诗人、古典小说研究者聂绀弩先生分析说：“只要天下穷人都有房子住，有饭吃；住得好，吃得饱；自己当然也不会独没有得住，没有得吃；万一自己独没有得住，没有得吃，乃至冻死饿死，也都心满意足，死而无怨，我原要大家都过好日子，大家已经过好日子了，还会有什么遗憾呢？‘吾庐独破受冻死亦足’，这是何等博大忘我的襟怀……比起易卜生的首先救起自己来，简直是巨人之于微生物！”

诗是幻想的产物。诗贵真实。所谓真实，最重要的是心灵的真实，感情的真实。这诗好就好在真实，不仅前面描绘秋夜屋漏、风雨交加的情景很真实，就是后面的幻想，感情也很真实。

陈贻焮先生在《杜甫评传》中对这首诗的写作艺术作了精辟的分析。且让我们看看。

这诗一上来就开门见山、单刀直入地描写了茅屋为秋风吹破的情状。秋空越是辽阔，就越能显出狂风来势之猛。这样大的风，不仅会卷走屋顶上的几重茅草，似乎还能撼动天地。这样，诗人就以刚劲有力的笔锋，简括而生动地写出了秋风的狂暴，并借以反衬出人们处在自然威力之下的巨大惊悸，以及由此而产生的要求有安定的生活保障的强烈愿望。

然后，他就接二连三地极力铺叙狂风吹着茅草、“渡江洒江郊”“挂罥长林梢”“飘转沉塘坳”的情景，极度紧张，不容喘息，既显出风力之大和情况的混乱，又显出诗人眼望着自己苦心经营的草堂，正在遭到破坏却无力挽救的焦急和痛惜。

接着写一群顽童不听呼唤，抢走茅草的事和诗人的感叹。屋顶的茅草全给风吹散了，本来还可以捡回一些，想不到又给顽童们抱走了。抱走了茅草也就罢了，可是他们欺我年老无力，追他们不上，竟能忍心当面抢劫，还公然抱着茅草大摇大摆地走着，故意气我，害得我叫干了嘴皮也不理睬，这就更加可恶，更加可叹。这里作者把自己和顽童对照起来写，使老人和顽童的神情都显得很生动。严词斥责顽童，可见老人当时心情的暴躁，同时又令人感到很幽默。如果以为诗人真是在认真地谴责他们，那就完全理解错了。

狂风停息不久，大雨就下了起来。屋漏床湿，诗人通宵不眠。诗人用铁来形容棉被，被子能够硬得像铁，可见它的破旧和天气的寒冷。娇儿睡觉不规矩，蹬一脚，破一块，更见它陈旧不堪。被窝冷，儿子不会睡，何况大雨下个不停，屋子里没有一块干的地方，这可叫人怎样睡呢！“自经丧乱少睡眠，长夜沾湿何由彻！”诗人久经战乱，忧国忧民，长期以来就失眠，今夜遭到雨淋，更加不能合眼。多年积压在心头的家国深忧和目前的痛苦交错在一起折磨他，使他急切地盼望天明。可是，老天爷好像要故意捉弄人，盼望得越厉害，就越是迟迟不天亮。最后诗人在风雨交加之夜，产生了无穷的理想和愿望。“安得广厦千万间，大庇天下寒士俱欢颜，风雨不动安如山！”陈贻焮赞叹道，这几句诗写得真好。

赠花卿①

杜甫

锦城丝管日纷纷②，半入江风半入云。
此曲只应天上有，人间能得几回闻？

【注释】①卿：对地位、年辈较低的人一种客气的称呼。②锦城：成都的美称。

【赏析】我宁愿把这首诗理解为一首绝妙的音乐赞美诗！

锦城使人感觉美好，“丝管”与“锦城”相对应，同样使人可喜。纷纷者，多而杂乱也，亦从“丝”“锦”想象而来，诗人巧妙地将视觉上的感受移来形容听觉，使我们想见丝管之声的绵绵不绝和有条不紊，想见那音乐的轻悠、柔美、光洁和舒缓。这美妙悠扬的乐曲，从花卿家的宴席上飞出，整日地飘散在锦城上空，轻轻地荡漾在锦江波上，悠悠地升腾进白云之间。如此美妙音乐，只应神仙享用，世间的平民百姓，一生能听几回？诗人行云流水般的语言，使人感觉这音乐也有一种“行云流水”般的美妙。

客至①

杜甫

舍南舍北皆春水，但见群鸥日日来。
花径不曾缘客扫②，蓬门今始为君开。
盘飧市远无兼味③，樽酒家贫只旧醅。
肯与邻翁相对饮，隔篱呼取尽余杯。

【注释】①客至：杜甫在题后自注：“喜崔明府相过”。明府，唐人对县令的称呼。相过，即探望、相访。②花径句：言草堂初成，还不曾为来客打扫过花径。③盘飧（sūn）：泛指菜肴。

【赏析】杜甫大约是喜客的，也富于生活情趣，否则像这类纪事诗很难写得纯朴自然、有情有味。

这首诗写客至的喜悦以及待客的情景，编织出一幅富有人情味的生活场景，既隆重热烈，又亲切自然，千百年来使人喜读。诗人先从眼前景落笔，实际上是从主人的性情爱好写起。春天雨水多，我家房前屋后缭绕着一片春水，因为住得远，平时也没有什么人来，只有一群鸥鸟与我相亲。从这样的描写中，可以看出主人的雅意了。接下来这两句就显得热烈而庄重了：长满花草的庭院小路没有因为迎客而打扫过，我家的蓬门今天才为你第一次打开。这两句写得真好！

接下来实写待客。我这里离市集远，买东西不方便，菜肴很简单，酒也只好用家酿的陈酒。如果您不介意，我把隔壁的邻居邀来，陪您喝一杯可好？这些都很家常，也很自然，没有刻意的准备，也没有曲意的逢迎，一切都使人感觉刚刚好，而主人的殷勤就包含在这周到休贴之中了。

江上值水如海势聊短述①

杜甫

为人性僻耽佳句②，语不惊人死不休。
老去诗篇浑漫与③，春来花鸟莫深愁。
新添水槛供垂钓，故著浮槎替入舟④。
焉得思如陶谢手⑤，令渠述作与同游⑥。

【注释】①值：逢。②耽（dān）：爱好，沉迷。③漫与：随意付与。④槎（chá）：木筏。⑤陶谢：陶渊明和谢灵运，二人皆工于描写景物。⑥渠：他（们）。

【赏析】有时候，我们会对自己感到无能为力。李白曾对黄鹤楼而搁笔，杜甫也曾对锦江水而袖手，即使天才，也有这样的时候。

造化弄人，它会在某个神秘的时刻，向我们显示它的真面目。杜甫寄居草堂，有一次看到锦江“水如海势”，思成佳句，以咏其奔涛骇浪之势，而不可得，乃废然长叹。这是造化所施的故技。天才偶见梦中奇景，能无奇句吗？能不长吟吗？但是不，哪怕你“为人性僻耽佳句，语不惊人死不休”，你也写不出来，怎么写也写不出来，你只能随随便便地敷衍着写去，那些昔日能使花鸟深愁的夺魂摄魄手，今已老矣，所以诗人只能聊为短述。

无可奈何之余，诗人只能做些力所能及的事，在江边新装一副木栏，可供悠然垂钓，再添上一只小木筏，代替出入江河的小舟。但是诗人仍不能释然，于是想，像陶渊明、谢灵运这样的诗坛高手，如果见了今日锦江“水如海势”的奇景，也许会写出惊人篇章来吧，如果我能与他们一起作诗畅谈、浮槎漫游那就太好了。

面对自己的无能为力，我们只能保持沉默。

闻官军收河南河北

杜甫

剑外忽传收蓟北，初闻涕泪满衣裳。
却看妻子愁何在，漫卷诗书喜欲狂。
白日放歌须纵酒，青春作伴好还乡。
即从巴峡穿巫峡，便下襄阳向洛阳。

【赏析】《闻官军收河南河北》是杜甫“生平第一快诗”。

“快”当然首先是指心情的欢快。在连年的离乡漂泊之后，安史之乱眼看就要平定了，满天乌云一扫而空，堵在心头的忧闷也像一块巨石轰然落地，不期而至的幸福使人满心欢喜。

但是，诗歌作为语言的艺术，将如何淋漓尽致地表现这心情的欢快呢？这首诗里，诗人的形象活跃地呈现在我们眼前，以一连串动作，迅捷地推进着诗歌的节奏。消息“忽传”而至，才闻便已泪满衣衫，悲喜交加，如痴如狂，一边放歌一边纵酒，歌酒未歇，又要呼妻还乡。刚说还乡，诗人的脑海里立刻就浮现出船从巴峡穿过巫峡，取道襄阳直趋洛阳的画面。一首格律严整、字数受限的七律，它固有的形式丝毫没有阻碍情绪的奔流和意向的变化，反而强化了这种流动和谨严。

千载之下，我们只要读起这首诗，便会被那情绪所感染，想要手舞足蹈一番。杜甫诗歌语言的魔力，让人在猝不及防中缴械投降。

绝句

杜甫

两个黄鹂鸣翠柳，一行白鹭上青天。
窗含西岭千秋雪，门泊东吴万里船。

【赏析】这是一首千锤百炼的诗。四幅景互相独立又互相映衬，色彩明艳又生机勃勃。在这四幅图画背后，诗人的内心温暖美好又百转千回。

两只黄鹂在翠柳上欢快地鸣叫。他们是在谈情说爱吗？一行白鹭在青淡的天空里自由飞翔。他们要到哪里去呢？窗棂上的残雪还没有融化，从窗子望出去，可以看见远处西岭雪山上的千秋积雪。春天已经来临，这雪怎么还不融化呢？江水日夜不停地流逝，门前停靠着的船只何时才会开走？万里之外的东吴是何其遥远啊！

自然界的一切都是可喜的。这使人感到安慰。但在辽阔的时空中，人却不得自由，难以达到自己的目的。诗人因避战乱，此刻正漂泊西南。这使诗人焦虑。他什么时候才能重回故乡为国家出力呢？这个国家什么时候才会好呢？时光在流逝，千秋万里的孤独一起向他压来。

旅夜书怀

杜甫

细草微风岸，危樯独夜舟①。
星垂平野阔，月涌大江流②。
名岂文章著，官应老病休。
飘飘何所似，天地一沙鸥。

【注释】①危樯（qiáng）：高高的船桅杆。②大江：指长江。

【赏析】这是一个清风明月的静夜，微风吹动着细草。小舟静静地靠在岸边，孤独的桅杆高高耸立。星星低垂，平野显得广阔；大江奔流，月影在波浪中翻涌。

星星和平野、月亮和大江，简简单单的几笔勾勒，便展开了辽阔无边的境界。星空和平野使人想到宇宙的永恒，月影和江流使人感到时光的流逝。在如此广阔的时空中，细草、危樯显得孤独而又渺小。无疑地，这细小的野草和那高傲挺立的桅杆，正是诗人自己。在这静静的夜里，诗人的心里汹涌着悲愤。声名可以使人永恒，官位可以实现志向。世人只知道称赞我的诗，却并不认识那些诗的价值。我哪里是要写些诗来获得浅薄的名声？建功立业、报效君国才是我想要的啊。我将孤独地老去，不能再抓住什么，就像天宇中的一只沙鸥，找不到着落。

登高

杜甫

风急天高猿啸哀，渚清沙白鸟飞回[①]。
无边落木萧萧下，不尽长江滚滚来。
万里悲秋常作客，百年多病独登台。
艰难苦恨繁霜鬓[②]，潦倒新停浊酒杯。

【注释】①渚（zhǔ）：水中的小块陆地。②苦恨：极恨，极其遗憾。苦，极。繁霜鬓：白了很多头发，鬓边好像有霜雪。

【赏析】杜甫生长在一个“奉儒守官”的封建士大夫家庭，祖父杜审言为初唐时期的著名诗人，对他影响很大；远祖杜预为西晋名将，又曾注过《左传》，立功立言，更为老杜所津津乐道、仰慕不已。这样的家世使得老杜从小就超群脱俗、志向高远。在《壮游》诗中，作者写道：“性豪业嗜酒，嫉恶怀刚肠。脱略小时辈，结交皆老苍。饮酣视八极，俗物皆茫茫。”这股狂妄劲儿，多像他祖父杜审言！

《登高》一诗以雄浑开阔的笔力，写天涯倦客重九登高的情景。诗中，无边无际的秋声秋色，和诗人百感交集的感伤，互相映衬，融为一体。尽管四联纯用对仗，然而全诗一气流转，虚实结合，过渡自然，表现了杜诗所特有的悲壮苍凉的意境与炉火纯青的艺术手法。也正因此，明人胡应麟说：“此诗自当为古今七言律第一，不必为唐人七言律第一也。”这是至高无上的评价了。然而，有意思的是，身逢诗歌鼎盛时代的杜甫，要凭这一首《登高》来领受诗歌王国里这个最高的王冠，也许恰恰应验了诗歌必须表现人生、必须给人以向上的力量这一朴素的真理，而纯粹的艺术上的成功，充其量不过是一首伟大的诗歌装饰性的花边。

此诗首联写景极细，却浑然一体。秋日大地，天高地迥，登上夔门峡口的高台，但见西风猎猎，猿猴哀啸，放眼望去，江水浩渺，渚清沙白，水鸟飞翔，真是一幅精美的画图。

颔联是传诵千古的名句，写落木无边、长江滚滚，意境深远，气魄宏大。此联虽是写景，但一切景语皆情语，诗人心中无限悲秋、伤逝之感，全然寓于景中。面对空间的寥廓、时间的绵亘，身处天地之间的个体毕竟是非常渺小的，但我们的心却很大很大，可以包容这一切、承受这一切、化解这一切。正是这一点，化此联悲凉基调为悲壮情怀，给人以向上的力量。

颈联在寥寥数字之中，包含了极为丰富的内容，读来精警动人。宋人罗大经分析说："万里，地之远也。秋，时之凄惨也。作客，羁旅也。常作客，久旅也。百年，暮齿也。多病，衰疾也。台，高迥处也。独登台，无亲朋也。十四字之间含八意，而对偶又精确。"（《鹤林玉露》）凡此种种，均为尾联"艰难苦恨"的具体内容。

尾联承前六句"飞扬震动"之势，忽以"软冷收之"，寓无限悲凉之意于言外，可谓张弛有度。

通观全诗，抑塞历落的感情、百折千回的思绪竟被纳入严整工细的形式之中，而意脉又能流动贯穿，这说明杜甫对七律这种诗歌形式的运用已达到了随心所欲而不逾矩的地步了。

抛开此诗艺术上的成功，让我们再次回到积极的人生主题上来。登高，登高，高在何处？其实，人间最高的高度，不是珠穆朗玛峰，而是心灵。心有多大，我们的事业就有多大；心有多宽，我们的道路就有多宽。

登岳阳楼

杜甫

昔闻洞庭水，今上岳阳楼。
吴楚东南坼[1]，乾坤日夜浮。
亲朋无一字，老病有孤舟。

戎马关山北，凭轩涕泗流。

【注释】①坼（chè）：裂。

【赏析】杜甫晚年漂泊岳州、潭州等地，寄居舟上，其困苦无可名状。这首诗就写于这个时期，也是杜甫晚年“渐于诗律细”的代表作。

诗人对洞庭湖向往已久，今天终于如愿以偿登上了岳阳楼，他的心情应该是高兴。但是并没有，在“今”与“昔”之间，是一段遥远的距离，天在变，地在变，国在变，人也在变。也许，对于洞庭湖的向往，是他年轻时意气风发的绮梦，而今，这个绮梦伴随着国家的战乱、人民的痛苦以及个人的悲惨境遇，已经变得遥远而又凝重。他高兴不起来，在“昔闻”与“今上”之间，是一声长叹。

“吴楚东南坼，乾坤日夜浮。”杜甫写洞庭湖只两句，却雄跨古今。千载以还，唯有孟浩然的那句“气蒸云梦泽，波撼岳阳城”和屈原的那句“袅袅兮秋风，洞庭波兮木叶下”，可以与之媲美。洞庭湖水浩渺无际、茫茫一片，它向东南伸展开去，把吴地和楚地分裂成了两块，它日夜不停地涌起波澜，仿佛日月星辰和大地都漂浮在上面。这两句诗在真实的视觉感觉基础上，通过夸张的想象，构成了一个吴地楚地被裂开、整个乾坤被浮动的广阔无垠的画面，极写水面的宽阔、极写水的力量，产生了震撼心灵的艺术感染力。

“亲朋无一字，老病有孤舟。”这两句写诗人的孤苦，但主要还不是对于个人生活困苦的呻吟，而是对于无由了解国家状况和被社会忘记的精神痛苦。联系起来看，前面两句就绝非是单单写景，而是借写景象征性地、比拟性地暗示国势的动荡不安。

杜甫倚靠着岳阳楼的窗户，向北眺望，他看不到长安，也看不到战火，但在他心里，他却想见了吐蕃入侵、长安危急、人民遭难的情景，他感到无可奈何，于是就禁不住伤心得老泪纵横了。面对着如此江山，谁能不起身世苍茫之感？谁又能对这悲慨与雄壮无动于衷？

江南逢李龟年[1]

杜甫

岐王宅里寻常见[2]，崔九堂前几度闻[3]。
正是江南好风景，落花时节又逢君。

【注释】①李龟年：唐朝开元、天宝年间的著名乐师，擅长唱歌。因为受到皇帝唐玄宗的宠幸而红极一时。安史之乱后，李龟年流落江南，卖艺为生。②岐王：唐玄宗李隆基的弟弟李范，善音律。③崔九：崔涤，中书令崔湜的弟弟，在兄弟中排行第九，得玄宗宠幸。

【赏析】清人赵翼有两句诗非常有名："国家不幸诗人幸，赋到沧桑句便工。"长达七年的安史之乱，使大唐帝国盛极而衰，是中国历史长卷中最惊心动魄的篇章之一，伟大的时代为伟大诗篇的产生提供了可能。诗人杜甫正是那个时代最深情的见证者之一，盛衰兴亡被他忠实地编织成一篇篇动人心弦的诗歌。

杜甫是诗家泰斗，这一点很少有人怀疑，他的律诗造诣登峰造极，可谓前无古人后无来者。但是绝句，尤其是七言绝句，一直被认为是他的弱项，而这首《江南逢李龟年》得到的评价却极高，被公认为是杜甫七绝的压卷之作。

开元盛世，歌舞升平，当时的王公贵族普遍爱好文艺。长安，这座亚洲之都，汇聚着一流的艺术家：张野狐觱栗、雷海青琵琶、公孙大娘舞剑、李龟年唱歌……而少年时代的杜甫也赶到这繁华的都城，"习年十四五，出游翰墨场"，虽然年纪尚小，但是他出众的才华已经显露出来，成了岐王李范和秘书监崔涤的座上宾，在他们的府邸欣赏到李龟年的唱歌。安史之乱使大唐王朝从繁荣的巅峰跌落下来，陷入重重危机。都城长安经过战乱，再也不能恢复往日的繁华，昔日的艺人才子风流云散。老去的李龟年流落江湘，这位当年"特承顾遇"的大音乐家，已失去了往日的尊荣，"每逢良辰胜景，为人歌数阕，座中闻之，莫不掩泣罢酒"（《明皇杂录》）。而杜甫，也是辗转漂泊到了潇湘，一代才人，晚景凄凉。"他乡遇故知"本应是人生乐事，但两位垂暮老者在如此境遇下相逢，恐怕只能同病相怜了。

“岐王宅里寻常见，崔九堂前几度闻。”诗人追忆当年与李龟年的交往。当年的长安城中，岐王宅，崔九堂，是艺人才子风流雅集的地方，当年的诗人意气风发，当年的李龟年名动王侯，都是这些府邸的常客，曾经度过不少欢乐的时光。

“正是江南好风景，落花时节又逢君。”江南风景是秀丽可人，毕竟已是落花时节，暮春之时，诗人本就容易伤春。而遇到的四十年前的故人，抚今追昔，心中的感慨不言自明。当诗作到了这里戛然而止，如何感慨一点也没说，也许两位老人就是相顾无言吧，世事至此，还有什么好说的呢？

一场翻天覆地的巨变，将大唐帝国分成两半。杜甫很不幸，他的生活被战乱完全搅乱了，也再没有了心中的那份安宁。苏轼说他“一饭不忘君”，其实今天看来，让杜甫念念不忘的，不是君恩，而是大唐盛世那种未被破坏的生活。战争让他的日常所思所想都带上一种悲哀的底色，“伤心不忍问耆旧，复恐初从乱离说”，何况遇到的是当年同享过快意生活的李龟年，那种无限沧桑的感慨实在难以说破，被一股脑儿塞进这二十八字里面。正像前人评价的那样：“世运之治乱，华年之盛衰，彼此之凄凉流落，俱在其中。”（顾世宝）

逢雪宿芙蓉山主人

刘长卿

日暮苍山远，天寒白屋贫。
柴门闻犬吠，风雪夜归人。

【赏析】刘长卿是唐代诗歌天空里的明星之一，是中唐前期诗坛的重要诗人。他的诗以五言最多，曾自诩为“五言长城”。这不是他随口而出的狂妄之言，他的五言诗确实成就非凡。这首五言绝句，就是“五言长城”的杰出代表。

这首小诗诗句浅显，通篇白描，没有用任何典故，按说理解起来并不困难。然而，小诗不小，短篇不短，这二十个字却令后人争论不休。人们争论的焦点主要有两个：一个是“芙蓉山”的具体位置，有的说在湖南桂阳、宁乡等地，有的说在福建闽侯县，也有的说在山东临沂县。另一个是“夜归人”的具体身份，有的说是“主人”，有的说是主人的家人，也有的说是同村村民。其实，诗传达的是一种超越时空与国界的人生体验和感悟，某些细节的模糊并不妨碍我们对一首诗整体美的把握。无论“夜归人”是主人也好，家人也罢，抑或是邻居村民，都不会影响我们对“风雪夜归人”所描绘的那种浓浓的、暖暖的感觉的独特而清晰的感受。

人生就像一场旅行，我们总是在路上。人生之路难免会经常遭遇意想不到的风风雨雨。面对人生太多的苦难，我们常常会心力交瘁。但生命的本能，仍支撑着我们苦苦追寻。艰难的跋涉，痛苦的追求，一点一点吞噬着越来越微弱的希望，如野草般滋生蔓延的失望不断向绝望靠近。终于，你彻底绝望，决定放弃了，这时，“路转溪桥忽见”，忽然一个转弯，你看到了漆黑夜里人家亮着的那盏灯，你看到了迷茫大海上远处灯塔的微光，你看到了风雪肆虐中的那个“白屋”，这意外的惊喜，一下子会冲洗掉连日的阴沉暗淡，哀痛悲苦。相信这时候，你更能理解“风雪夜归人”所蕴含的那份在狂风肆虐、大雪飘飞中苦苦寻觅、艰难跋涉之后突然看到“白屋”的欣喜与温馨。

渔歌子

张志和

西塞山前白鹭飞，桃花流水鳜鱼肥①。
青箬笠②，绿蓑衣，斜风细雨不须归。

【注释】①鳜（guì）鱼：一种淡水鱼，江南又称桂鱼，肉质鲜美，十分可口。②箬（ruò）笠：用竹叶、竹篾编的宽边帽子，常作为雨具，又称斗笠。

【赏析】张志和是唐朝著名的诗僧。他少年成名，平步青云，唐肃宗亲赐其名为“志和”。后因罪被贬南浦尉，赦还后，因看破红尘，一心求隐。史载唐肃宗曾赐他奴婢各一人，张志和让他们结婚，取名“渔童”和“樵青”。告别亲友后，他带领他们游黄山、绩溪等，最后来到湖州城西西塞山渔隐，自称烟波钓徒。并在此写下了著名的《渔歌子》。

《渔歌子》又名《渔父》或《渔父乐》，大概是民间的渔歌。这首词以民歌清新自然的形式勾画了一幅江南水乡的烟波钓鱼图，图中弥满悠闲自在的隐逸之趣。

词用色明丽，颇富春天气息。白色的鹭，红色的桃花，青色的箬笠，绿色的蓑衣，婉丽得像一幅画。而画中人，那个钓翁，就像西塞山前悠然飞翔的白鹭一样，不慌不忙，安安静静地在斜风细雨中钓着鱼。斜风和细雨，一切都恰到好处，正合他此时悠然的心境。至于钓没有钓到那鲜肥的鳜鱼，不重要，也不必问。

他钓的不是鱼，是一种心境。

据说，张志和在西塞山渔隐的第二年，结识了在苕溪隐居的茶圣陆羽和在与西塞山毗邻的杼山隐居的诗僧皎然等，名人雅集，也是一景。

滁州西涧

韦应物

独怜幽草涧边生，上有黄鹂深树鸣。
春潮带雨晚来急，野渡无人舟自横。

【赏析】这首诗写于滁州任上，诗人时任滁州刺史。诗是写自甘幽独的恬淡还是写不甘寂寞的忧伤，让人难以揣测。也许正因为它的复义性，让它成了韦应物最广为人知的一首诗。

世间万物，诗人独独喜欢清幽。喜欢生长在深山涧边的幽草，上面还有一只黄鹂在树荫深处啼鸣。一“幽”一“深”，诗人到底是欣赏他们自甘寂寞的高标，还是感慨他们不为人知的幽独？

傍晚时分，春潮上涨，春雨淅沥，水势顿时湍急。郊野的渡口，荒凉冷寂，难觅人踪，只有一叶孤舟在潮水中兀自纵横。春潮带雨，来势汹汹；野渡无人，愈显荒凉。孤舟自横，是不在其位、不得其用的忧伤，还是悠闲自得、胸襟恬淡的高蹈？

诗中所表现的矛盾也是韦应物一生都在探索、一生都没有解决的问题。这个问题是，仕还是隐？他有志入世却无力，思欲归隐却不能，进退两难之间，自煎自熬，郁郁不乐。这个问题其实是中国士大夫共有的命题，能交出圆满答卷的鲜有其人。

这首诗重在空间物象的展示，颇有画意。因此宋代宫廷画院曾取诗中“春潮带雨晚来急，野渡无人舟自横”作为考试题目。有人只在船头画一鹭，以示无人。有人则画一人横卧舟中吹笛，以示无行人。

枫桥夜泊

张继

月落乌啼霜满天，江枫渔火对愁眠。
姑苏城外寒山寺，夜半钟声到客船。

【赏析】诗人很少能够改变自己的命运。但是，诗人却改变了许多小地方的命运。一座极其普通的寒山寺和枫桥，因为与诗人张继的才华偶然遭遇，从此流芳千古。

一千多年前的一个晴朗的夜晚，科考落榜、孤身在外的诗人漂泊到了苏州的枫桥边。此时，月亮已经落下去了，茫茫夜气中弥漫着满天霜华。四周幽寂清冷，诗人满腹心思，立在船头。江边的枫树兀立森森，浸透寒意，只有隔岸渔船上的点点灯火，让人感到一丝温暖。那几声乌鸦的啼叫多么凄厉啊，叫人怎么睡得着觉呢。正在这时，从远处寒山寺里传来了报时的钟声，在这寂静的夜里，这浑厚的钟声就仿佛敲在诗人的心上，一下子把诗人满腹的忧愁和孤单敲醒。

夜半时分，万籁俱寂，干扰的声音少而小，钟声相对于嘈杂的白天就更容易辨别了，他听得清楚。科考落第，心情苦闷，夜不能寐，看霜色，观渔火，对钟声也分外敏感。钟声敲打着夜的幽寂冷清，也敲打着一个失意之人难以言传的心绪。

这钟声唤醒了他的心灵，也唤醒了人们记忆中所有的美好。这时，你会感觉到你的心很软很软，仿佛有大把大把的感动，像雪花一样落下。然后，他以自己卓越的才华，把全天下人的忧愁锻造成诗意，铸成《枫桥夜泊》的千古绝唱。再然后，他又用自己不朽的诗篇作为钥匙，来开启全天下人的心灵，给予他们温暖和安慰。

一首不朽的诗应该是这样一把钥匙。一把开启美丽心灵的钥匙。

寒食

韩翃

春城无处不飞花，寒食东风御柳斜。
日暮汉宫传蜡烛，轻烟散入五侯家。

【赏析】这首诗写得很妙，它的核心是在写一个无形无影的春之使者——东风。

春城无处不飞花，一个双重否定便将全城已笼罩在浓郁春意中的盛况写尽了。飞，既有强烈的动感，又蕴含着春天的勃勃生机，是直接在写东风。

东风吹入御苑中，苑中的柳便随风摆动。斜，将风有形化，也写活了杨柳依依的情态。

接下来的两句，扣题点出了寒食节，同样在写风。

寒食节按风俗家家禁火，只吃现成食物，故名寒食，又名冷食节。相传此俗源于纪念春秋时晋国义士介之推。介之推与晋文公重耳流亡列国，割股肉供文公充饥。文公复国后，介之推舍功名利禄，归隐绵山。文公焚山想逼他下山，介之推被活活烧死。文公大恸，葬其尸于绵山，并修祠立庙，下令在子推焚死之日严禁举火，只吃寒食，以寄哀思。后来慢慢发展，便成了一个习俗。

因寒食日天下一律禁火，只有皇宫及宫中重臣“五侯”才可以破例燃烛，能得到皇帝赐烛自然是一种极大的荣耀。所以“日暮汉宫传蜡烛，轻烟散入五侯家”，饱含了世人多少歆羡在其中。“轻烟散入五侯家”，那也是柔和的东风所致，这同样在写风。

到清明这天，皇帝宣旨取榆柳之火赏赐近臣，以示皇恩。其用意：一是标志着寒食节已结束，可以用火了；二是借此提醒臣子官吏们，要向有功也不受禄的介子推学习，勤政为民。

有人说此诗暗藏讽刺，尽管如此，它还是征服了当时的皇帝。据《本事诗》记载，唐德宗十分赏识这首诗，阅后，特意赐予作者显职，可谓一诗成名。初盛唐很多诗人欲借诗名以干仕进，李白、杜甫、陈子昂都未能免俗，却无一能够成功。如果这个故事是真的，韩翃可真是个幸运儿。

塞下曲（二首）

卢纶

林暗草惊风，将军夜引弓。平明寻白羽，没在石棱中。

月黑雁飞高，单于夜遁逃。欲将轻骑逐，大雪满弓刀。

【赏析】卢纶属中唐诗人。天宝和大历年间多次走举试之途，均以落第告终。但他诗名很盛，是“大历十才子”之冠。交游很广，且结交的人当中不乏权贵，最终他凭着这些资源走上了仕途。卢纶也曾出任过咸宁王浑瑊的帅府判官，这段军营生活让他的诗歌中增添了粗犷雄放的边塞色彩。

这两首《塞下曲》是他边塞诗的代表作，也是唐朝边塞诗中颇富戏剧性、故事性的诗，与大多数边塞诗相比，可谓独辟蹊径。

第一首诗通过一个戏剧性的情节，表现将军的勇武。它其实是将《史记·李将军列传》中的一段记叙改成了诗。原文是：“广出猎，见草中石，以为虎而射之。中石没镞，视之石也。”司马迁的叙述简洁生动，但和卢纶的这首诗比起来，少了画面感和戏剧性。诗用“林暗草惊风”渲染了虎之欲出的紧张气氛，用“平明寻白羽，没在石棱中”这种逆转式的叙述增加了戏剧性。短短二十个字，犹如一幕惊心动魄的活剧，笔力之健，让人叹服。

第二首诗通过一个紧张的节点，为全诗蓄势留白，表现了将士的英武。诗以月黑雁飞高渲染匈奴主帅遁逃时的紧张气氛，起笔和第一首有相似之处。不同的是，接下来它没有交代追击的过程，更没有交代追击的结果，而是将笔墨放在将士正欲追击之时，雪光映射在他们的刀剑上，发出凛冽寒光这样一个引而不发的关键节点上。这一做法颇似莱辛在《拉奥孔》中所说的“选择物体在其运动中最富于暗示性的一刻，使观者想象这物体在过去和未来的状态”，这种寓动于静的手法，东西方竟然是暗合的，只是西方的美学理论已远远晚于我们了。

夜上受降城闻笛

李益

回乐峰前沙似雪，受降城外月如霜。
不知何处吹芦管，一夜征人尽望乡。

【赏析】这首诗是李益边塞诗中最为著名的一首，曾被推崇为中唐边塞诗的绝唱。据说李益《夜上受降城闻笛》一出，立即有人为诗画了画，配了乐，四处传唱，可见其影响。

征夫的哀怨是一个平常的话题，也是一个说不尽的话题。因为不知何年何月才会回到亲人身边，所以无穷无尽、挥之不去，“不思量、自难忘”的乡思就成了他们夜里萦绕心头的精灵，总是勾起心头的那份眷恋。而明月，自古以来，是思乡的最佳符号，它听了太多乡思的衷肠。无论是回乐峰前，还是受降城外，那如霜般的月光，尽管不很明亮，却让乡思缠绕的征夫们辗转难眠。白日奔波征战，乡思都掩埋在刀光剑影中了。到此时，夜深人静之时，四周静悄悄的，这份乡思就更加难以应付了。

辗转反侧，夜难成寐，他没说，你却能够看到。远远的，忽然传来一阵幽怨凄凉的笛声，似断似续，如怨如慕，把征夫心头那份思念，拉得好长。“一夜征人尽望乡”，这个富于传奇性的镜头，让人脑海里顿时浮现出清晰的画面。是幽怨的笛声，唤起了他们心头纠缠太久的思念和牵挂，不约而同，如听到军令一样，做出了整齐划一的动作——望乡。漫漫长夜，无数期盼的眼神，都凝聚在一起。故乡遥不可见。可以望见的唯有空中那轮明月。那里，或许会传来故乡的消息，父母的安康，妻儿的牵挂，手足的情长……

到了李益这里，盛唐边塞诗里那种建功立业、驰骋沙场的昂扬奋发早已悄然化为一份连绵不断的乡思与隐而不发的哀怨。

塞上曲

戴叔伦

汉家旌帜满阴山，不遣胡儿匹马还。
愿得此身长报国，何须生入玉门关。

【赏析】戴叔伦主要生活在中唐时期，此时初唐时期神完气足的气格与风骨在诗中已经慢慢削弱了。可他的这首诗，毕肖初唐风格，也算得上异数了。他早年也曾入幕，和岑参一样做过判官。晚年官至御史，诗风也变得冲淡。

这首诗浅显明白，要理解全诗，只需要读懂一个典故“生入玉门关”，典出班超。班超出使西域30多年，老时思归乡里，上书言“臣不敢望到九泉郡，但愿生入玉门关”。意思是希望自己在迟暮之年，能够活着回到家乡。“鸟飞返故乡兮，狐死必首丘”，叶落归根，是每个中国人最基本最深切的愿望。无论他是寒微的一介草民，还是功名盖世的英豪。

戴叔伦在这里一反人之常情，放出豪言“愿得此身长报国，何须生入玉门关”，以此表明自己一心报国不计个我的无畏与无私。千年之后，林则徐以“苟利国家生死以，岂以祸福避趋之”的余音嗣响，读来使顽夫廉，懦夫有立志。

游子吟

孟郊

慈母手中线，游子身上衣。
临行密密缝，意恐迟迟归。
谁言寸草心，报得三春晖！

【赏析】这首诗《游子吟》没有寒气，只有暖意，写的是最寻常的母爱。它大概是中国流传最广的唐诗之一，清人贺裳甚至把这首诗推为“全唐第一”。事实证明，从内心流出来而不是作出来、写出来的诗，才有真情、有温度。

谁不曾吮吸过母爱的乳汁？谁没有沐浴过母爱的圣光？我们得到了，但我们不一定懂得；我们懂得了，但我们不一定来得及报答！可怜天下父母心！多少个日日夜夜，多少次灯下床前，只用一个爱字，无悔地为子女编织五彩的梦幻，默默地付出满腔的心血，为子女托起整个世界。

但是，所有这一切，都被孟郊的一句诗给说完了：“谁言寸草心，报得三春晖！”

普天下的子女，仅仅只是一棵稚嫩的小草啊，如今才刚刚抽出几星嫩芽，尽管我们努力朝向太阳生长，就像我们的心永远向着母亲一样。可是，这幼弱的枝叶，哪里能够承受太阳普照的光芒；正如我们小小的心田，哪里能够报答你那爱的光辉呢？母亲用她的一生，将对子女的爱缝进游子身上的那件衣衫上。又用一生的等待，坚定地敞开着那扇随时接纳你回归的门——无论你是衣锦还乡还是满怀疲惫。在母亲的心中，你的身份只有一个——儿子。

孟郊，中唐时人。早年屡次参加科举考试都名落孙山，直到四十六岁才考中进士。据说孟郊登科后按捺不住内心的狂喜，挥毫泼墨，写下了一首著名的诗：“昔日龌龊不足夸，今朝放荡思无涯。春风得意马蹄疾，一日看尽长安花。”从这诗当中，我们一望便知孟郊当时轻狂得有点得意忘形的邪乎劲儿！真不知道北宋大文学家苏东坡不屑一顾地把孟郊贬称“寒虫”的时候，是否想到这位诗人也曾写过如此轻狂放荡的诗作。但是，“文起八代之衰”的唐朝大文学家、比孟郊小十七岁的韩愈却对孟郊赞不绝口，从他一有机会就为孟郊大做宣传看来，孟郊虽然没有能够得到苏东坡这个异代的知音，却在他所处的那个时代并不乏知音和支持者。被当时人称为“孟诗韩笔”，被宋人苏东坡贬为“郊寒岛瘦”，又被金人元好问称为“诗囚”的孟郊，并非完全是寂寞的。

左迁至蓝关示侄孙湘

韩愈

一封朝奏九重天，夕贬潮州路八千。
欲为圣朝除弊事，肯将衰朽惜残年！
云横秦岭家何在？雪拥蓝关马不前。
知汝远来应有意，好收吾骨瘴江边。

【赏析】韩愈擅文，是唐代“古文运动”的倡导者。苏轼称韩愈是“文起八代之衰”的文宗，明人推许韩愈为“唐宋八大家”之首，并将他与柳宗元合称“韩柳”。其散文化骈为散，气势充沛，充满了儒者仁心。

韩愈尊儒排佛，针对唐宪宗欲迎佛骨入宫供奉的行为，写《谏迎佛骨表》极力劝谏。结果触怒了唐宪宗，在朋友的周旋下幸免于死，但被贬至蛮瘴之地潮州做刺史。走到蓝关时，写此诗给不远万里追随他前往贬所的侄儿韩湘。

全诗语极凄切，因为他相信这一去必死无疑，已做好了“好收吾骨瘴江边”的准备。但意不衰飒，因为他在意的不是个人得失荣辱，而是千秋大义，是“欲为圣朝除弊事，肯将衰朽惜残年”的金石之志，是“不依形而立，不恃力而行，不待生而存，不随死而亡”的浩然之气。

从诗中的“一封朝奏九重天，夕贬潮州路八千”这种极大的逆转中，皇权的翻云覆雨让人心寒。贬到蛮瘴的潮州，此去前程未卜，所以我能读懂他“云横秦岭身何在？雪拥蓝关马不前”的英雄失路之悲。

还好，有了那股“仰不愧天，俯不愧人，内不愧心”的浩气，他终于撑下来了。

早春呈水部张十八员外

韩愈

天街小雨润如酥，草色遥看近却无。
最是一年春好处，绝胜烟柳满皇都。

【赏析】写这首诗时，韩愈已经年近花甲，是个小老头了。但因平藩镇叛乱有功，刚被任为吏部侍郎。

诗中全无半点伤春的衰飒之气，不但自己兴致颇高，还把这种拥抱春天的正能量竭力传达给友人张籍。韩愈约张籍游春，张籍却因年老事多推辞，于是他作了这首诗，极言早春之美，借此撩拨友人的游兴。

这是一个热爱生活并积极投入、活在当下的可爱的人。

他说初春的雨是美的。怎么美？“润如酥”，初春丝丝点点的雨落在人身上，麻酥酥的；酥更是一种心理感觉，四肢百骸舒泰惬意，其美妙只可意会不可言传。

初春的小草，刚刚萌芽，有了雨的润泽，更是绿得剔透。远看似有，近看却无，淡淡的青痕，有如水墨画家抹出的一笔，灵动而欣欣。

初生的事物，有无限的可能，有希望，自然是最美的。最是一年春好处，绝胜烟柳满皇都。初春的美比起晚春已呈衰退之势的美，自然要好得多了。等烟柳满皇都，大家都说美的时候，美已到了极致了。盛极必衰，月盈必亏。事物发展到顶峰之时，也是它的衰败之始。

花至半开，酒至微醺，最美。韩愈是真正懂得美的诗人，也是一位高妙的哲学家。

上联写春景细微逼肖，下联抒春情道破天机。这首诗在我看来，真的找不到瑕疵，堪称完璧。

江雪

柳宗元

千山鸟飞绝，万径人踪灭。
孤舟蓑笠翁，独钓寒江雪。

【赏析】一个人，孤寂而又渺小，背负皑皑千山，面朝悠悠岁月，端坐在空阔江面上的一只小小渔船上，钓着一江的寒冷。每次捧读唐代文学家柳宗元的诗篇，我就感到寒冷，甚至惊讶。

在这首诗中，诗人把一切背景、细节、人物等等都高度抽象化了、过滤掉了、洗净了，为的是呈现一个有如《思想者》一样的静止不动的雕塑，为的是表达一个永恒的固执姿态。天地归于静寂，万物掩于苍茫，心失去语言，动作失去对象，最后只剩下一个固执的姿态。它踞于整个画面的中心，也踞于整个世界的中心，执拗而又强硬地叙说着他的孤独与孤傲。是的，我们看到了他的孤傲，看到了他的孤独，看到了他的决绝。他为什么要这样？他要告诉我们什么？他是要反抗命运还是对抗世俗？这是他失败后的姿态还是宣战前的表白？他是要以这个姿态走进历史还是介入生活？当我们理解了柳宗元的诗之后，我们一定会想到这些，甚至会想得更深更远。

新嫁娘

王建

三日入厨下[①]，洗手作羹汤。
未谙姑食性[②]，先遣小姑尝。

【注释】①三日入厨下：古代习俗，婚后三日，新娘子要到厨房里烹调一次肴馔，明确她在家庭中侍奉翁姑的职责。②姑食性：婆婆的口味。

【赏析】早在《诗经》里，宜室宜家便是衡量一个女子贤德的标准．而操持家务，绝对是宜室宜家中的重要一环。

一个新嫁娘，是否贤惠，是否能在一个大家庭里安身立命，新婚三日后她做的第一顿饭显得尤为重要。那时候，比拴住丈夫的胃更为重要的是拴住婆婆的胃。

这首诗里的新嫁娘面对的就是这个第一次，她是个聪明的媳妇，充满了生活智慧。且看她如何做的？“未谙姑食性，先遣小姑尝。”不知道婆婆的口味，她并没有贸然按照自己以为好的口味来做，而是选定了小姑这个对象。小姑和婆婆久居一起，作为一家人，定然知道婆婆的口味；更重要的是，小姑子是除婆婆之外，影响她与这个家庭关系的第二个重要的人。选定她来试口味，定方向，是再好不过的。

在感慨这个新嫁娘的狡黠聪慧时，对她的良苦用心，我报以欣然一笑。

节妇吟

张籍

君知妾有夫，赠妾双明珠。感君缠绵意，系在红罗襦[①]。妾家高楼连苑起，良人执戟明光里[②]。知君用心如日月，事夫誓拟同生死。还君明珠双泪垂，恨不相逢未嫁时。

【注释】①襦（rú）：短袄。②良人：古代妇女称丈夫之词。明光：汉宫殿名，在未央宫西边。

【赏析】这首诗表面上是一首情诗，实质上是一首政治抒情诗。李师道是个炙手可热的藩镇高官，想拉拢像张籍这样有影响的文人，作者既要维持自己的操守气节又不想得罪他、让他难堪，就写了这首非常巧妙的双面诗去回拒他。

全诗从汉乐府《羽林郎》《陌上桑》脱化而来。以“妾”自比，以“君”喻李师道，以“明珠”喻对方欲拉拢他而许给他的名利权位，用第一人称口吻自剖心迹，表白得既有理有节，绵里藏针，又有情有义，体贴入微。“节义肝肠，以情款语出之”，实在妙极。据说当事人果真因此诗而没再勉强他。

撇开其真正用意，如果将它作为一首情诗来看，恐怕更有深广的人情味。我相信，此诗得以流传而成为经典，也正是因为那句“还君明珠双泪垂，恨不相逢未嫁时”！这句诗深情绵邈，能直击人心中最温软的部分。而它的动人之处，正在于它切中了人所面临的爱而不能的人生困境。困境，是对人性的磨砺与试探，也只有在这种两难的困境中，才能彰显出人性的深邃与异彩，才能演绎出无数或泣或歌的动人乐章来。

这让我想起了仓央嘉措的那句“世上安得双全法，不负如来不负卿”，二者同样是披着情诗的外衣，同样在展示着人性的困境，也同样成为深入人心的经典。因为，我们都曾有过种种困境。

题都城南庄

崔护

去年今日此门中，人面桃花相映红。
人面不知何处去，桃花依旧笑春风。

【赏析】公元790年春天，崔护赴长安应试不第，逗留京城。一日，诗人来到城南闲逛，无意间于灼灼桃花底下瞥见一个鲜艳明媚的女子，竟然一见而不能忘。第二年春天，崔护又到城南来，希望能够再次见到那位女郎。但是，桃花依旧在春风中开放，人却不知哪里去了。崔护惘然若失，提笔在门上写下这首诗："去年今日此门中，人面桃花相映红。人面不知何处去，桃花依旧笑春风。"

在那情窦初开的青春年华，谁又没有过美丽的邂逅呢？在那心惊肉跳的疯狂岁月，谁又没有过刻骨铭心的青涩初恋呢？多情的崔公子以寥寥二十八个字，把你我心中无数次失之交臂的落寞与惆怅定格成千年的经典。读这首诗，人们往往会想起自己过去的某个时光，就连内心深处曾经的激动和怅惘，也历历在目，就像那灼灼桃花，摇曳在春风中。

人生中有许多偶然和意外，也有许多邂逅和擦肩而过，我们希望这些偶然和意外能够引发故事，但终于没有引发故事，两个人就这么匆匆地走过去了。像一朵花曾经绽开，留在了记忆里。我们为此感到怅惘。

乌衣巷[①]

刘禹锡

朱雀桥边野草花[②]，乌衣巷口夕阳斜。
旧时王谢堂前燕[③]，飞入寻常百姓家[④]。

【注释】①乌衣巷：金陵城内街名，位于秦淮河南，与朱雀桥很近。三国时期吴国曾设军营于此，是禁军驻地。当时禁军都身着黑色军服，此地便称乌衣巷。东晋时，王导、谢安两大家族都居住在乌衣巷，人称其子弟为“乌衣郎”。入唐后，乌衣巷沦为废墟。它见证了王谢的艺术成就及两大家族的历史命运，甚至与整个中国文化的历史紧密相连。②朱雀桥：六朝时金陵正南朱雀门外的大桥，在今南京市秦淮区。③王谢：王导、谢安，东晋时的世家大族。其子弟贤才众多，皆居巷中，是六朝巨室。旧时王谢之家庭多燕子。至唐时，则皆衰落不知其处。④寻常：平常。

【赏析】刘禹锡的这首诗，大大地提高了早已名扬六朝的乌衣巷的知名度。乌衣巷的兴废，是南京城隆替的一个写照，更是朝代兴亡的一个缩影。

先说南京城。南京号称六朝金粉、十代古都。公元3世纪以来，先后有东吴、东晋和南朝的宋、齐、梁、陈（史称六朝），以及南唐、明、太平天国、中华民国共十个朝代和政权在南京建都立国。但是，综观南京两千多年的历史，就可以发现在它繁华景象的背后，实际上是一个贯穿了失意和败落的历史，可以说它是最富于历史沧桑感的城市。

再看乌衣巷。乌衣巷之名源于三国时期。当时，孙权的士兵都身穿黑衣，其驻军之地就称为乌衣营。东晋偏安于南京后，以王导为代表的王氏家族和以谢安为代表的谢氏家族都居住在孙吴乌衣营旧址，此时的乌衣营已改称为“乌衣巷”。刘禹锡的感慨就源自这条古巷曾居住的王、谢两个显赫的宰相家族，书圣王羲之、山水诗鼻祖谢灵运、谢朓也住在这里，还因为王谢两户大家族，在这里居住了三百年，出现了一批对晋朝的历史产生了深远影响的人物，历朝历代都有两大家族的人物参与重要政治事件，对历史产生了相当大的影响。公元

588年，隋渡过“一衣带水”而灭陈之后，隋文帝下令将“建康城邑平荡耕垦”。一时间，六朝豪华的宫阙、殿宇破坏殆尽，乌衣巷的繁华也随之烟消云散，如长江之水浩荡东去。

刘禹锡生在唐朝，他不可能像我们一样，看到南京城这么久远的历史。他写的乌衣巷，主要是写西晋东迁这段历史，这里面有他对于历史上改朝换代很深的感慨。但是，他诗里所要表达的那个永恒的规律，却是一再地被证明了：世界上没有永恒的繁华，短暂的繁华背后是永恒的沧桑。

诗从朱雀桥边的萋萋野草和正在盛开的杂花落笔，这样写既是预作铺垫，也是前后对比。花草无情，依旧一派繁荣景象。第二句写一抹夕阳斜照在乌衣巷口，这一意象多么美好啊，但已暗含日暮西山、富贵难久之意。第三四句则急转直下，写夕阳中归巢的燕子飞入乌衣巷里低矮的屋檐下，这就一下子把读者的视线吸引到燕子身上去了。清人施补华说：“若作燕子他去，便呆。盖燕子仍入此室，王谢零落，已化作寻常百姓矣。”燕子不知，仍归故巢。然人事代谢，荣枯相形，贵贱相衬，感慨深微。作者巧妙地捕捉到了燕子栖息旧巢这一行为特征，并借助人的眼睛去观察乌衣巷的今昔变迁——旧时的王谢华堂现在已经变成低矮的屋檐，虽然通篇不着一字感慨，而感慨尽在不言中。化言语为意象，化无情为有情，正是这首诗艺术上的高妙之处。庾信在《枯树赋》中借桓温之口说：“昔年种柳，依依汉南。今看摇落，凄怆江潭。树犹如此，人何以堪！”人非草木，孰能无情？但是，历史是无情的。乌衣巷往昔的风流，早被雨打风吹去矣，只留下深巨的感慨，震荡在凭吊者的心田。

竹枝词

刘禹锡

杨柳青青江水平，闻郎江上唱歌声。
东边日出西边雨，道是无晴还有晴。

【赏析】《竹枝》是下里巴人的歌。“下里”为楚，同“巴”一样，自战国起流徙于楚国荆湘一带，是现今土家族、苗族的先祖。巴人朝夕与竹枝相伴，饮食、劳动和娱乐无不沾染竹枝的清香素朴。巴楚“地居西南夷”，相对封闭，远离礼教束缚，人民性情自然袒露，但有喜怒哀乐，便“咏歌之”“手之舞之，足之蹈之也”。他们的歌舞就叫作《竹枝》。

《竹枝》是古巴渝人生活的一部分。尤其逢重大祭祀、农事、节庆、丧葬，皆佐以《竹枝》。《竹枝》是在那样的人群和年代里，从淳朴内心开出的朴素之花。

只是，《竹枝》的调子多是哀苦的。“聆其音，中黄钟之羽，卒章激讦如吴声。”即为编钟之音，歌尾同吴声，“伧伫不可分”又说吴楚声调交杂。刘禹锡，这位将《竹枝词》从民间音乐的里巷引入文人创作的殿堂的重要人物，他的《竹枝》也一般婉转哀伤。

这首《竹枝》，唱的是位船家姑娘在杨柳青青的春光里，对情郎的终极追问：东边太阳已经出现，西边仍是阴雨绵绵，你告诉我并没有晴天？为何眼前却是晴天？谐音双关，“晴”与“情”同。表面上是在问天气，实际是探求心上人的内心。许多人认为，这是女子羞涩的表白，实际，是忧伤的挽留吧？那人若有情，又怎会躲躲闪闪，措辞搪塞呢？质朴的船家女，也只能接受这样的现实吧？

跟下里巴人相对的是阳春白雪。《阳春》和《白雪》是中国古琴曲，相传为春秋时期晋国师旷或齐国刘涓子所作。阳春白雪表现的是崇高的美，而下里巴人，流传甚广，且极具生命力，《竹枝》因此获得唐人刘禹锡的青睐。

白居易在《忆梦得》诗中写道：“几时红烛下，闻唱《竹枝歌》。”可见，刘梦得是真爱。

赏牡丹

刘禹锡

庭前芍药妖无格[①]，池上芙蕖净少情[②]。
唯有牡丹真国色，花开时节动京城。

【注释】①格：骨格。②芙蕖（qú）：荷花的别名。

【赏析】据说到了唐代武则天以后，“牡丹始盛而芍药之艳衰”，以至有人将牡丹比为“花王”，把芍药比作“近侍”。牡丹的富贵华艳，倒是贴合盛唐的国朝气象，而牡丹花会自唐开始兴盛，这是巧合还是必然？

刘禹锡的这首咏物诗写得高明之处有二。一是不从正面描写而从侧面落笔，用芍药的“妖无格”和芙渠的“净少情”来反衬牡丹有格有情又兼妖艳之态。二是从观者“花开时节动京城”这样一个富于联想的画面，烘托牡丹之魅力。这个手法，就像写罗敷之美从观者之态穷形尽相而不正面落笔，写海伦之美从引发战争这样一个结果来烘托一样，均有事半功倍的效果。

无论刘禹锡笔下的牡丹多美，人们心中对花之美自有定评。桃花在《桃夭》中“宜室宜家”，芍药在《溱洧》中是定情之物，荷花有“出淤泥而不染”的君子之风，“采菊东篱”又是一种隐逸高格。唐人对牡丹的爱，与其说是爱它的美与媚，不如说是以“牡丹之爱”为名，来一场生命的狂欢。倾动京城的花会，演绎的是对生活的热爱和对青春的礼赞。

秋词

刘禹锡

自古逢秋悲寂寥，我言秋日胜春朝。
晴空一鹤排云上，便引诗情到碧霄。

【赏析】这首诗是诗人被贬朗州司马时所作。刘禹锡因参加王叔文政治革新失败，被贬朗州，时年三十四岁。

我们都知道唐代大诗人各有名号，比如贺知章是诗狂，李白是诗仙，王维是诗佛，杜甫是诗圣，孟郊是诗囚，李贺是诗鬼，刘禹锡也有名号，叫“诗豪”。他当得起这个名号，他个性中有种不服输的劲头和豁达的因子，这种“豪”，让他在面对个人的升沉变迁和荣辱得失时，看得通透，不至于迷失，最终成了人生的赢家，得享高寿。

这首《秋词》也可见他“豪”之一端。就像诗人所说“自古逢秋悲寂寥”，从宋玉《九辩》中说“悲哉，秋之为气也”始，悲秋就成为中国古代文人诗词中的主色调。可诗人偏偏不服气，“我言秋日胜春朝”。胜在何处呢？他用了一个镜头“晴空一鹤排云上”作答。万里晴空，一鹤冲破云层，直向九霄，引发了诗人多少豪情逸兴。此时此刻，诗人已经化身为那只晴空里的鹤，“渺万里层云”，扶摇直上。这种逸兴与壮思，看了真叫人痛快！

“晴空一鹤排云上，便引诗情到碧霄”，教给我们一种仰望的姿态。人生而如蚁，忽生忽死，忽聚忽散。但可以美如神，所以不应该总是以匍匐的姿态立世，我们可以抬头仰望天空，活出自我。如此，才能不枉此生。

西塞山怀古

刘禹锡

王濬楼船下益州，金陵王气黯然收。
千寻铁锁沉江底，一片降幡出石头。
人世几回伤往事，山形依旧枕寒流。
今逢四海为家日，故垒萧萧芦荻秋。

【赏析】刘禹锡由夔州刺史调任和州（治今安徽和县）刺史，沿江东而下赴任的途中，经西塞山时，触景生情，抚今追昔，写下了这首感叹历史兴亡的诗。

西塞山在长江边，山势竦峭，是六朝著名的军事要塞。公元280年，西晋大将王濬率水师从益州出发，沿江而下，向东吴发起进攻。东吴据西塞山之险，将西塞山所在江中用铁锁横截，又暗置丈余铁锥在江心，妄想以此为防，阻挡晋军的进攻。晋军探知了这一军情，扫除了铁锥，又烧熔了铁锁，石头城已无险可守，南京随即失守，吴主孙皓肉袒出降。自此后，三国灭亡，历史的一页翻到了晋。

这首诗的前四句怀古，咏的就是晋灭东吴这一历史事件。后四句，吊古伤今。其中尤以“人世几回伤往事，山形依旧枕寒流”著称。历史的兴亡更替一次次发生，一次次轮回，无人能逃。而自然的变化却是缓慢的，有情的血肉敌不过无情的江山。人有时甚至活不过一棵树。这便是历史的无常与吊诡。从这个意义上看，刘禹锡的这首怀古诗，触碰到的是宇宙规律。

所以，如果仅仅以为他想借古讽今，告诉人们，唐朝的安史之乱和藩镇割据势必会导致灭亡的悲剧，还是浅了一层。他慨叹的不是一时一地、一国一朝的兴亡衰变，而是整个历史置于永恒面前时的渺小与虚无。他不愿意多说，只用“故垒萧萧芦荻秋”这样一个意味深长、欲说还休的句子作结。

酬乐天扬州初逢席上见赠

刘禹锡

巴山楚水凄凉地[①]，二十三年弃置身。
怀旧空吟闻笛赋[②]，到乡翻似烂柯人[③]。
沉舟侧畔千帆过，病树前头万木春。
今日听君歌一曲，暂凭杯酒长精神。

【注释】①巴山楚水句：刘禹锡在永贞元年（805年）被贬出京，到宝历元年（826年），前后共22年。其间曾多次迁徙，初贬朗州（古属楚地，今湖南省常德市），后贬夔州（古属巴郡，今属四川）。诗中的“巴山楚水”，就是泛指这一带。②怀旧空吟句：向秀与嵇康是好朋友，嵇康因不满当时掌握政权的司马氏集团而被杀。向秀很悲痛，一次他从嵇康的旧居路过，听到有人在吹笛子。笛声使他想起了被杀的好友，就以悲愤的心情写了一篇《思旧赋》来悼念他。诗中的“闻笛赋”即指《思旧赋》。③到乡翻似句：相传晋人王质入山砍柴，见两个童子下棋，他就在一旁观看。一局棋刚完，童子对他说：“你的斧柄（柯）已经朽烂了。”王质回到家乡，见同代的人都死了，才知道已经过了百年。

【赏析】刘禹锡和白居易是闻名中唐的大诗人，两人彼此仰慕，常有书信往来，却没有见过面。直到唐敬宗宝历元年（826年），刘禹锡从贬所和州返回洛阳途中，在扬州与白居易才首次相逢。白居易在筵席上写了一首诗，对刘禹锡长期被贬的遭遇表示了深切的同情，感情基调比较低沉，刘禹锡写了这首诗作为酬答。诗中回顾了22年的贬谪生活，抒发了对于自己政治失意和世事蹉跎的深沉感慨，对白居易的同情、慰藉也表示衷心的感谢；最后以昂扬的精神，表示要振作起来，重新投入生活，显示了坚强不屈的斗争精神。

全诗最精彩的两句是“沉舟侧畔千帆过，病树前头万木春”，诗人把自己比作沉舟、病树，意思是说，我虽然屡遭贬谪，老了，不中用了，但新的人物大批出现，却令人感到高兴。正像一只快要沉没的破船，它的旁边却有千百只帆船疾速驶过；又像一株枯老的病树，没有生气，而它的前面，却是万木争春，欣欣向荣。这两句，表现出诗人对于世事的变迁和仕宦的升沉，固然感到惆怅，却仍抱着豁达、乐观的态度。正因为这联突然振起，一变前面伤感低沉的情调，最后两句“今日听君歌一曲，暂凭杯酒长精神”，便顺势而下说：今天听到您唱的这支歌曲（指白居易赠他的诗），就暂且凭借酒的力量，来振奋我们的精神吧。诗的结尾，诗人感谢友人的热情关怀，表示要振作精神，奋发上进，显示出历经磨难仍坚忍不拔的意志。

刘禹锡的“豪”气，一以贯之。在他的每首诗中，也在他的一生里。

离思

元稹

曾经沧海难为水，除却巫山不是云。
取次花丛懒回顾①，半缘修道半缘君②。

【注释】①取次：随便，草率地。②缘：因为，为了。

【赏析】元稹是唐代诗人中官至宰相的少有者，也是有名的深情和专情者。一组《离思》表达了他“弱水三千，只取一瓢饮”的专情，一组《遣悲怀》表达了如《邶风·绿衣》里“心之忧矣，曷惟其已”般的忧伤深情。

元稹祖上显赫，但到他父辈时已比较寒微。血统中的高贵因子让他势必不甘于寒微，所以在追求仕途的路上，他会理智地考量，譬如婚姻。

他一生中有三段重要的感情。一是少时青梅竹马的情人，即他所作《莺莺传》中的“崔莺莺”，这点陈寅恪和鲁迅都已明言。但他对这个才艺双绝的女子，始乱终弃。在进京后，为仕途计，娶时任太子少保的权贵韦夏卿之女韦丛。第二段感情，即与他的结发之妻韦丛，他们共患难不到十年。妻子却在他飞黄腾达之时，盛年早逝。第三段感情，即与著名的扫眉才女、枇杷花下校书人薛涛的一段深情。奈何薛涛的妓女出身有碍他的仕途与政声，最终忍痛割爱，薛涛则在青灯黄卷下寂然了残生。

这首《离思》，有人说是写给妻子的，有人说是写给情人的。暂且不论是写给谁的，也不论现实生活中的元稹与文学中他自我描绘的形象有多大差异，单看这首诗所表达的情感特质，确实是专情至极。“曾经沧海难为水，除却巫山不是云”，也因此而成为表达专情的最曼妙的句子，领略过沧海的水、巫山的云这样的人间至大至美，凡俗的水和云又怎能入我法眼，俘获我心呢？所以，万花丛中过，片叶不沾身，这一切不为修道，不为别人，只是因为你！“除却巫山不是云”暗含巫山云雨之典故，本指巫山神女兴云降雨，经宋玉《高唐赋》的演绎后，变成了男女欢会的代名词。元稹用在这里，令人浮想联翩。

这世上有太多的辜负，太多的诱惑。许多痴人是取了一瓢又一瓢，扔掉一瓢又捡起一瓢。爱，就在这捡拾与抛弃中变得不稀罕、不珍贵，也不再动人。这种“曾经沧海难为水，除却巫山不是云”的痴情不改多么稀有难得。哪个人听了这句不轻易辜负的情话，不心醉神迷呢？

千江有水千江月，对智者而言，一瓢之中已知天下。

遣悲怀

元稹

谢公最小偏怜女，自嫁黔娄百事乖[①]。
顾我无衣搜荩箧[②]，泥他沽酒拔金钗[③]。
野蔬充膳甘长藿[④]，落叶添薪仰古槐。
今日俸钱过十万，与君营奠复营斋。

【注释】①黔娄：战国时齐国的贫士，作者自喻。②荩箧：竹或草编的箱子。③泥：软缠，央求。④藿（huò）：豆叶。

【赏析】如果说《离思》写的是专情，《遣悲怀》写的则是深情，是生死两隔之后，生者对逝者的无尽哀思与追忆。这是首悼亡诗，它上承《诗经·邶风·绿衣》的余音，下开北宋苏东坡的《江城子》和清初纳兰性德的系列悼亡词的嗣响。

元稹娶韦丛时，更多是出于功利前途的考量。但他的命很好，这份因功利而结合的姻缘却收获了意料不到的贴心和真情。他在《遣悲怀》组诗中，追忆了妻子的才韵，她有着谢道韫那样的林下之风。追忆妻子的深明大义，很像黔娄之妻。追忆她在他尚处寒微之时，放下一个大家千金女的架子，与他共患难的一点一滴。为他无衣搜荩箧，为他沽酒拔金钗，还与他戏言身后种种意。其实，爱不是一个抽象空洞的名词，它藏在生活点点滴滴的涓涓细流中，它是一切在寻常日子中携手共度的进行时。

这三首《遣悲怀》合而观之，其中点滴琐碎的细节追忆才是最打动人心的那部分。所以，哪怕元稹并不专情，但在怀想起与他共患难的结发之妻生前种种的好时，他的心一定是忧伤的、柔软的、真诚的。如是那句“愿将终夜长开眼，报得平生未展眉”，我也相信是真诚的。

真正的爱，不是用来怀念的，而是用来疼惜的。如果生前有深深的疼惜，妻子何来“平生未展眉”？只是，人都有这样的通病：在拥有的时候，不知道珍惜；在失去后，才倍感可贵。

时间，让深的东西越来越深，让浅的东西越来越浅。我们真的要过了很久，才能明白，自己怀念的，到底是怎样的人，怎样的事。

赋得古原草送别

白居易

离离原上草，一岁一枯荣。野火烧不尽，春风吹又生。
远芳侵古道，晴翠接荒城。又送王孙去，萋萋满别情。

【赏析】《赋得古原草送别》作于公元788年，当时作者只有十六岁。此诗是应考习作，按科考规矩，凡限定的诗题，题目前必须加“赋得”二字，且在作法上有严格的规定，可谓戴着镣铐跳舞。在这种情形下，要写出佳作，实在不容易。据说，白居易从江南到长安，投献给顾况的就是这首诗。起初，顾况看着这个年轻士子说：“长安米贵，居大不易。”但当他读到“野火烧不尽”二句时，不禁大为叹赏，道：“道得个语，居亦易矣。”可见这首诗的魅力。

全诗八句，但流传甚广的是前四句。而且，从全诗来看，将前四句单独拿出来作为一首小诗，也毫无违和之感。全诗是借草抒发送别友人的惜别之情，但这种伤别在春天的布景中，在萋萋芳草的映衬下，显得淡淡的，风雅得很。虽有“古道”“荒城”点缀其间，到底被那一大片一大片的“远芳”和“晴翠”给淹没了。离别之伤仿佛也调和了一点明亮色彩，读来给人神清气爽的感觉。

若只将前四句作为一首小诗来看，他写得很简单，用行云流水式的笔法，将草的强盛生命力贯注在字里行间。火烧不尽，风吹又生，年年岁岁，枯了又荣，像一个亘古难变的循环。但个人以为，这四句之所以流传这么广，影响如此大，不仅仅在于诗人完美形象地展示了草“野火烧不尽，春风吹又生”的顽强生命力上，而在于我们从这个“野火烧不尽，春风吹又生”的草当中，看到了欲望。

人之欲望如草，永无息止在生长。难道，这不是此诗更能触及我们灵魂的地方吗？

琵琶行

白居易

浔阳江头夜送客，枫叶荻花秋瑟瑟。主人下马客在船，举酒欲饮无管弦。醉不成欢惨将别，别时茫茫江浸月。忽闻水上琵琶声，主人忘归客不发。寻声暗问弹者谁？琵琶声停欲语迟。移船相近邀相见，添酒回灯重开宴。千呼万唤始出来，犹抱琵琶半遮面。转轴拨弦三两声，未成曲调先有情。弦弦掩抑声声思，似诉平生不得志。低眉信手续续弹，说尽心中无限事。轻拢慢捻抹复挑，初为霓裳后六幺。大弦嘈嘈如急雨，小弦切切如私语。嘈嘈切切错杂弹，大珠小珠落玉盘。间关莺语花底滑，幽咽泉流冰下难。冰泉冷涩弦凝绝，凝绝不通声暂歇。别有幽愁暗恨生，此时无声胜有声。银瓶乍破水浆迸，铁骑突出刀枪鸣。曲终收拨当心画，四弦一声如裂帛。东船西舫悄无言，唯见江心秋月白。沉吟放拨插弦中，整顿衣裳起敛容。自言本是京城女，家在虾蟆陵下住。十三学得琵琶成，名属教坊第一部。曲罢曾教善才服，妆成每被秋娘妒。五陵年少争缠头，一曲红绡不知数。钿头银篦击节碎，血色罗裙翻酒污。今年欢笑复明年，秋月春风等闲度。弟走从军阿姨死，暮去朝来颜色故。门前冷落鞍马稀，老大嫁作商人妇。商人重利轻别离，前月浮梁买茶去。去来江口守空船，绕船月明江水寒。夜深忽梦少年事，梦啼妆泪红阑干。我闻琵琶已叹息，又闻此语重唧唧。同是天涯沦落人，相逢何必曾相识！我从去年辞帝京，谪居卧病浔阳城。浔阳地僻无音乐，终岁不闻丝竹声。住近湓江地低湿，黄芦苦竹绕宅生。其间旦暮闻何物？杜鹃啼血猿哀鸣。春江花朝秋月夜，往往取酒还独倾。岂无山歌与村笛？呕哑嘲哳难为听。今夜闻君琵琶语，如听仙乐耳暂明。莫辞更坐弹一曲，为君翻作《琵琶行》。感我此言良久立，却坐促弦弦转急。凄凄不似向前声，满座重闻皆掩泣。座中泣下谁最多？江州司马青衫湿。

【赏析】足以使白居易诗名不朽的，也许不是文学史上盛称的白居易的五十首新乐府诗，而是他三十五岁时写的《长恨歌》和四十五岁时写的《琵琶行》这两首长篇歌行。这两篇歌行千百年来脍炙人口，妇孺皆知，以致唐宣宗在《吊白居易》诗中说："童子解吟《长恨》曲，胡儿能唱《琵琶》篇。"直到今天，一般人知道白居易，多半还是由于这两首诗。

《琵琶行》的故事情节其实很简单，白居易谪居九江，在船上遇到琵琶女，便邀琵琶女弹曲遣闷。曲罢，琵琶女对客自述身世，引起白居易的强烈共鸣，发出了"同是天涯沦落人，相逢何必曾相识"的呐喊。这两句震撼人心的诗，不仅在当时让满座客人泪下如雨，而且穿越时空，一千多年来一再被人引用，成了一代又一代人抒发情感的闸口。

那么，这两句诗究竟好在何处呢？毛泽东晚年读《注释唐诗三百首》，曾这样评价《琵琶行》："江州司马，青衫泪湿，同在天涯。作者与琵琶演奏者有平等心情。白诗高处在此，不在他处。其然，岂其然乎？"读罢这段批语，就像拨云见日一样，我一下子全然明白了！

琵琶女本是长安倡女，年老色衰，流落九江；白居易则因受到谗毁，被贬九江。尽管在我们看来，琵琶女与白居易地位悬殊，身世不同，但他们两人在感情上抑或思想上，并不必然存在一条无法逾越的鸿沟。起码在诗人与琵琶女同悲身世的那一瞬间，他们的心是平等的。你说这是中国古代知识分子可贵的平民意识也好，你说这是有良知的中国古代知识分子对于底层人民的深切同情也好。但不管怎么说，没有平等，就不会有碰撞；没有平等，也不会有共鸣。相同的遭遇，共同的悲愤，借着琵琶声的铿锵音调，引爆了蕴蓄心中已久的情感火山。我们敏感的诗人终于酣畅淋漓地喊出了在中国文学史上注定要流芳百世的一句诗："同是天涯沦落人，相逢何必曾相识！"

除了这句笼罩一切的诗句之外，值得一提的还有白居易对于音乐极富表现力的、几乎是天才的描绘，他不仅描绘音乐的形象达到了"神乎其技"的地步，即通过形象生动的比喻把无形的声音转化视觉形象丰满的审美对象，同时还能够通过描写音乐节奏的变化来表现情绪的起伏。并且诗中还创造了"此时无声胜有声”的独特审美境界，为全诗预留了巨大的想象空间，形成了寒江秋月、一曲萦空的艺术境界。

问刘十九[①]

白居易

绿蚁新醅酒[②]，红泥小火炉。
晚来天欲雪，能饮一杯无？

【注释】①刘十九：刘十九是他的堂兄刘禹铜，是洛阳一富商，与白居易常有应酬。此外他的诗中还常提到刘二十八，是刘禹锡。古时常以行第称人名，且这种排行是不以同父所生的兄弟为序，而是以曾祖兄弟为序。如李白叫李十二，李商隐、段成式、温庭筠都是排行十六，后人称他们有六朝诗风的体式为“三十六体”。②绿蚁：指浮在新酿的没有过滤的米酒上的绿色泡沫，色微绿，细如蚁，称为“绿蚁”。醅（pēi）：酿造。

【赏析】不做无为之事，何遣有涯之生？

饮酒、赏花、品茗、观书，是古人做得最多的无为之事吧？正是这些无为，给人生铺上了瓷实的底子，给生活增添了诗意和馨香。

饮酒，自有不同境界。众声喧嚣中杯盘狼藉，是最下的一种；举杯邀明月，对饮成三人或携一壶酒、一竿纶于万顷波中得自由，是最上的一种；与知己一人或三五好友，围炉夜坐，细数风尘，是最有情的一种。太上忘情，太下不及情，情之所钟，正在我辈。

白居易的这首小诗，很有情。暮色四起，天晚欲雪，萧瑟冷清中，诗人的心里忽然涌起一种渴望，渴望与一知己，围着红泥小火炉，喝着自酿的浊酒（因没有过滤，上面还泛着绿沫子），贴心随意地说些闲话，细数风尘。室外寒气逼人，室内温暖如春，如此这般，足慰平生。

他的邀请函写得很朴实，“绿蚁新醅酒，红泥小火炉”，酒是浊酒，自酿的，炉子很小，新做的。但不要紧，是知音当懂得这分随意中的妥帖，围炉促膝正是理想中世间最短的距离。刘十九应该懂得，想他在展读这首诗后，会浅浅一笑，欣然赴约。

生活不只是正襟危坐，那些旁逸斜出的闲情与无为，会让人懂得感恩，学会快乐。

钱塘湖春行

白居易

孤山寺北贾亭西，水面初平云脚低。
几处早莺争暖树，谁家新燕啄春泥。
乱花渐欲迷人眼，浅草才能没马蹄。
最爱湖东行不足，绿杨阴里白沙堤。

【赏析】此诗是白居易被任命为杭州刺史时所作。中国历史上，与苏杭结下不解之缘的最著名的两个诗人当属白居易和苏东坡。江南的灵山秀水，滋养了他们的仁心，更激发了他们的诗情，在留下名垂后世的政绩的同时也留下许多脍炙人口的诗篇。这首诗便是其中之一。

通过这首诗，我们看到了钱塘湖旖旎骀荡的春光，看到世间万物在春光沐浴下的勃勃生机，也看到了诗人在自然美景中忘形而率性的沉醉。

诗写得极有章法。前四句写湖上，金圣叹分析得极好：“横开则为寺北亭西，竖展则为低云平水，浓点则为早莺新燕，轻烘则为暖树春泥。写湖上，真如天开图画也。”后四句写春行，“渐欲迷”“才能没”“绿杨阴”，在涂抹深深浅浅的春光之际，托出一个“幅巾单褡款段闲行”的杭州太守白居易。

诗写的都是即目直寻之景，一点不隔，却荡漾着风情。任杭州刺史时，白居易已年近五十，已经历过沦落天涯的贬谪之痛，但在这首诗中，我依然看到了他对生活的热情，他久历风雨而不改其诚的天真，他对美细腻敏锐的感知力。

知世故而不世故，历圆滑而留天真，这才是大境界。

大林寺桃花

白居易

人间四月芳菲尽，山寺桃花始盛开。
长恨春归无觅处，不知转入此中来。

【赏析】此诗是白居易被贬为江州司马时所作。这时期，他曾为“同是天涯沦落人”的琵琶女而泪湿青衫，也曾在大林寺中偶遇的野桃花里悟得了天机。

大林寺，在庐山大林峰，相传为晋代僧人昙诜所建，是中国佛教胜地之一。在白居易的《游大林寺序》中可知这首诗的写作原委。时值初夏，和他一起游大林寺的有好友兼僧人 17 人，当他看到大林寺中山桃始华，怅然若悟，口占此诗。

没有一颗敏感而不失活泼的心，谁会注意到人间四月芳菲已尽而独自盛开的山寺桃花呢？这点新奇与诧异，久蒙尘俗的心肯定捕捉不到。在新奇之后，他发出“长恨春归无觅处，不知转入此中来”的慨叹。谁说春一去难觅呢？天道周流循环，某处的逝去，是另一处的开始。

推而衍之，世间事莫不如此。如此一想，得意与失意，都是暂时的，又何必执着？也许白居易在作这首诗时，并没有想得如此多，但这并不妨碍后来者作如是想。一首好诗就是这样，它是开放的，是涵盖万有的母题。

其实白居易的序中还有一句：“此地实匡庐间第一境。由驿路至山门，曾无半日程，自萧、魏、李游，迨今垂二十年，寂寥无继来者。嗟乎！名利之诱人也如此。”他感叹世间人，追虚名而盲从，却忽略了真正的人生胜境。

暮江吟

白居易

一道残阳铺水中，半江瑟瑟半江红。
可怜九月初三夜，露似真珠月似弓。

【赏析】此诗大约作于白居易赴任杭州刺史途中。杭州是个好地方，且这是作者自请外任，心情颇佳。一路走来一路诗，这样的风雅和清静，对现代人来说，恐怕太遥远太奢华了。

白居易在《与元九书》中说：“仆志在兼济，行在独善。奉而始终之则为道，言而发明之则为诗。谓之讽谕诗，兼济之志也；谓之闲适诗，独善之义也。”我们喜欢他表达兼济之志的讽喻诗，如《卖炭翁》；更喜欢他抒发独善之志的闲适诗，如这首《暮江吟》。因为脱开了社会评价体系的束缚和枷锁，在闲适中，人往往能释放初心，遇见本真的自己。

在这首《暮江吟》中，我看不到微言大义，只有一颗陶醉在自然之美之中的心与诗人同频共振。遥想诗人，静静伫立在暮色四合的江边上，看一道残阳就那样静静地洒向了江面，也铺在了诗人柔和的心海中。一半深碧一半橙红，残阳以它的妙笔以江面为画布，绘下了这样巧夺天工的秋江暮色图。

这样的美景让人不舍，所以，诗人从暮色四起一直流连到月上中天。清露泫然，在月色下，晶莹如一颗颗珍珠。也许是露水浸湿了衣衫，他抬头遥望天宇，一弯新月弯似弓，弥洒着银色的光，如梦幻般纯洁。柔情瞬间洇开，心里感动得一塌糊涂。他忍不住了，不由得发出感慨：多么美啊，这九月初三的夜。

人在面对美时，大多毫无抵抗力，所以当浮士德震惊于美时，忍不住喊道：

“多美啊，请为我停留”，于是他输掉了与魔鬼打的赌。善感的心都会在美的面前，缴械投降。诗人如此，我们也一样。

忆扬州

徐凝

萧娘脸薄难胜泪[1]，桃叶眉长易觉愁[2]。
天下三分明月夜，二分无赖是扬州。

【注释】①萧娘：南朝以来，诗词中的男子所恋的女子常被称为萧娘，女子所恋的男子常被称为萧郎。②桃叶：王献之爱妾名，王献之为其作《桃叶歌》。后常用作咏歌伎的典故，这里代指所思的少女。

【赏析】徐凝在历史上没有留名，但一提起扬州人们便会想起他。这首诗本来是为忆人而作，却以咏月而闻名。

平心而论，前两句用萧娘和桃叶形容所忆歌女的容貌之丽，并无什么新鲜之处。用“脸薄难胜泪，眉长易觉愁”来状依依难舍之别情，也略显粗疏。三四句之转，可以看作是补叙离别时的场景——在扬州，那个有着天下最美明月的江南。“无赖”二字颇有分歧。在离人眼中，这明月分明让人恼烦，所以怪它无赖。又或是，指这夜色太美，尽管要分别，也拼了半生去沉醉。

“天下三分明月夜，二分无赖是扬州”，将不可分不能分的明月，偏偏分成了三分。就像苏轼把春色三分，二分归尘土，一分给流水，都很无理，却无理而妙。扬州得天之厚，独占了月色天下之二，这样的数字化，让你不记住扬州的月也不行。

悯农

李绅

锄禾日当午，汗滴禾下土。
谁知盘中餐，粒粒皆辛苦？

【赏析】李绅与元稹、白居易同为新乐府运动的倡导者，但他的诗才却远逊于这二人。他官至宰相，在仕途和政声上又远比元白显赫。所以，《唐才子传》及其他一些史书上，有关李绅的逸闻故事很多。“司空见惯”这个成语就与李绅有关。据说刘禹锡见了李绅家成群的私妓后，特别中意其中的一个，因此吟了一首《赠李司空妓》：“高髻云鬟新样妆，春风一曲杜韦娘。司空见惯浑闲事，断尽苏州刺史肠。”

如此显赫的庙堂高官，也写出了充满同情甚至直指社会上层本质的《悯农》诗，让人还是心生诧异。这两首诗平白如话，小儿一看也能明白，就不需要过多饶舌了。值得一说的是，其一中的“春种一粒粟，秋收万颗子”，如果不将它单纯看成与“四海无闲田，农夫犹饿死”作对照反差的句子，也颇有意味。从中，我看到的是自然的恩赐与毫无偏私，你给它一粒粟，它还给你的是万颗子。这种慷慨与无私，非人类可比。

其二中广为流传的则是“谁知盘中餐，粒料皆辛苦”，成为规劝世人珍惜粮食的箴言。其劝诫之效力，大约可与明代朱柏庐《治家格言》中的“一粥一饭，当思来处不易；半丝半缕，恒念物力维艰”的格言相媲美。

金铜仙人辞汉歌

李贺

茂陵刘郎秋风客[1]，夜闻马嘶晓无迹。
画栏桂树悬秋香，三十六宫土花碧[2]。
魏官牵车指千里，东关酸风射眸子[3]。
空将汉月出宫门，忆君清泪如铅水。
衰兰送客咸阳道[4]，天若有情天亦老。
携盘独出月荒凉，渭城已远波声小。

【注释】①茂陵句：茂陵是汉武帝刘彻的陵墓，在今陕西省兴平县东北。刘郎指汉武帝。秋风客：犹言悲秋之人。汉武帝曾作《秋风辞》，有句云："欢乐极兮哀情多，少壮几时兮奈老何？"②土花：苔藓。③酸风：令人心酸落泪之风。④衰兰送客：秋兰已老，故称衰兰。客指铜人。

【赏析】李贺于此诗题下序曰："魏明帝青龙元年八月，诏宫官牵车西取汉孝武捧露盘仙人，欲立置前殿。宫官既拆盘，仙人临载乃潸然泪下。唐诸王孙李长吉遂作《金铜仙人辞汉歌》。"据朱自清《李贺年谱》推测，这首诗大约作于元和八年（813），李贺因病辞去奉礼郎职务，由京赴洛途中所作，其时，诗人"百感交并，故作非非想，寄其悲于金铜仙人耳"。诗人确实将自己的感情倾注于金铜仙人身上了。

金铜仙人是汉武帝试图得道成仙的依靠，承露盘则是承接可以让汉武帝成仙的引子——云表之露的有效器物。怪不得拆盘让金铜仙人潸然泪下，离开汉宫更是让它痛苦不堪。

于是，它回想起了将它立在神明台上的汉武帝。它亲历了汉王朝由盛到衰的过程，兴亡之感油然而生："茂陵刘郎秋风客，夜闻马嘶晓无迹。画栏桂树悬秋香，三十六宫土花碧。"人如秋风过客，宫苑已成为陈迹，三十六宫布满苔藓。一切辉煌，终归于沉寂。只有那画栏中高大的桂树，正枝繁叶茂地生长着。

或许，金铜仙人本是立志与这片废墟同在的，至少，在这里，它可以用回忆来作为安心良剂，虽然是泡在伤感中的良剂。可是，它却要遭遇“魏官牵车指千里”，离开汉宫故地。从长安至许都，路途千里！东关秋风凄凄，直射眸子，金铜仙人心酸不禁，潸然泪下。它是金铜仙人，“物性”仍在，却存有“人性”中最悲戚最永恒的一面：对逝去的怀念，对变幻的唏嘘。它被一点点移动，离开汉宫，只有明月相随。它是除了金铜仙人之外，唯一能与这个已经消失于历史并将逐渐消失于人心的朝代相依相伴的。

可是，还是离开了。咸阳古道送客的兰花已经衰败不堪，兰虽衰，却也有送客的情意，可知仙人心衰如兰乎？掌握日出日落，看似终古不变的苍天，如若有情的话，也会如自己和兰花一样，承受衰老的悲哀。“天若有情天亦老”！那么，天、物、人，到底是情的主宰，还是情的奴隶？抑或人的衰颓可以达到有情后的至情，苍天的亘古不变却是至情后的无情？面对荒凉苍茫的景象，诗人写出了这“奇绝无对”的诗句。此时，在荒凉的月光照射中，携盘离开的只有那只承露盘，渭水的波声渐渐远去，留在了那个曾经让人哭泣的地方。

《野客丛书》载《魏略》曰：“明帝景初元年，徙长安诸钟簴、骆驼、铜人承露盘，盘拆，铜人重不可致，留于灞垒。”李贺有意不顾这个结果，没有留给金铜仙人一个可算作安慰的结局，而是将悲伤进行到底。他的用意，只是为了更好地诠释他的深沉：天若有情天亦老，人间正道是沧桑！

雁门太守行

李贺

黑云压城城欲摧，甲光向日金鳞开。
角声满天秋色里，塞上燕脂凝夜紫。
半卷红旗临易水，霜重鼓寒声不起。

报君黄金台上意，提携玉龙为君死。

【赏析】这首诗描写了一场惨烈的战事，诗中为报君王知遇之恩不惜以身赴死的肝胆义气给人以深深的悲剧震撼。

开篇用两个镜头捕捉了一幅特写画面：黑云以压城之势涌来，给人一种强大的威压感；云缝里射下的余晕照亮了城头，将士身上的铠甲像铺上了一层闪闪金光，可见守城将士的斗志激昂。黑云和金鳞，两种颜色的对抗意喻敌我双方的对峙。战事持续到日暮，肃杀的秋色里号角满天，边塞上被鲜血浸染的土地凝成了浓暗的紫色。在紧张的空气里，分明可以嗅以死亡的气息。在最后的决战里，守城的军队卷着红旗进击到荆轲高唱着“壮士一去兮不复还”的易水边，寒冷的秋霜里，鼓声被敲响，却像凝滞般的沉闷不起。这注定是场失败的战争，而将士依旧怀着“报君黄金台上意，提携玉龙为君死”的壮怀，慷慨赴死。

整首诗，没有完整的逻辑和知性，只是一系列诉于感官和直觉的片断与色彩。黑、金、红、紫、白等一系列浓烈的色彩扑面而来，它打破了常规的逻辑和写法，却让人始终沉浸在他渲染的画面中悲哀得无法自拔。还有那注定败北的结局，更增添了悲壮的色彩。

也许在李贺心目中，为了理想而悲壮地死去远胜过为了理想而苟且地活着。尽管屈辱地活着远比悲壮地死去更需要勇气。

马诗（其五）

李贺

大漠沙如雪，燕山月似钩。
何当金络脑，快走踏清秋。

【赏析】李贺爱马，他一连写了二十三首马诗。其中的马少有得意者，大多是“骏骨折西风”或“骈死于槽枥”。

其五中的这匹马，来自于盛产良马的大漠和燕山，亦深深渴望在如雪的大漠或新月如钩的边塞上撒蹄奔腾。它无时无刻不幻想着命中的伯乐早日出现，给它佩戴上威武的辔头，快意踏清秋。

我想在唐代的诗人中，除李白外没有哪个诗人像他一样有一身傲骨，因为他以李室宗族后裔自居。除杜甫也没有哪个诗人像他一样，有着强烈的渴求知遇之心。因父亲名字中有“晋肃”字犯天子之讳，他以科举求仕进的路从此被堵。深沉郁勃之情盘旋在敏感曲奥的内心，凝结成一股超越现实的奇丽瑰异之气，让他的诗在晚唐的天空中绽放出异彩。

这首马诗并不能代表李贺特异的诗风，但贯穿在诗中的渴望是一以贯之的。他以毕生之精力在茫茫人海中寻找他唯一的灵魂知音，得之，我幸，不得，我命。命运最后给他的是不圆满，他在二十七岁便英年早逝。

一生愁谢如枯兰。

寻隐者不遇

贾岛

松下问童子，言师采药去。
只在此山中，云深不知处。

【赏析】说起贾岛，大家会想起他在月光下，苦苦思索是“僧推月下门”还是“僧敲月下门”的古吟形象。它与孟郊并称“郊寒岛瘦”，一为诗奴，一为诗囚。

他曾在长安做过和尚，因此有很多道士、和尚、隐士朋友。这首诗大约写于他还没有还俗时，寻访一个隐者高人的故事。与他“两句三年得，一吟双泪流”的枯索相比，这首诗写得爽利天真而颇含逸气。这大概印证了，人只有对自己真正体验过的东西，才能驾驭得得心应手的道理。

诗是五古。前两句写“寻”，后二句写“不遇”，又以“隐”字贯穿全诗。寻者问了一句，童子答了三句：“言师采药去。只在此山中，云深不知处。”如果童子只答“言师采药去”，就显得冷淡且无趣了。好在他补充了两句“只在此山中，云深不知处”，这两句显得天真极了，憨态可掬。他想告诉访者师父肯定在山中，却又像没答一样，因为师父在白云深处，具体行踪根本无法寻觅，结果还是等于没有说。这样一个憨憨的小童子，惹人心生爱怜。

那么，何以见得“隐”字呢？隐，在松下，在采药，在云深。为何在松下问，而不是在柳下或其他的什么树下？这里面大有文章，因为松有深厚的道家文化渊源，它是长寿和隐者的象征。《列仙传》中的道家尊祖叫“赤松子”，松在人们眼中，是“仙人之食物”。南宋时曹勋的文集取为《松隐集》，元末画家倪瓒笔下的隐者几乎都离不开那棵松。他们是否是受了这首诗的影响呢？

采药，最早源于刘晨阮肇入天台山采药，得遇仙女，结为良缘。半年后回家才发现人间已历七世。这采药满含仙气与道骨，自然与采花不同了。至于“云深”，就不用多说了。

这首既充满童真又满溢逸气的小诗，完全颠覆了贾岛的“苦寒”形象。

近试上张水部

朱庆馀

洞房昨夜停红烛[①]，待晓堂前拜舅姑[②]。
妆罢低声问夫婿，画眉深浅入时无[③]？

【注释】①停红烛：让红烛通宵点着。停：留置。②舅姑：公婆。③入时无：是否时髦。这里借喻文章是否合适。

【赏析】唐代进士科举有向名人行卷干谒的风气，以希求名人奖掖推举。这首诗投赠的对象，是时任水部郎中的张籍。

用夫妻或男女之情比拟君臣、朋友及师生等社会关系，是古典诗歌的一种传统，从楚辞开始，诗经中有很多情诗被后来的解经者发掘出微言大义，仓央嘉措以情诗证佛悟道，正可说明情诗的外衣很容易包裹微妙的东西。

一个举子能否得到考官的青睐，就像一个新嫁娘能否讨得公婆的欢心一样，是决定后半生是否幸福的一件大事。新媳妇在要见公婆的那一刻，心情既忐忑又微妙。在精心准备之余，她忍不住小心翼翼地问那个身边人，自己这样子打扮，能在公婆的心目中打多少分？面对着即将决定自己命运的主考官，诗人的心理同样微妙，像小媳妇一样低眉询问考官不知自己的文章是否入时。

用情诗的外衣作掩饰，多少有不得已的苦衷，那点点自尊无论如何得维持。但他真实的用意，如一丝裙角若隐若现，终遮不住。这番良苦用心，我们都能体恤。很多事，我们遇见了开始，却预见不了结局，谜底才是令人忐忑又让人期待的。

谜底是张籍作答的那首《酬朱庆馀》，诗曰："越女新妆出镜心，自知明艳更沉吟。齐纨未足时人贵，一曲菱歌敌万金。"

宫词

张祜

故国三千里，深宫二十年。
一声何满子，双泪落君前。

【赏析】此诗题又作《何满子》。《何满子》是唐代教坊曲。关于它，有一个动人的故事，唐代的很多诗人如白居易、刘禹锡等都曾据此敷衍成诗。据说，何满子本是唐玄宗开元年间的一个歌女，不知因何事要处以极刑。刑前她张口高歌，使天地失色。皇帝听闻后，怜惜她的才艺，免去死刑。歌坊将她临刑前唱的歌加以整理，其名为“何满子”，自此后，何满子便成了断肠歌的代称。

这是宫怨诗。宫怨和闺怨，是中国历史画卷上抹不去，化不开，最打眼，最惊心的一片黑。是的，黑色，笼罩万有又抹杀一切。生命像一口枯井，吞噬着日月光阴，却激不起一丝涟漪。

等待是她们永恒的姿势，暮鸦是她们黄昏的呼吸。不知道她们还有没有灵魂，如果有，灵魂一定远在三千里之外的故国，那才是她们心灵的憩息地。而身，却在幽闭深锁的宫门内，一点点枯萎。

诗中的这个宫女，有幸得见君王面。三千里的思念，二十年的光阴，郁积在心，一言难尽，唯一曲《何满子》可表心迹。她唱的是何满子的命运，叹的却是自己。但千言万语，此时此刻，面对高高在上的君王，只化作了两颗滚烫的热泪！“一声何满子，双泪落君前”，画面定格在这里，此时无声胜有声。

眼泪稀释了她的痛苦，却带不走她的悲凉。黑色的宫怨。

江南春绝句

杜牧

千里莺啼绿映红，水村山郭酒旗风。
南朝四百八十寺，多少楼台烟雨中。

【赏析】小桥流水，烟波画桥，杨柳依依，吴侬软语……

这江南柔软了多少男儿心，慰藉了多少游子情。江南，是他们手中圣洁的白莲，是他们心中的一颗朱砂痣。是他们享受生命的温柔乡，也是他们心灵的栖息地。

现实生活中有太多不如意，不能一一抚平心灵的伤口。最好的去处，便是江南了，梦里江南。渴望把一切都忘掉，背一个行囊穿行在江南的大街小巷，感受着带着淡淡忧愁的诗意。青石板上的马蹄声不知能否撩起梦中人的闺愁？能否遇着一个像丁香一样结着愁怨的姑娘？她的浅笑，绽放成一把油纸伞，陪你看日出日落？

江南啊，江南，是多少人挥之不去的情结，纠缠一生的梦。

杜牧眼里的江南是“二十四桥明月夜，玉人何处教吹箫”的妩媚与风流，也是“南朝四百八十寺，多少楼台烟雨中”的怅惘与迷思。

他笔下的江南春，有晴——千里莺啼绿映红，水村山郭酒旗风；有雨——南朝四百八十寺，多少楼台烟雨中。有声色——莺啼，绿映红；有光影——酒旗风，烟雨中。有动——千里莺啼，酒旗临风；有静——水村山郭，楼台寺宇。起句有“咫尺千里”之势，落笔有“尽在言外”之韵。

“南朝四百八十寺，多少楼台烟雨中”，有人说，这句诗给江南春景的娟秀增添了灵动，因为水是江南的魂。也有人说，这句诗给江南的灵秀抹上了一笔重色，因为这烟雨中仅存的楼台寺庙见证着统治者的荒唐和虚无。

逝者已矣，唯烟雨中的楼台以亘古不变的姿势观望着人世沉浮。

清明

杜牧

清明时节雨纷纷，路上行人欲断魂。
借问酒家何处有？牧童遥指杏花村。

【赏析】提到清明，谁也绕不开这首诗。

诗人笔下的清明是什么样子的呢？有纷纷的雨。雨丝细密如织，纷纷扰扰，如雨中人的思绪。有欲断魂的行人。清明节，在古时是个大节日，这天或家人团聚，或游玩观赏，或上坟扫墓，祭奠先人。若赶上孤身行路，触景伤怀，很容易惹动人的心事，让人断魂。这样的行人，是诗人自己，也是无数和他一样漂泊在路上的人吧？

往哪里找个小酒店才好。一来歇歇脚，避避雨；二来小饮几杯，一解料峭的春寒，暖暖被雨淋湿的衣服；最要紧的是，借此散散心头的愁绪。孤身行旅的他，并不知道酒家哪里才有。此时一个小牧童骑牛慢慢经过，小儿的自然和天真，让人有种天然的亲近感。像是天意一般，行人心里感到暖融融的，打定了主意走上去。

小牧童什么也没有说，只用手指着那远远的地方——杏花村。这杏花村，是一片开满杏花的村子，还是隐约在红杏枝头，挑出的一个酒帘子，上面写着“杏花村”？我们不得而知。只知道牧童是“遥指”，它正在那不远不近的地方，隐隐约约。太远了，指了也看不见；太近了，也用不着指。这不远不近的距离，足够行人整理他欲寒还暖的心境，足够观者展开联翩的浮想——行人找到了酒店吗？那一杯小酒，是否温暖了他的心灵？……

《红楼梦》里贾宝玉为稻香村题匾时，给出的四个字便是“杏帘在望”，想必是从这首诗里化来的。将诗中的“遥指”和贾宝玉的“在望”合起来看，更是妙绝，一指一望，仿佛两两有情，隔着时空遥相呼应。

短短四句，起承转合，严丝合缝，精妙得不露痕迹，又留下无尽的余味。遥想彼时彼刻的杜牧，是经历了怎样的一场遇合，才写下了这样一首让清明变成永恒的诗作呢？时序给了诗人以灵感和契机，诗人给了时序以灵魂和生命。这便是成全。

泊秦淮

杜牧

烟笼寒水月笼沙，夜泊秦淮近酒家。
商女不知亡国恨，隔江犹唱后庭花。

【赏析】在晚唐纸醉金迷的甚嚣尘上，始终有一双冷眼在沉默地注视着这人间万象。

“十年一觉扬州梦，赢得青楼薄幸名”的放纵后面，是一颗躁动而又无法释放的灵魂——杜牧，一个在远祖辉煌荣光下不甘沉沦撕心振起的俊爽男儿，却生逢一个大厦将倾的落日黄昏时代。

要描摹晚唐的乱象，最好的取景点在秦淮河。它是江南中的江南，是历代最繁华的游赏之地，见证了六朝古都的兴与亡。跟随着诗人的脚步，一幅晚唐时分的秦淮画卷徐徐铺展在眼前。

袅袅寒烟和亘古明月，依稀笼罩在三千寒江水上，给这个夜晚铺上了迷离依稀的色彩。水榭歌台，觥筹红袖，暖响依旧。国亡了，与我何干？秦淮河依旧烟笼十里堤，歌女依旧唱着盛世的靡靡之音，空洞的眸子里看不见人世的悲欢，华美的袍下早已爬满了虱子。没有人怪她们，谁叫她们是歌女呢？娇柔的肩膀担不起沉重的道义。那应该担起道义的人呢？此时却正是这些从六朝风烟深处走来的歌儿舞女的看客。

向来心是看客心，奈何已是剧中人。

“秦人不暇自哀，而后人哀之。后人哀之而不鉴之，亦使后人复哀后人也。”历史难道就是一场荒唐的轮回与虚无？抵不上歌儿舞女红唇下的余温。

赠别

杜牧

娉娉袅袅十三余，豆蔻梢头二月初。
春风十里扬州路，卷上珠帘总不如。

【赏析】这首诗是赠别一个歌伎的。文人狎妓之风，至唐尤炽。他们一面在软红尘里消磨自己的失意、寻找温暖的慰藉，一面又保持着旁观者的距离，始终不会忘了自己是谁。只是，身处其中时，一时恍惚会混乱了真情与假意的边界；出乎其外，方有高致审视这一切。

情不论深浅，这个歌女的美却是真的。诗人很聪明，他用了“遗貌取神”的法子，写此女之美。貌美终究太拘泥、太入俗，而神美才是引人无限遐思、让人心醉沉迷的毒药。

他用两句话写尽了此女之美。一是“豆蔻梢头二月初”。豆蔻是一种产于南方的花，花穗卷入嫩叶中，叶渐开时花渐放，其含苞待放者，叫“含胎花”，有如处女。在二月春风里的梢头，在将放欲放的最美时刻，怎不叫人沦陷呢？二是“卷上珠帘总不如”，春风十里的渲染与铺陈，只为了逼压出“卷上珠帘总不如”，那些都是陪衬与烘托，而我要说的只是这一句：春风十里，不如你！

人生如戏，我投入的却是真情——至少在那离别的瞬间。

所以，我喜欢你，像春风走了八千里，不问归期。像二月梢头的豆蔻花，周而复始。

山行

杜牧

远上寒山石径斜①，白云深处有人家。
停车坐爱枫林晚②，霜叶红于二月花。

【注释】①斜：此字读 xiá，为倾斜的意思。②坐：因为。

【赏析】在喧嚣的市井通衢中行走得太久了，来一场郊野的山行，那感觉会如何？

山野的小路果然不同，弯弯曲曲，一路蜿蜒，直至山的尽头。在这样的山间小路里行走，人不需要想自己将通向哪里，就这样一路走着，把自己交给小路就好了。小路的尽头，有白云悠悠飘浮，几处山石砌成的人家，就那样随意点缀在远山白云之间，给闲淡的远山增添了几分人间烟火色。

暮色四合，斜阳的余晖温和地洒向那片枫林，将秋霜浸染过后的枫叶映照得分外红。这余晖也像温柔的手，从天边伸过来，轻轻抚摸着行人的心，涂抹上灿烂而并不刺眼的金色，均匀的，暖暖的，一层又一层。他的心啊，瞬间被洇开了，和着这比二月花还要红艳的枫林，洇得一塌糊涂。他禁不住要停下脚步来，静静地浮游在这层林尽染的山路上。

就这样，站在岁月之端，来一次心灵的放牧。秋之衰飒和人生的暮气，在这个瞬间荡然无存。在晚枫林中，他仿佛看见摇曳在春风中的二月花。不，比二月花更明亮。越来越想要一种超脱，到自己灵魂的牧场去放牧，去感受秋日长空里那份坦荡，那份辽阔。

赤壁

杜牧

折戟沉沙铁未销①，自将磨洗认前朝②。

东风不与周郎便③，铜雀春深锁二乔④。

【注释】①折戟：折断的戟。戟，古代兵器。销：销蚀。②将：拿起。认前朝：认出戟是赤壁之战时的遗物。③东风：指周瑜用黄盖计，借东风火烧赤壁这一历史事件。④铜雀：即铜雀台，曹操建造的一座楼台。二乔：东吴乔公的两个女儿，一个嫁给前国主孙策（孙权兄），称大乔；一个嫁给吴军事统帅周瑜，称小乔。

【赏析】虽说未可以成败论英雄，但是谋士竞智、武将较力，攻战杀伐、一决雌雄的沙场鏖兵却始终是凸显英雄的最好舞台。

六百年后，赤壁鏖兵的历史痕迹不过是沉埋于长江沙泥中的半截铁戟，依稀记录着当年的厮杀呐喊，兵戈争雄。偶然的机会，这古色斑斓的铁戟进入诗人杜牧的眼中，洗去那陈年的青苔，磨去那斑斑的锈迹，铭刻于铁戟之上的标识——或是“曹”、或是“吴”，抑或是“大都督周”的字样，总之，清晰可辨的前朝烙印唤起了诗人的遐思无限，飞扬的诗绪交织着追问英雄的历史情结，吟出了千古名句：“东风不与周郎便，铜雀春深锁二乔。”

赤壁一战，鼎足三分，对于这样一场重要的战役，《三国志》给予的关注却不算多，记载亦算不得详尽。对曹操的这一极不光彩的惨败记载也很简略，对胜利一方的记载要丰富得多。

从这段栩栩如生的战事描述中，我们不难发现，“东风”在赤壁一战中的重要作用。由此观之，裴松之将曹操赤壁兵败的原因归于“凯风自南”的天意亦为有据之谈。“天有不测风云”固为老生常谈，但以当时的科技水平，孙、刘联军却很难精确地预测到寒冬十月会有东南风，提前做好诈降、火攻等一系列准备，“东风”于赤壁之战无疑有着关系全局的重要作用。

作为唐代史学名家杜佑的嫡孙，诗人杜牧尤喜言兵，尝言，“为国家者，兵最为大，非贤卿大夫不可堪任其事”。对于赤壁鏖兵这样的重要战事，杜牧自然倍为关注。对于沉沙残戟的朝代辨识已见其史学功底，对于“东风”的特别拈出则是谈史论兵的思路延续，“东风不与周郎便”的论断正与裴松之一脉相承，远非刻意标新立异的翻案论调，而“铜雀春深锁二乔”则是曲折叙写东吴兵败的诗人笔法，对于东吴美人的特别留意，正是“十年一觉扬州梦，赢得青楼薄幸名”的一贯风格。四言之中，既见史识，并有谈兵，更有诗情，可谓佳妙。

至于作者的态度，细玩诗意，则未必有鄙薄周瑜之心。倒是何文焕《历代诗话考索》所云：“牧之之意，正谓幸而成功，几乎家国不保。”更为贴切一些。赤壁之战的双方毕竟实力悬殊，违时而至的东风诚非可料，固有天运侥幸之事。年少美才，深通音律的周瑜历来为文士所赏识，杜郎俊赏，对于周郎的好感应该更多吧。《赤壁》一诗，以诗为媒，品鉴古物，论史谈兵，妙赏深情，并见其中，诚为佳作。（郭万金　张蕴瑜）

登乐游原

李商隐

向晚意不适，驱车登古原。
夕阳无限好，只是近黄昏。

【赏析】我发现一个奇怪的现象，诗人们咏月的诗远远多于咏日的诗，同样是咏日，礼赞朝阳初升的多，惋叹夕阳沉落的少。随便举个例子：《诗经·小雅·天保》："如月之恒，如日之升。"简简单单两句话，就把日月说完了。

但是，多愁善感的"诗神"李商隐与众人不同，他似乎对夕阳沉落独有会心。于是李商隐来了。他的眼前是一片灰色的朦胧，不知道风是在哪个方向吹，也不知道路该往哪个方向走。他望着逐渐黯淡的夕阳，低回吟唱："向晚意不适，驱车登古原。夕阳无限好，只是近黄昏。"他是在哀叹自己的不得意吗，还是在哀叹唐王朝的日暮途穷？

他的音调显然低沉了许多，既没有初唐时代陈子昂登上幽州台时的歌唱那样雄浑慷慨而又意气风发，也没有杜甫"无边落木萧萧下，不尽长江滚滚来"的沉郁顿挫和悲壮苍凉，诗人面对夕阳想到的究竟是什么呢？

周汝昌先生在赏析这首诗时动情地说："你看，这无边无际、灿烂辉煌、把大地照耀得如同黄金世界的斜阳，才是真的伟大的美，而这种美，是以将近黄昏这一时刻尤为令人惊叹和陶醉！我想不出哪一首诗也有此境界。"

人力不能改变太阳运行的轨迹，那么，太阳的西沉就是必然的了。面对这个必然，无能为力的诗人是不是隐隐感到一种无奈的沉痛呢？王国维《人间词话》说：李白"西风残照，汉家陵阙"，"寥寥八字，遂关千古登临之口"。也许，典型的夕阳情景就是李白所说的西风伴着夕照，一片萧飒凄凉。李商隐说："夕阳无限好，只是近黄昏。"夕阳再好，毕竟已届黄昏。那就让我们姑且接受现实，抓住这最后一瞬的辉煌，尽情享受夕阳带给我们的美吧。

我突然想到，鼓吹英雄创造历史的卡莱尔曾经面对夕阳说过这样一句话：

“一个英雄就这样死去。”我想不出，对于夕阳的礼赞，还有哪句话比它说得更加豪迈。

夜雨寄北

李商隐

君问归期未有期，巴山夜雨涨秋池。
何当共剪西窗烛①，却话巴山夜雨时②。

【注释】①剪西窗烛：剪烛，剪去烧焦的烛芯，使灯光明亮。这里指深夜秉烛长谈。②却话：回头说，追述。

【赏析】有研究者指出，《夜雨寄北》一作《夜雨寄内》。内，是指内人，即妻子。因此，关于这首诗是写给谁的，就有两说。一说是寄怀长安友人所作，合于诗题《夜雨寄北》；一说是写给妻子的，合于诗题《夜雨寄内》。我们可以说，李商隐的这首诗表面上是寄给长安友人的，但他表现在诗里的情怀，何尝没有对妻子的深深思念呢？画蛇添足地将“夜雨寄北”改为“夜雨寄内”就呆了。

不去说它了，我们且看原诗。“君问归期未有期”，“你问我回家的日期，唉，回家的日期，我也不知道何年何月，心里没个准啊！”这一问问得好，一下子勾起人的思念。羁旅之愁，思归之苦，无法言说，只能说眼前。眼前的情景如何呢？“巴山夜雨涨秋池”。诗人独居在巴山的一个旅馆里，孤苦无聊，愁绪万端。偏偏那巴山雨水又多，夜夜袭来，绵绵不绝，就像一滴墨水洇在纸上，渗透、漫延、濡湿诗人满怀的思念。一个“涨”字，见出作者内心的感情早已波涛汹涌。岂止是秋雨滂沱、池水上涨，在这个不眠之夜里，作者对友人和妻子的无限思念，不也像这池水一样，一个劲地在往上涨吗？可以说，“巴山夜雨涨秋池”只是眼前景的自然显现，作者并没有说什么愁，诉什么苦，但读者从字里行间却可以深深感受到作者的思念之情。所谓意在言外、情生象外，正是如此。作者用几个简单的意象，几句简单的话，就把读者的思维活动完全引导到他所指向的那个方向上去了。

“何当共剪西窗烛，却话巴山夜雨时！”是作者此时的悬想：什么时候才能够与您在家中西窗下面一起剪烛长谈，再次把我独居巴山旅馆时此情此景对您细细言说。这两句话构思之奇，历来为人称道。有研究者指出，悬拟别后重聚时的情景，唐人诗中所常见。哪怕平时，我们亲友之间畅叙情谊，又何尝不是把重聚时的快乐情景着力想象和渲染一番呢。但李商隐此诗却高出一筹，它高就高在直接以思念发生时即目之景与情，作为重见时的话题。作者此想，更见至情。为什么呢？因为感情这东西，和时间一样，是稍纵即逝的，此时情怀，既无法复制，更不能久存。因此，感情的时态永远是现在时，而不是过去时和将来时。作者将即目之景与情作为重见时的话题，表明作者对感情之性质体悟极深。盖此景此情，早已浓至化不开，何须更旁生枝节呢？即使另起新想，亦属无根，此时已无情，何况重聚时？

简简单单四句诗，明白如话，但作者所要表达的思念之意，却何等曲折，何等深婉，何等含蓄隽永！

常娥

李商隐

云母屏风烛影深，长河渐落晓星沉。
常娥应悔偷灵药，碧海青天夜夜心。

【赏析】这首诗有种深沉的时间意味。

云母屏风烛影深，足见夜深沉。长河渐落晓星沉，足见天欲晓。从深夜到天明，时间是流动的，而主人公嫦娥一夜无眠，孤寂难耐的情形，就在这种流动中展现出来了。美好的青春，徒然消耗在与时间的拔河上，这样的荒寒让人心里痛。

诗人不自主地发出感慨：常娥应悔偷灵药，碧海青天夜夜心。这“碧海青天夜夜心”，又显示了时间的静止与凝滞。日复一日，年复一年，她能做的没有别的，只是在无尽的悔恨中，数着时间的分分秒秒，让它过去。时间，对一个空虚而无聊赖的人来说，是漫长的，静止的。而她也在这种静止中白白消耗自己的生命和意趣。这样的静止像一个巨大的黑洞，将人吞没。

回想当初，因不甘从俗而选择了不胜寒的高处。但这种清高，是要付出代价的，首先你得耐得住寂寞。这种寂寞不是世界上只剩下自己一个，而是你被抛在世界之外，忍受着生命被时间一点点吞噬却无能为力原地踏步的消磨。

李商隐写的是嫦娥，还是他自己？

无题

李商隐

相见时难别亦难，东风无力百花残。
春蚕到死丝方尽，蜡炬成灰泪始干。
晓镜但愁云鬓改，夜吟应觉月光寒。
蓬山此去无多路①，青鸟殷勤为探看②。

【注释】①蓬山：蓬莱山，传说中海上三仙山之一，诗中指代诗人所思之人所在的地方。②青鸟：神话中为西王母传递音信的信使。

【赏析】李商隐的《无题》诗都是情感指向朦胧的作品。诗人作诗时也是情感迸发，随想随写，他自己倒也不一定能明了地概括这些诗由何而发，或是不便明说，所以以《无题》命名。由于指向不明，所以后世对这些诗都有多种解说，有的认为是爱情诗，有的认为另有寄托。而这首诗，应该以首句“别难”为契，解为诗人的爱情独白。

“相见时难别亦难”，都说别时容易见时难，李商隐却精确地点出，其实别离也很难，好不容易相见又要离别正是难上加难，更何况是在百花残落的暮春呢！“百花残”既是当下的景象，也是回忆里重现当时景，是对岁月催人时光不再的叹惋。

“春蚕到死丝方尽，蜡炬成灰泪始干”，春蚕在春末时，生命就要结束了，而它吐丝的使命也完成了。蜡烛燃烧时，一直“流泪”，直到化为灰烬。它们都坚持到生命的最后一刻，不为即将逝去的悲哀或绝望所动，它们的活法是让生命每一刻的价值都最大化。他愿如同春蚕、蜡烛一样，对所追求的东西至死不渝，这是对那段刻骨铭心的爱情的悼念，也是对自己呕心沥血地为爱情付出青春的悼念。而此刻，她也许也和我一样，“晓镜但愁云鬓改，夜吟应觉月光寒”吧。我们都为相思而愁苦，鬓角斑白了。铜镜映照着年华刻在彼此额上的沧桑，月光为彼此镀上因相思而无寐的寒光，此一刻，心如冰一样寒凉。

我所思兮在蓬山——一座可望而不可即的仙山，正如心中的你一样，始终缥缈圣洁得像一个神话。无法掬之在手，拥之在怀。能如何呢？只有借西王母的传信使者——青鸟，为你送去我的相思与牵挂吧。一个充满温度的结句，给他，给她，给我们带来了一点希望。

得不到的最美好，若结局完美，哪有这么多荡气回肠？

无题

李商隐

昨夜星辰昨夜风，画楼西畔桂堂东。
身无彩凤双飞翼，心有灵犀一点通。
隔座送钩春酒暖，分曹射覆蜡灯红①。
嗟余听鼓应官去②，走马兰台类转蓬③。

【注释】①射覆：在覆器下放着东西令人猜。②应官：犹上班。③兰台：即秘书省，掌管图书秘籍。李商隐曾任秘书省正字。

【赏析】这首无题写的是一次偶然的邂逅，一种莫名的心动，宛如不灭的星光耀在诗人心灵的长空，温暖了他如转蓬般漂泊无定、身不由己的流年。

还记得昨夜的星辰昨夜的风，在那豪华的画楼西畔富丽的桂堂之东。隔座送钩、分曹射覆的游戏喧哗，觥筹交错、烛影摇红的浩歌狂热，“将军樽旁，一人衣白”，他分明感到了一丝落寞与孤独。那种拘束和格格不入的感觉，让人分外难受，又手足无措。此时，她出现了。偶尔投过来一个眼神，瞬间融化了他心里的冷。她一回眸中，似乎又包含着无限的情意。“身无彩凤双飞翼，心有灵犀一点通”，没有言语，没有交集，没有彩凤的双飞翼，此时此刻，虽是初见却像是一场盛大的久别重逢。你的心思我能明白，我无言语你能听见，这便是心有灵犀，是人世间不可言传而欣喜莫名的美好与悸动，唤醒了他心中整个明媚的春天。

奈何这种美好还没来得及充分酝酿，一声声更鼓，催促着他，该听差办公去了。他是笼中鹦鹉，阶前之草，身处富贵场中，却只是被豢养的角色。无法自主的命运，仰人鼻息的生活，只一声更鼓，他便像转蓬一样走马兰台，来去匆匆。

写这首诗时，李商隐是在令狐陶的幕下还是在王茂元的府中？不知道。眼前的风光豪奢与热闹是他们的，而他只是一个转蓬似的过客。灰暗的人生长旅中，这一次偶然的邂逅与瞬间的悸动，为他的记忆画廊增添了一抹玫瑰色。

“你我相逢在黑夜的海上，你有你的，我有我的，方向。你记得也好，最好你忘掉，在这交会时互放的光亮。”

无题

李商隐

飒飒东风细雨来，芙蓉塘外有轻雷。
金蟾啮锁烧香入①，玉虎牵丝汲井回②。
贾氏窥帘韩掾少③，宓妃留枕魏王才④。
春心莫工花争发，一寸相思一寸灰。

【注释】①金蟾句：意谓虽有金蟾咬锁，香烟犹得进入。旧注说是“蟾善闭气，古人用以饰锁”。②玉虎句：意谓井水虽深，玉虎犹得牵丝汲之。玉虎：井上的辘轳。丝：井索。汲：引。③贾氏句：晋韩寿貌美，司空南充招为掾，贾女于窗格中见韩寿而悦之，遂通情。贾女又以晋帝赐贾充之西域异香赠寿。韩掾少：为了韩寿的年轻俊美。掾：僚属。少：年轻。④宓妃句：魏曹植曾作《洛神赋》，赋中叙述他和洛河女神宓妃相遇事。宓妃：指洛神，传说为伏（宓）羲之女。留枕：这里指幽会。魏王：曹植封东阿王，后改陈王。

【赏析】这首诗写得同样惝恍迷离，室外是东风细雨，隐隐雷声。室内是金蟾香炉，轻烟袅袅。每一个都带着暗示。东风细雨中，有过山鬼无望的等待。远处轻雷，曾被幽闭入长门的阿娇疑为君王的车声。香烟缭绕，是一种挥之不去的缠绵迷思，而玉虎牵丝垂荡在井底，是一种幽深的深情。这是一个贵族女子，她金碧辉煌的居所有如她华丽的忧伤，让人触目所见，皆是惊心。而她的忧伤，源于她无望的等待。等待中的幻觉只是再一次昭示现实的残忍。

可这一切依然禁锢不了她一颗热烈追求向往的春心。像贾充之女爱慕韩寿之少俊而与之私通，留下韩寿偷香的绯闻；像甄后爱慕曹植的才华而留枕托梦，成了他心中的洛神。她们都大胆追求所爱，热烈的春心堪与春花争艳。只可惜，春光在层层绽放的时光一叶叶剥落，而春心亦只是徒然燃烧着，如线香般化成一寸寸灰烬。

渴望后的无望，燃烧后的毁灭，让她的生命变得格外美丽而让人动情。只是这种漫无止境的等，白白消耗了生命。如果可以，宁愿做一只朝生暮死的蝴蝶，在短暂中拼尽全力，殉了无边的春光而去，这样的死轰轰轰烈烈，好过静如止水的生。

锦瑟

李商隐

锦瑟无端五十弦，一弦一柱思华年。
庄生晓梦迷蝴蝶①，望帝春心托杜鹃②。
沧海月明珠有泪③，蓝田日暖玉生烟④。
此情可待成追忆？只是当时已惘然！

【注释】①庄生句：用庄周梦蝶典故。《庄子·齐物论》：“庄周梦为蝴蝶，栩栩然蝴蝶也；自喻适志与！不知周也。俄然觉，则蘧蘧然周也。不知周之梦为蝴蝶与？蝴蝶之梦为周与。”诗中用此典，表示了一种恍惚迷离的人生状态。②望帝句：用杜鹃啼血典故。《华阳国志·蜀志》：“杜宇称帝，号曰望帝……其相开明，决玉垒山以除水害，帝遂委以政事，法尧舜禅授之义，遂禅位于开明。帝升西山隐焉。时适二月，子鹃鸟鸣，故蜀人悲子鹃鸟鸣也。”杜鹃，又名子规。③珠有泪：《博物志》：“南海外有鲛人，水居如鱼，不废绩织，其眼泣则能出珠。”④玉生烟：《元和郡县志》：“关内道京兆府蓝田县：蓝田山，一名玉山，在县东二十八里。”这两个典故借朦胧迷离的状态喻人生如烟如幻。

【赏析】《锦瑟》是李商隐“朦胧诗”的代表作，历来认为难解。尽管朦胧，尽管读不懂，但是弥漫在整个诗里的迷惘、悲哀、伤感、虚幻的情绪，以及诗句优美婉转的音节和极富表现力的意象，使人一读之下，心为之醉，神为之迷，往复低回，惘然自失。梁启超谈到这首诗时说：“义山的《锦瑟》《碧城》《圣女祠》等诗，讲的什么事，我不理会。拆开一句一句叫我解释，我连文义也解不出来。但我觉得它美，读起来令我精神上得一种新鲜的愉快。”

这是一首爱情诗，是李商隐中年所作，就内容言，应含有悼亡、艳情、自伤三重意义。二十五弦的锦瑟无端断去了，便成了五十弦。“无端”是不可问的天意，是高难测的命运。只是这一弦一柱的急管繁弦中，锦样年华无可挽回地如水样流走。青春的美好，徒然鲜活在记忆里，现实中“一人白衣”，情之错违、身之难立、心之飘零，如风干的标本毫无生机与活力。

如果回忆的暖能抵御现实的冷，就让我沉浸在回忆中吧。人有时必须得靠回忆缅怀一些东西，祭奠一些东西，埋葬一些东西。

回忆里有什么？有像庄周梦蝶一样，不知何者为我何者为蝶的惝恍迷离，有像望帝一样，将一片春心托付于啼血的杜鹃，苦苦追寻而毫无结果的徒劳。有像鲛人滴泪成珠，只为留住你的离去的痴情与痛苦，有像蓝田日暖而良玉生烟的虚幻与渺茫。这种茫然的意绪，无所指又无不所指，什么都是又什么都不是。只是一片混沌，一种莫名。是可意会而不可言传的神秘，是瞬息即逝而又散发着永恒光芒的一点真，是镜花水月而不落言筌的一片幻。

此情可待成追忆啊，只是当时已惘然。他把偶尔浮现的美好瞬间一笔全给勾销了，并且赋予了这些美好以更为沉痛的迷惘的色调，重新使我们掉进循环无端的朦胧虚幻的情绪氛围之中。这就太高明了。大概一首好诗纯粹写悲，是很难使人觉得其悲的，一定要在悲哀中勾起美好记忆，并在这种美好记忆昙花一现之后再次消逝于更深的悲哀之中，就越发使人觉得其悲了。

元好问《论诗绝句》说：“望帝春心托杜鹃，佳人锦瑟怨华年。诗家总爱西昆好，独恨无人作郑笺。”既难解，又何须解？用心去体味、去感受就是了。

商山早行

温庭筠

晨起动征铎[①]，客行悲故乡。鸡声茅店月，人迹板桥霜。

槲叶落山路[②]，枳花明驿墙[③]。因思杜陵梦，凫雁满回塘。

【注释】①铎（duó）：大铃。②槲（hú）：陕西山阳县盛长的一种落叶乔木。叶子在冬天虽枯而不落，春天树枝发芽时才落。每逢端午用这种树叶包出的槲叶粽也成为当地特色。③枳（zhǐ）：也叫“臭橘”，一种落叶灌木或小乔木。春天开白花，果实似橘而略小，酸不可吃，可用作中药。驿（yì）墙：驿站的墙壁。

【赏析】温庭筠作为“花间词派”的主力军，词写得好，富丽精工。这首小诗却写得姗然可喜。

他借商山的一次早行，抒发客旅异乡游子的思乡之愁。

清晨起床，旅店外已经响起了车马的铃铎声，旅客们纷纷起床准备动身了。“在家千日好，出外一时难”，故乡一步步被抛在了身后，每念及此，真是让人悲伤。

而这首诗历来为人传诵的是这句“鸡声茅店月，人迹板桥霜”。它扣住了早行的特色：鸡鸣报晓，残月未落，是谓早行；自己尚待启程，板桥上已早有他人走过的痕迹印在了深秋的清霜上，这更是早行。

而这句的妙处，远不在于此。这两句十个字，拆开来是十种景：鸡、声、茅、店、月、人、迹、板、桥、霜，合起来又是鸡声、茅店、人迹、板桥，再加上月和霜。每个景都是一个自足的世界，都是一种凝着浓浓秋意和时间特色的意境。体物工细，意象鲜明，道路辛苦、羁旅行愁却在这些意象组合中展露无遗。

结句也佳。“因思杜陵梦，凫雁满回塘”，既扣题“早行”，又将一片乡愁写得梦般缥缈轻灵。故乡在哪里？在因思而成的杜陵梦里，在落满回塘的南飞雁里。他不说，你要懂得。

不第后赋菊

黄巢

待到秋来九月八[1]，我花开后百花杀。
冲天香阵透长安，满城尽带黄金甲[2]。

【注释】①九月八：即九月九重阳节，又称菊花节。此处用“九月八”，是为了与“杀”“甲”押韵。②黄金甲：公元880年，号称冲天大将军的黄巢杀入长安。史书记载，黄巢入长安时，盔甲耀眼，旌旗蔽天，英姿飒爽，威武雄壮，好一幅“满城尽带黄金甲”的壮观场面！这里黄金甲指菊花。

【赏析】黄巢的出身，史书上的说法纷纭不一。《旧唐书》称他“本以贩盐为业”，言下之意是说他从小家境寒微，且地位低下，天生就有造反的要求。《新唐书》则是另一种说法：“世鬻盐，富于赀”，这就是说他生于富商巨贾之家，家境优裕，应该是个纨绔子弟，造反的概率不是很大。但他竟然就造了反，而且是造中国历史上曾经最强大的帝国的反，这就可以见出他不凡的抱负了——黄巢终究不是一个没有气魄也没有思想的纨绔子弟！

南宋张端义《贵耳集》有一则关于黄巢的记载。黄巢五岁的时候，与祖父、父亲一起读诗弄文。他爸爸写菊花诗，写到一半写不下去了，碰巧他爷爷也没有想好该怎么接。才思敏捷的黄巢随口应道：“堪于百花为总首，自然天赐赫黄衣。”他老爸一听，这小子口气也太大了，难道你想当皇帝不成？这样一想，他爸爸又羞又急，伸手就打。幸亏他爷爷挡驾：“孩子还小，不知道轻重。你不喜欢这两句，叫他再写一首。”黄巢略一沉思，又吟道：“飒飒西风满院栽，蕊寒香冷蝶难来。他年我若为青帝，报与桃花一处开。”这首诗就是《题菊花》，加上《不第后赋菊》，黄巢一共写了两首半菊花诗，都非常有名。这首著名的《不第后赋菊》，据说就是他科举落第后的泄愤之作。

又一次名落孙山的黄巢，形单影只地踯躅于木叶摇落的街头。他望尽长天，看不到自己的前途，更何况在这美人如织、冠盖如云的都城，他越发感到孤单。此时此刻，他的心中就像打翻了的五味瓶，朦胧间，他看见了满地怒放的菊花。

于是，英雄的渴望被满腹的愤激点燃，那颗仿若被掐断了茎叶的种子在心中再度蓬勃生长，他冲口唱出："待到秋来九月八，我花开后百花杀。冲天香阵透长安，满城尽带黄金甲。"他在等待属于他的时机，到时颠倒乾坤，杀伐决断。整个长安城，是菊花的王国，也是他的王国。这正是英雄的梦想！

黄巢为什么喜爱菊花？也许与菊花的时令有关——深秋，一个肃杀的季节。也许因为他太喜欢秋、太喜欢杀、太不把娇艳而又弱不禁风的百花看在眼里，所以他后来才不惮于大开杀戒。也许与菊花的颜色有关——黄者，中之色，君之服也。诗中的"赫黄衣""黄金甲"等等应该喻示着他当皇帝的梦想。

公元880年他在长安登位称帝，建立大齐政权的时候，看着那些当年高昂的头颅一个个顶礼膜拜，叩头如捣蒜时，他一定会长吁一口气说：王侯将相，宁有种乎？皇帝他姓李的做得，我也做得。英雄啊，英雄！你用人民的鲜血，写下了自己的徽号。

赠妓云英

罗隐

钟陵醉别十余春，重见云英掌上身。
我未成名卿未嫁，可能俱是不如人。

【赏析】罗隐生于太和七年（公元833年），大中十三年（公元859年）底至京师，应进士试，历七年不第。后来又断断续续考了几年，最终还是铩羽而归，史称"十上不第"。

进京赴举途中，他曾路过钟陵县，结识了当地一个颇有才思的乐妓云英。十余年后他因落第再度路过钟陵，又与云英不期而遇，她也仍未脱风尘。谁料云英见面问他："罗秀才怎么还是布衣？"感慨之余，他作诗以答。

"我未成名卿未嫁，可能俱是不如人"，这里面有辛酸的自嘲，有揶揄的嘲人；有无奈的自卑，也有愤懑的自负；为伤悼自己，也为堵悠悠众口。他知道，自己并没有输给别人，只是输给了那看得见的不公和看不见的命运。

只是被生活的轮辙碾压得太久，他早已练就了一套立身的本领。把那些千疮百孔展示给人看，把那些悲哀喋喋不休，早不是他想要的。他选择了自嘲，一种近似幽默的自嘲。以一种超越的笑，含泪的笑，惘然的笑，接纳了一切，使灰色黯淡的人生罩上一层柔和的光。

如果你没有看到这层光，你没有读懂他。

金缕衣

杜秋娘

劝君莫惜金缕衣，劝君惜取少年时。
花开堪折直须折，莫待无花空折枝。

【赏析】《金缕衣》是唐代新创的一首乐府诗，相当于我们现在的流行歌曲一类。它的创作者不大可能是善写阳春白雪或庙堂乐章的大诗人们，而是一个曾经沉沦风尘、久历人事且富于创作才能的绝代歌女杜秋娘。

关于这首诗的主旨，《唐诗三百首》说：“即圣贤惜阴之意，言近旨远。”另一种流行的说法是，劝人及时行乐，可用“莫负好时光”一言以蔽之。诗中到底想要表达什么？也许它要说的是：人最可宝贵的是生命和青春，比珠玉更珍贵，犹如绽放的花朵。青春和生命，属于你都只有一次，要在有限的年光大胆追求生命的欣悦。

这里面哪里有一丝一毫消极的及时行乐思想呢？劝年轻人珍惜青春，不是叫他们去挥霍钱财、浪费生命。青春应当是一首火热的诗，应该充满了梦想和精神的追求。如果你自己是一个老气横秋、青春不再的世俗之人，那么，你硬是要把杜秋娘往风尘的路上去猜测，往物欲的享受上去比附，我也没有什么话好说。我只想提醒富于青春活力的年轻人，千万不要受饱经风霜的俗人们的欺骗，因为他们也曾经有过一个满是错误和悔恨的狂热青春。不过，现在他们没有精力了，也失去了热情，就像一棵秋天的树，枝叶落尽，只剩下光秃秃的树干在秋风中瑟瑟颤抖。

一个人最好是在合适的年龄该干什么就干什么。人生能有几个青春呢？错过了，就永远没有了。“花开堪折直须折，莫待花落空折枝。”轻轻地吟唱出这句诗的杜秋娘在劝年轻人珍惜青春的时候，又何尝不是在深深地自叹呢？

虞美人

李煜

春花秋月何时了，往事知多少？小楼昨夜又东风，故国不堪回首月明中！

雕栏玉砌应犹在，只是朱颜改。问君能有几多愁？恰似一江春水向东流。

【赏析】此词是李煜的后期之作，是一首千古绝唱。

其绝在于李后主诗情与诗才兼备。诗情是诗人对人事和自然的锐感，这种锐感是天赋异禀，强求不得的。诗才是能够“吾手写吾心”，用极自然纯真的文字将其敏锐的洞察与感触天衣无缝地抒写出来。

这首词自然纯真的文字、自然纯真的感情和心灵妙合无垠，仿若天籁。

其绝在于它极有章法却丝毫见不到半点章法的痕迹。叶嘉莹女士说：“全词八句，前六句是两两的对比，同时也是两两的承接，于交错的承应之中有三次永恒与无常的对比。”词曲折动荡如此，读起来却是一气灌注。

“春花秋月何时了”，岁岁花开花谢，年年月盈月缺，是自然得不能再自然的事了，这便是宇宙的永恒。“往事知多少”，这便是人事的无常。年年岁岁花相似，岁岁年年人不同。春花永恒，秋月永恒，人事在这个永恒中是变动不居的，是无常。此为宇宙之永恒与人事之无常第一层对比。

“小楼昨夜又东风，故国不堪回首月明中！”这两句直承上二句而来，又暗藏呼应。

小楼昨夜又吹起了东风，如春花秋月般，不会因任何人事而有改变，这又是宇宙的永恒了。一轮皓月孤独而永恒地悬在天幕中，可我的故国呢？早已沦入他人之手，江山易主，这便是人事的无常。永恒与无常再次遭遇。

“雕栏玉砌应犹在，只是朱颜改。”那“醉拍阑干情未切”的雕栏应该还在吧？那“刬袜步香阶”的玉砌还在吧？是的，它们还在，也许都在。“只是朱颜改”。变的是他，不只是他的容颜，不只是青丝变白发，还有他的心灵，在屈辱与悔恨之中煎熬的心灵，早已没有往日的温度。变的是江山的主人，它再已不是李氏的南唐，而是赵宋的天下。第三次永恒与无常的对比。

“问君能有几多愁，恰似一江春水向东流。”忧从中来，不能自已，终于逼出了这个如滔滔江水般一泻而下的千古名句。一问一答，收束全篇。前面六句两两相承又两两对比的渲染与叙写，都被“恰似一江春水向东流”的“愁”兜住了。

纯情词人的一切感受都是纯真的，直接的，敏锐的。所以每当一种感觉来到他心中的时候，他都是没有反省没有节制地直接反射出去，其感情如滔滔滚滚的江水奔流不息。但奔放不难，直也不难，难的是直而无尽，奔而有余韵。俞平伯先生认为，这点李煜也做到了。

相见欢

李煜

林花谢了春红，太匆匆。无奈朝来寒雨晚来风。
胭脂泪，相留醉，几时重。自是人生长恨水长东。

【赏析】此词“气度雄肆，虽骨子里笔笔在转换，而行之以浑然元气”。也是李煜以“血泪书之”的经典之作。

林花，不是一株一株的花，而是满林的花。是“众芳芜秽”，而非一花独憔悴。春红，一年之中最美好的季节里最绚丽的色彩。在这个世界上，我们命中碰到的一切美好，都是以秒来计算的，它们消逝得太快。美好东西的逝去，总会带着悲哀。

谢了，不只是过去完成时态，还饱含着词人深深的怜惜。谢了就是谢了，无人能够挽回，就像时光难倒流，覆水再难收。人只能直面这个残酷的现实，像个伤心的孩子，束手无策。

最美好的季节里最美的林花凋落，怎不让人哀痛？“太匆匆。”他说。

“无奈朝来寒雨晚来风”，像是在追溯因由。让“林花谢了春红，太匆匆”者，是朝来的寒雨，晚来的风。风雨摧花，人又能奈何？尽管这样它们还是要尽情绽放，不辜负春光和生命。像烟花，在最美的瞬间绽放，将刹那化作永恒。未尝不是一种美。

胭脂泪，相留醉，带着雨滴的花挽留惜花人，让他别走，让他再一次沉醉。因为他懂得怜惜它，懂得为它的凋谢哀痛。他解花语，花也解他。胭脂泪，相留醉，是梨花带雨般的女子邀他再饮一杯，与她同醉。落花伤雨又伤春，不如怜取眼前人。生命短暂，充满了偶然，谁也不知道今天分离还能不能有明日的重逢。

所以，唯一能做的，是活在当下，是抓住眼前实实在在的这一刻。

“自是人生长恨水长东。”从人事转入人生，转入对人类命运的抒写。自是人生长恨水长东！人之必然长恨，如水之必然东流，滔滔不绝，去而不复。这长恨到底是什么？是隐藏在表象之下、那个无比神秘却又无处不在，想挣脱却无法挣脱的东西——无常。

相见欢

李煜

无言独上西楼，月如钩。寂寞梧桐深院锁清秋。

剪不断，理还乱，是离愁。别是一般滋味在心头。

【赏析】这首词，特别有韵律感。整首词韵脚整齐得有如律诗，词虽然也要协律，但较之律诗，其韵脚要相对松散得多了，毕竟，词又叫长短句。但李煜不是一般的词人，他精通音律。他的每一句韵律都与人的内在情绪共振，读起来舒缓流畅，如揖摇风满怀，如掬水月在手。

在李煜众多的词中，邓丽君挑了其中三首谱成了曲，此为其中之一。

一个人，在月色中天时分，默默地登上了西楼。他上西楼，不是呼朋唤友，或邀一二知音，是独上。独处的确是一种检验，用它可以测出一个人灵魂的深度，测出一个人对自己真正的感受。如钩的一弯月，太清，太瘦。散着微微的清光，冷冷俯视着充满悲欢离合的人间。它不是满月，也不是朗月，是一弯如钩的瘦月。很显然，这是秋天的月。凄清月色下，深深庭院里，已经落光了叶子的一株梧桐，在秋夜里，影影绰绰，寂寞而孤独。

梧桐是寂寞的，庭院是深深的，一种与世隔绝的冷清与凄凉，好像这是一个被世界遗忘的角落。我能感觉到，在深秋的月色中，无言独上西楼的他，既隔离世界，也被世界所隔离，一种孤独的状态。

“剪不断，理还乱，是离愁”，这三个短句，一气直下，可见不得不发。意思是直白的，却有一种水到渠成的自然美。手法很新，正如他说秋是可用来“锁”的，愁在他是可用来“剪”、用来“理”的。只是它剪也剪不断，如抽刀断水水更流。理还乱，如丝如缕，缠在一起，找不到一个头绪。这是在说愁之纷乱，愁之莫可名状。

一个幽囚于异国的亡国奴，一个丧失了一切甚至是自由和尊严的人，此时此刻，风露立中宵，能有怎样的滋味？到最后他留给我们的仍是“别是一般滋味在心头”的欲说还休。想说不能说，或是想说无法说，才最寂寞。结果他又回到了开头时的“无言独上”的闭锁状态。他还是躲在一个寂寞的角落里，寂寞地舔着自己的伤口。将过往的人生故事，一幕幕放给自己看。

浪淘沙令

李煜

帘外雨潺潺，春意阑珊，罗衾不耐五更寒。梦里不知身是客，一晌贪欢。

独自莫凭栏，无限江山，别时容易见时难。流水落花春去也，天上人间。

【赏析】王国维在《人间词话》中说：“李重光之词，神秀也。词至李后主而眼界始大，感慨遂深。……‘自是人生长恨水长东’‘流水落花春去也，天上人间’，金荃、浣花，能有此气象耶？”这首词的确是眼界大、感慨深的神秀之作。

这春雨已经持续下了很久了，春雨淋淫，人窝在房内，只能听雨。一年一度的春光盛筵，就这样在无声无息中结束了。天格外阴冷潮湿，薄薄罗衾怎么敌得过一夜寒气侵袭？因为“阑珊”，心有遗憾，意有不甘，又怎么能睡得安稳？醒来后，回顾刚刚的梦。梦中他已经不是客居异乡的囚徒，而是回到了故国，回到了南唐，仍然做他的王，仍然和有情人，做快乐事。可惜只有“一晌”，片刻的美梦稍纵即逝，醒来后，倍增孤独与凄凉。

梦中一晌贪欢，是回到了故国。梦醒后，精神的丝缕自然牵系着故国，身陷囹圄的他，只能远望以当归。“别时容易”不是真的容易，“见时难”倒是真的。和祖先创下的基业、和三千里的河山、和整个南唐的一切道别，哪里有那么容易？他的青春、梦想和生命，甚至是他的呼吸，早已深深扎根在那片土地上，要离去，要连根拔起，哪里有那么容易？只是，在形势逼迫下仓促抛家弃国的他，当时可能来不及深深体味这一切。“离别”这两个字，在“离别”后，才更加懂得其中的痛苦、不堪与挣扎。才知道，失去了根的人，就是空心人。

“流水落花春去也，天上人间。”从回忆中跌落到现实，既是词人的眼中景，也是他的心中意。它表达的是一种人生如梦、命运无常的慨叹。这也正是王国维称李后主的词“眼界始大、感慨遂深”的地方。它让我们跳出了后主一己之离合悲欢，而反观置于整个宇宙中人类的命运。如画舫笙歌，从远处来，又向着远处去。余音绕梁，不绝如缕。

· 宋 ·

渔家傲

范仲淹

塞下秋来风景异，衡阳雁去无留意①。四面边声连角起②。千嶂里，长烟落日孤城闭。

浊酒一杯家万里，燕然未勒归无计③。羌管悠悠霜满地④。人不寐，将军白发征夫泪。

【注释】①衡阳：衡阳城南有回雁峰，相传雁飞至此不再南飞。②边声：边地的悲凉之声。③燕然：山名，即今蒙古国内的杭爱山。东汉时，大将军窦宪率军出塞，大破北匈奴，登燕然山，勒石纪功而还。④羌（qiāng）管：即羌笛。出自羌（西北少数民族）地，故称。

【赏析】范仲淹于庆历元年到三年（公元1041—1043年）奉命与韩琦等经略陕西，抵御西夏，这首《渔家傲》当是反映这段时间的生活。

此词上片主要写边塞秋色，下片写久戍不归的将士们的思乡和忧国情怀。边塞的秋色与内地的秋色自然是不同的，一个“异”字已然说明。“异”在何处？一是衡阳雁去无留意。佛徒尚忌桑下三宿，以免久生爱恋。雁逗留了长达两个季节的时间，在离去时居然一点留恋的意思也没有，可想边塞一定是苦寒的，鸟犹如此，人何以堪呢？二是四面边声连角起。从听觉描摹边塞之秋的悲壮与萧瑟，自然界的种种秋声混合着悲凉激昂的号角声，充斥着整个时空，战事之紧张可想而知。三是千嶂里，长烟落日孤城闭。此句重在视觉描写，数不清的山峰像屏障一样围绕着孤城，烽烟弥漫，即将西沉的太阳正照射着紧闭的孤城，其荒凉闭塞可想而知！在这样的情境之下，将士的心情可想而知。

下片自然过渡到写情。他们想家了。想家又能如何呢？一是家远在万里之外，只能在一杯浊酒里穿越万里关山，回到精神的故乡打个盹；空间的遥远，只是小问题，真正让他们难以归去的是“燕然未勒归无计”！不能胜利班师回朝，不能击退入侵者，不能在燕然山勒铭纪功，不能达到靖边卫国的结果，才是阻碍他们归去的最大障碍。久戍边城，备极辛劳，归期无定，时光的催逼中，人已是萧萧白发生！一念至此，叫人怎能入睡呢？人不寐，将军白发征夫泪！

有人可能会说，一个将军，怎么能显出悲苦之情，怎么能流泪呢？与大唐慷慨激昂的精神气象比起来，其意绪低迷多了。真正的英雄，不是没有软弱的时候，只是不被软弱所征服罢了。这样的将军，很真实，很立体，很有人情味。

蝶恋花

晏殊

槛菊愁烟兰泣露[①]。罗幕轻寒，燕子双飞去。明月不谙离恨苦[②]，斜光到晓穿朱户。

昨夜西风凋碧树。独上高楼，望尽天涯路。欲寄彩笺兼尺素，山长水阔知何处！

【注释】①槛（jiàn）：栏杆。②谙（ān）：熟悉。

【赏析】晏殊是北宋的太平宰相，他的词中有种特殊的圆融自省和理性观照，和南唐后主李煜的耽溺与沉陷是两种作风。这首词虽写无限的相思离愁，但显得平静节制，不失大家气象。

西风凋尽碧树，兰菊感到忧愁。伊人凭栏，看见燕子双飞；明月无情，穿透绣帘朱户；独上高楼，望断天涯归路；不见归人，欲寄彩笺尺素；山长水阔，尺素寄到何处。一连串的心思流动，最后都化为“独上高楼，望尽天涯路”这样一个永恒而无望的等待动作。

王国维说“昨夜西风凋碧树，独上高楼，望尽天涯路”是今之成大事业、大学问者必经的第一种境界，真是独有会心。在第一重境界里，人尚处在人生困境当中，望尽天涯，东西南北都是路却不知何去何从，有一种迷茫、悲壮感。同时独上百尺高楼，眺望无尽之路，也有一种一往情深、义无反顾的执着情怀，在胜败未卜的情形下，有一种悲壮的美。但既是远望，一定有一个“美的理想”所在，有这样一个目标所在，这远望虽悲却也不失壮彩。

木兰花　春景

宋祁

东城渐觉风光好，縠皱波纹迎客棹①。绿杨烟外晓寒轻，红杏枝头春意闹。

浮生长恨欢娱少，肯爱千金轻一笑？为君持酒劝斜阳，且向花间留晚照。

【注释】①縠（hú）皱：绉纱，比喻水的波纹。客棹（zhào）：客船。棹即桨。

【赏析】此词是宋祁的名作，因词中一句“红杏枝头春意闹”脍炙人口，宋祁也被称为“红杏尚书”。

这是一首伤春词，面对着美好易逝的春景，词中流露出了活在当下及时行乐的人间情怀。

上半片，字眼是“渐”字，核心是渐好的风光。周汝昌先生说，风光指天气澄和、风物闲美和人意欣悦，含天时、地利、人和三方面的关系。“渐”体现在何处？首先是“縠皱波纹迎客棹”，风自东来，波面生纹，如同纱縠细皱，一切都被唤醒了，活了起来，跟着活跃起来的当然还有人的心情。春，是从人心里开始的。接着“绿杨烟外晓寒轻”，是柳烟。晓寒犹轻，说明春意尚在萌动之中，在远望如烟如雾、浅黄嫩碧的一片柳中影影绰绰。紧接着的“红杏枝头春意闹”，是杏火。春意方闹，说明春已经更深一层了。杏花怒放盛开，如火如荼，春意之盛由此可见。一个“闹”字下得极好，将春意之盛动态化、拟人化，难怪王国维说它“着一‘闹’字而境界全出”呢。

下片抒情。人的一生，本来欢娱恨少而忧患苦多，尤其在这个见花伤心、对月落泪的三春时节。所以，珍惜眼前的美好，愿为此而一掷千金也不觉得可惜。“浮生长恨欢娱少，肯爱千金轻一笑”，有种洒脱决绝的意味在里面。诗人未必非得一掷千金，他自有自己的生活方式，那便是：为君持酒劝斜阳，且向花间留晚照！他在暮色时分，持酒临风，多情地规劝着斜阳，别走得太快太急了啊，再在花间多停留一下吧，为这个人间多留一点点温暖和快乐。替花而央求斜阳，一片爱花、护花之心昭然若揭。对花的爱，是对春的挽留，对美好常驻的期求。人生充满缺憾，我却要选择诗意地栖居。

首句为何用东城，而不是西城、南城什么的，是有讲究的。因为寒神退位，春自东来，故东城得气为先。正如写梅花，必曰“南枝”，亦正因它南枝向阳先发的缘故。

生查子　元夕

欧阳修

去年元夜时①，花市灯如昼②。月上柳梢头，人约黄昏后。

今年元夜时，月与灯依旧。不见去年人，泪满春衫袖。

【注释】①元夜：即农历正月十五元宵夜。从唐代起，即有元夜观灯习俗。②花市：繁华的街市。

【赏析】这是一首美丽而伤情的约会词。

爱情、婚姻是人生的重大主题，但在古时只有父母之命、媒妁之言的情况下，私自约会自然就显得多余，甚至是被禁止的。于是，现在看起来很平常的男女青年间的约会，那时候就显得非常的难得。但也正因为难得而显得珍贵，又因为珍贵而显得美好，也因为这美好的不能持久而常常让人伤情不已。

在宋代，元宵节是最为盛大和热闹的节日之一。特别是到了晚上，观赏花灯，燃放烟花，君民同乐，男女同游，“金吾不禁夜”“一夜鱼龙舞”，盛况空前。而且，这一晚，女孩子们特别是门第高贵人家的女子，是可以外出观灯、深夜方归的，这就为有情且有心的男女青年，提供了月下约会的可能性。

黄昏已过，月魄将生。男孩子自然是早早就在那儿等待了，他等着女孩子随月而至，显得焦急而甜蜜。也许过了有一万年吧，在“月上柳梢头”的时刻，她来了。

一定要在这个时候。因为早了月色还弱，弱得有些乏了生气；晚了又嫌太亮，亮得似乎少了朦胧。只有在这个时候，大概晚上八九点钟的样子，月色既不太弱又不太亮，月的底色上还敷着一层黄晕，让人感受到融融的暖意，正和人心的温暖相契合。当然，还有柳树，柳丝此时的纷披与疏朗（到春天枝叶繁密的时候就不行了）是月的珠帘。透过这珠帘望月，格外给人一种朦胧、神秘、娇美、润泽的感觉，又正和神秘的爱情与娇美的佳人相和相映。

但伤情也跟着来了。人有悲欢离合，月有阴晴圆缺。一年的轮回之后，情形全然改变了。还是那样的元夕夜，还是那样的灯与月，而人却少了一个。她是怎么啦？她怎么失约了呢？情形可能有千种万种，但结果却只有残酷的一个。也许他早就知道其中的缘故了吧！但他却无能为力，无可奈何。“不见去年人，泪满春衫袖。”就在春天快要到来的时候，孤零的月下，他却在伤悼他的爱情。“泪满”，是何其伤心也！泪下涟涟，泪湿春衫，此情此景，人何以堪！“泪满春衫袖”，——同类词中，可还有相同的另一句么？

或美丽，或忧伤，美得让人心驰神往，伤得让人凄然落泪。其感发人心的力量是如此之巨大，而又以简单到不能再简单的重章形式和明了到不能再明了的如话言辞写出，这该是何等样的作品啊！（郭红欣）

玉楼春

欧阳修

尊前拟把归期说，欲语春容先惨咽。人生自是有情痴，此恨不关风与月。

离歌且莫翻新阕，一曲能教肠寸结。直须看尽洛城花，始共春风容易别。

【赏析】这首词，在婉约中不失豪宕之气，是“挥毫千钟”的“六一居士”特有的人生气象。

王国维称此词有豪气。“人间自是有情痴，此恨不关风与月”“直须看尽洛城花，始共东风容易别”的确豪放，但这种豪放不是故作姿态的飞扬或虚张声势的矫情，它有着看透人生的睿智与冷静，豪放中有沉着之致。

“尊前”虽赏心，可它对应的却是离别，春容虽美好，可它对应的却是惨咽。新阕虽好，可它是用来演奏离歌的。人世就是这样充满缺憾和无常。但欧阳修没有把人一味带入缺憾悲情当中，他说：“人间自是有情痴，此恨不关风与月。”人世间的分分合合，阴晴圆缺，本是源自我心，此情此恨无关风月。这番冷静沉着的话语，将个人之悲上升到人生常态的高度，从一己之悲中看到了人生的不完满。

他又说：“直须看尽洛城花，始共春风容易别。”离别虽无可避免，无常虽时时来袭，美好虽不能长久，且休去管它，直须看尽洛城花，带着一种洒脱的豪情把美好的东西看个够！过去的已经过去，未来的还没有到来，我们都无能为力，唯一能把握的只有当下，只有眼前。

欧阳修词中的这种豪放沉着之致与其为人密不可分。“醉翁之意不在酒，而在乎山水之间也”，岂不豪放洒脱？“《集古录》一千卷，藏书一万卷，有琴一张，有棋一局，而常置酒一壶，吾老于其间，是为六一”，岂不旷达沉着？

雨霖铃

柳永

寒蝉凄切①，对长亭晚，骤雨初歇。都门帐饮无绪②，留恋处，兰舟催发③。执手相看泪眼，竟无语凝噎④。念去去千里烟波，暮霭沉沉楚天阔。

多情自古伤离别，更那堪，冷落清秋节！今宵酒醒何处？杨柳岸，晓风残月。此去经年，应是良辰好景虚设。便纵有千种风情⑤，更与何人说？

【注释】①寒蝉：蝉的一种，似蝉而小，寒露降时仍能鸣叫。②都门帐饮：在京城郊外设置帐幕宴饮送别。③兰舟：以香木木兰树造船，即兰舟，后引作船之美称。④凝噎：喉咙哽咽说不出话。⑤风情：男女间的爱恋深情。

【赏析】一首怒发冲冠的《鹤冲天》词在前，一道仁宗皇帝“且去填词”的旨意在后，柳永的一生可谓人生多舛。年近半百时，柳永才以特奏名身份被取为进士，其间经历了一个漫长的谋求生路和出路的过程。而且，这个过程又是伴随着很多次和京城的痛苦告别的；这首词之所写，就应当是其中的一次。看其情形，这该是较早时候的一次告别吧！

在此之前，因为“未遂风云便，争不恣狂荡”的叛逆宣言和随后奔向“烟花巷陌”的实际行为，以及大量浮词艳曲的写作，柳永极其狼狈地获得了“浪子词人”和“无行文人”的名号，并使自己的科第之路严重受阻。仁宗皇帝一句：“且去浅斟低唱，何要浮名”几乎阻断了他的仕进之路。但柳永并不想就此放弃，因为像众多封建时代的士人一样，求取功名乃是他早就确定下来的人生目标。

那么，他就必须要洗刷自己，重塑自己的形象。办法之一，就是放弃自己所沉湎的倚红偎翠、浅斟低唱的浪漫生活，离开那个使自己名声遭毁的地方——京都汴梁，去进行艰苦的自我放逐和自我救赎。但出走之后又会怎样呢？一切都会好起来吗？这在柳永，又是一点把握也没有的。于是，“迷惘”就产生了！看词中所写：“念去去千里烟波，暮霭沉沉楚天阔。”天地是如此之阔大，而前路却又如此之难行！“烟波”之为浩渺，“暮霭”之为迷蒙，“千里”之为渺远，“沉沉”之为郁重，面对这些羁绊，这“去去”的脚步如何走得出啊！但他又必须得走出。这样看来，在意脉结构上，处于上下片连接点的“念去去”二句，就成了全词的中心句、核心句，前此后此的情景摹写，包括那些为人叹赏的名句，都是由此生发开来，又由此生发开去的；词中的一切凄凉意和伤感情，也都是以此为基础、为底色的。

由此，我们说，词中所写的离别，绝不是一次普通的情人间的离别，而是一次重大的人生抉择。它历来为人们所看重，原因也许正在于此，因此我们也就进一步加深了对词中所弥满的挥之不去的迷惘之感的理解。成就词人笔下独特的“这一个”的形象的，不是才子的多情，而是士人的迷惘。多情是其表，迷茫是其里。

定风波

柳永

自春来，惨绿愁红，芳心是事可可[①]。日上花梢，莺穿柳带，犹压香衾卧。暖酥消[②]，腻云亸[③]，终日厌厌倦梳裹。无那[④]！恨薄情一去，音书无个。

早知恁么，悔当初，不把雕鞍锁。向鸡窗[⑤]，只与蛮笺象管[⑥]，拘束教吟课。镇相随[⑦]，莫抛躲。针线闲拈伴伊坐，和我，免使年少光阴虚过。

【注释】①是事可可：对任何事都漫不经心，任其自便。②暖酥消：温润如玉的肌肤消瘦了。③腻云亸（duǒ）：发髻散乱下垂的样子。④无那：无可奈何。⑤鸡窗：书窗，代指书房。⑥象管：象牙做的笔管，代指笔。⑦镇：终日，整天。

【赏析】这首词写闺中相思。正当“日上花梢，莺穿柳带”的春日丽景，而女主人公却只能独自叹息。柳永由此表达了青春虚掷的哀伤和对“针线闲拈伴伊坐”的向往。“针线闲拈伴伊坐”是一个平淡而又真切的日常生活场景，充满了温情。它以真切的生活体验，以平凡庸常的现实态度，否定了种种士人的理想，表达了对在理想之途上奔波不定的士人生存状态的抗拒。

柳永作为一个被士大夫阶层所放逐的文人，对传统士人的存在方式产生了深刻的疑虑，而认取温情作为自己的家园，支持着自己漂泊无依的人生。“针线闲拈伴伊坐”创造了一个温馨的情境，在这个情境中，人可以避开一切风险和虚无，把握住自己的存在。“针线闲拈伴伊坐”就是对这一温馨世界的真切守候。那种分分秒秒的关注，不仅是对温情的咀嚼，其中还透露出词人对离别的恐惧。

离别在柳永不是一个偶然的事件，而是一种命中注定的生存状态。生活的放纵已经断送了他的仕宦前途，他只好退守感情世界；而那无法摆脱的功名之念，又在动摇并伤害着他的温情世界，使得他不能在脉脉温情中彻底安顿生命。这种无法逃脱的离别和回归的循环，使得柳永的爱情总是被笼罩在一种无法化解的悲剧感中。于是，在对爱情的短暂和无常的反复咀嚼中，“针线闲拈伴伊坐”作为一种最低限度的期待，就显得弥足珍贵，我们由此也看出了柳永内心的愧疚和自责。温情和离别的恐惧，是如此紧紧地纠缠在一起，构成了柳永的生存感受。正是这种感受，使“针线闲拈伴伊坐”这一平常的景象弥漫着浓郁的忧伤，动人心魄。（过常宝　侯文华）

望海潮

柳永

东南形胜，三吴都会①，钱塘自古繁华。烟柳画桥，风帘翠幕，参差十万人家②。云树绕堤沙，怒涛卷霜雪，天堑无涯。市列珠玑，户盈罗绮，竞豪奢。

重湖叠巘清嘉③，有三秋桂子，十里荷花。羌管弄晴，菱歌泛夜，嬉嬉钓叟莲娃。千骑拥高牙④，乘醉听箫鼓，吟赏烟霞。异日图将好景⑤，归去凤池夸⑥。

【注释】①三吴：据《水经注》，古时称吴兴（今浙江湖州）、吴郡（今江苏苏州）、会稽（今浙江绍兴）为三吴。这里泛指我国东南地区。②参差（cēn cī）：形容房屋高低不齐。③巘（yǎn）：山峰。④牙：牙旗，原指军前大旗或将帅大旗，这里借指大员出行的仪仗旗帜。⑤图：描绘。⑥凤池：凤凰池，古时对中书省的美称，此代指朝廷。

【赏析】在古代众多描写杭州的诗词中，这首《望海潮》词应该是最负盛名的一首。

钱塘，即今之杭州市。有道是“上有天堂，下有苏杭”，“自古繁华”的杭州向来就是个好地方，柳永所在的北宋自然也不例外。这是客观方面。主观上，这又是一首投献词。从“千骑拥高牙”及“异日图将好景，归去凤池夸”所写来看，此词是送给当时执掌杭州军政大权的显要官吏的。他想通过先行揄扬对方的方式，让那位大员引荐或奖拔自己，以收投桃报李之效。柳永笔下的杭州到底美在何处呢？

一曰都市繁华。因是“形胜”之地，遂成“都会”之属。“东南”“三吴”者，又极言其独领风骚的地域之广大。“烟柳画桥，风帘翠幕，参差十万人家”“市列珠玑，户盈罗绮，竞豪奢”，居户众多、街市繁荣、人民富足，繁华之象尽显。

二曰风景如画。西湖有“重湖叠巘”，有“三秋桂子，十里荷花”；此为静态之景，可让人静静地赏味。倘若嫌此妩媚清雅之不足，则可大踏步奔至城外，登钱塘之高堤，观钱塘之潮涌，此之所见，足可让人心胸阔大、心潮澎湃。合而观之，则山与水、江与湖，夏与秋、荷与桂，香与色、形与声，婉与壮、动与静，无所不备，无所不有。

三曰生活和乐。“羌管弄晴，菱歌泛夜，嬉嬉钓叟莲娃”，是百姓之乐；“千骑拥高牙，乘醉听箫鼓，吟赏烟霞”是官员之乐。民有“管”“歌”之愉，吏有“箫”“鼓”赏听；民有“嬉嬉”满足之神态，吏有“吟赏烟霞”之雅兴。官民同乐，既乐且和。“乐者，天地之和也。”（《礼记·乐记》）在中国古代，乐的精神就是“和”。柳永之所以要把“管”“歌”“箫”“鼓”之乐特别地融入杭州吏民的生活中，就是要突出一个“和”字，以凸显“政通人和”之意，并婉合殷勤投献之旨。

以上三者，可谓三美。三美若何？曰：山水之润可落繁华之浮尘，人和之暖可补山水之清寂。富而且乐，方成自足之心；雅不摒俗，始臻和谐妙境。加上词人文笔之美之妙，“形胜”“繁华”“清嘉”先行提纲于前，人、物、风景相次展衍于后，有合有分，有点有染，针线措置，三美间出，偶对连属，辞彩飞扬，真个把古之钱塘描绘得令人神往、让人迷醉，而竟成极美极乐之人间天堂了！

据说，“此词流播，金主亮闻之，欣然有慕于‘三秋桂子，十里荷花’，遂起投鞭渡江之志。”有意无意间，柳永竟成了那个使他终生落魄的“太平盛世”的歌吹者了。此诚可叹也！（郭红欣）

鹤冲天

柳永

黄金榜上①，偶失龙头望②。明代暂遗贤③，如何向？未遂风云便④，争不恣狂荡⑤。何须论得丧！才子词人，自是白衣卿相⑥。

烟花巷陌，依约丹青屏障。幸有意中人，堪寻访。且恁偎红倚翠⑦，风流事，平生畅。青春都一晌⑧。忍把浮名，换了浅斟低唱。

【注释】①黄金榜：指录取进士的金字题名榜。因榜单是以黄纸书写，上钤皇帝玉玺，既显皇家尊严，又显示对士人的尊贵，故称为“金榜”。②龙头：科举考试中称状元为龙头。③明代：圣明的时代。遗贤：抛弃了贤能之士，此处自嘲自己为仕途所弃。④风云：指君臣遇合。⑤恣：放纵，随心所欲。⑥白衣卿相：指自己才华出众，虽不入仕途，也有卿相一般尊贵。白衣：指没有获得功名的人或平民。⑦恁（nèn）：如此。偎红倚翠：指狎妓。⑧晌（shǎng）：片刻，极言年华短暂。

【赏析】这是一首落第词。

宋朝文字狱少，但士人们以文字惹出麻烦的却不少，柳永就是其中的一个。给柳永惹出麻烦的，就是这首著名的《鹤冲天》词。据传仁宗就因为此词黜落他，并说：“且去浅斟低唱，何要浮名？”

那么，这首《鹤冲天》词如何就让当政者大为不快了呢？

我们知道，在封建社会，统治者既然要用儒家思想治理天下，自然就要用儒家修养要求士人。这种修养，简言之，就是中庸、儒雅、守礼、克己，即使受了什么委屈，也不能大喊大叫、任意而为，而要怨而不怒、冷静对待。但对于这些，柳永显然是缺乏认知或不大理会的。

这首词应写于柳永首次参加科举考试并落第之后。本来是心怀“龙头”之望，但“黄金榜上”，却并不见自己的名字，这怎不让词人大为失望！科举之路本如一座独木小桥，大多数人则要被挤下桥去，去品尝那跌落的滋味。柳永自然也明白这一点，但自视甚高的他一定认为自己绝不是那“大多数人”中的一个，声言“偶失”“暂遗”，就反证了他所怀有的极度的自信。但他竟然就名落孙山了！看词中，柳永显然是以“贤”才自居的。庸才的落第只能怨自己学殖的不逮，而“贤”才的被“遗”弃，就分明要归咎于有司的不公和“明代”的不“明”了。如此，一股强烈的不平和怨愤之气就在他的胸中汹涌、冲荡、奔窜了起来。不是不让我得遂“风云”之便吗？那好，我就到“烟花巷陌”的“风流”场中去恣意地“狂荡”去。有什么了不起的！我这“白衣”的“才子词人”一点也不比你那紫衣的“卿相”们差。你那所谓的功名也就是个“浮名”，是累人身心且让人虚度年华的，哪有我这“偎红倚翠”“浅斟低唱”的生活来得自在、实惠呀？

我们看到，在这里，柳永不仅失去了理智，还同时失去了情感，——他把“功名”二字狠狠地踩在了脚下。对功名的不恭和蔑视，又分明是对整个官僚阶层乃至功名事业的最大持有者、代言人——帝王将相们的不恭与蔑视，要让他们对之淡然一笑而不以为意，显然是不可能的。如此，传说中仁宗皇帝“且去浅斟低唱，何要浮名”的奚落和责斥不仅不显得过分，反而还颇有些“理所当然”的味道。

但这些之于柳永，又实在是不公平的。在他那里，功名事业何曾被真的看轻过！相反地，他对于功名事业是那样地热衷，那么热切地盼望着“龙头”之“望”和“风云”之“便”的实现。在行为上，他对功名事业又是那样汲汲以求，以至于年近半百还要坚执地走进考场！这样，我们回头再看结句中的那个“忍”字，实在是可以当“不忍”“何忍”“怎忍”来解的，而且，就连词人写作此词时那“不忍”“何忍”的神态，我们仿佛都看到了。(郭红欣)

蝶恋花

柳永

伫倚危楼风细细①，望极春愁，黯黯生天际。草色烟光残照里，无言谁会凭阑意。

拟把疏狂图一醉，对酒当歌，强乐还无味。衣带渐宽终不悔②，为伊消得人憔悴。

【注释】①伫：久立。②衣带渐宽：表示人逐渐瘦了。

【赏析】这首词是望远怀人之作。

独上高楼，在草色烟光残照里，没有人能领会他的凭阑意。因无人理解，而“拟把疏狂图一醉”，结果却是“强乐还无味”。他如此这般不得安生是什么原因呢？“衣带渐宽终不悔，为伊消得人憔悴”，原来让他长守尾生抱柱之信、拼减沈郎腰带之围的，依然是那个“伊人”，一片真情挚语，很是动人。

细味这句“衣带渐宽终不悔，为伊消得人憔悴”，你觉得它只是在写一片无悔的相思之情吗？王国维说：“今之成大事业、大学问者，必经过三种之境界。‘昨夜西风凋碧树，独上高楼，望尽天涯路’，此第一境也。‘衣带渐宽终不悔，为伊消得人憔悴’，此第二境也。‘众里寻他千百度，回头蓦见，那人正在，灯火阑珊处’，此第三境也。”在王国维看来，它还是成大事业、大学问的第二境界，其意义很丰富。

“衣带渐宽终不悔，为伊消得人憔悴”，它是目标一旦立定，就要百折不悔，为之憔悴，历经千辛万苦的拼搏；它是废寝忘食，流连忘返，即使日渐消瘦，沉迷而无怨言的“好之”；它是禅宗里从渐修到顿悟中的“渐”；它是尼采超人三境中勇猛精进的狮子之境。

这是一个哲学式的命题，其意义永不枯竭，常读常新。

思远人

晏几道

红叶黄花秋意晚，千里念行客。飞云过尽，归鸿无信，何处寄书得？

泪弹不尽当窗滴，就砚旋研墨。渐写到别来，此情深处，红笺为无色。

【赏析】黄庭坚说晏小山一辈子有四痴。不靠自己父亲的权势去捞个大官，这是一痴；不作新进士语，只一门心思地写些要个性的文章，这是二痴；挥霍无度，家里人一起跟着受罪，让外人都觉得可惜，这是三痴；人们无论怎样骗他，他都不记恨别人，还一如既往地相信人家，这是四痴。这四痴概括得真好、真绝，所以常常为人提及。在我看来，黄庭坚还说少了一痴。那就是，他执意沉溺于感情世界中，不肯醒来，拒绝长大，这是五痴。

一卷《小山词》，写的全是情的悲欢离合。这是他的痴绝，也是他的伤口。他不愿意掩藏自己的伤口，总是一次次执着地将它撕开，将它袒露，仿佛那样才能提醒，他还没有麻木。遮遮掩掩，吞吞吐吐，从来就不是这个拥有赤子之心的人的做派。在这首《思远人》中，我们再一次看到了他的执着、沉溺，一种心甘情愿的沦陷。

上片并没有什么特殊之处，在古代诗词里这种写法和场景我们能找到太多太多，一读到它，眼前总能浮现相似的一幕一幕。无非是说，飘零的秋勾起思妇的愁，只是数着那云儿一片片地飞，数着那雁儿一只只地过，远方的人啊，依旧音信全无。就算是寄个书信，又能寄到哪里去？

下片就有了小晏的个性色彩了。泪弹不尽，是么？就砚承泪，就泪研墨，就墨作书。伤心的人自顾自地说些伤心的话，直至“此情深处，红笺为无色”。红笺为何无色？因为泪已浸透。陈廷焯说：“只就‘泪墨’二字，渲染成词，何等姿态！”

如果我们将上下片连起来看，就能看出其中的意味了。上片说了，行客没有捎来一点音信，自己寄信根本就没有地方寄，也不可能会收到，但这又何妨？还是认认真真地难过，认认真真地想念着一个人，就像他不曾离开过，就像他能够收得到，就像他一直在感知。为自己营造一个梦境，就墨作书，直到红笺无色。你有回应也罢，没回应也罢，从来都不曾漫不经心过。这样的姿态，这份执着，这种不肯自欺的自我沦陷，不正是晏小山的痴么？

让人说什么好呢？只因为他是一个长不大的孩子，怀抱着清醒的梦想，不肯醒来。就这样，活在自己营造的童话世界里，把玩着自己的伤口，做一个寂寞孤独的爱的精灵。

明妃曲[①]

王安石

明妃初出汉宫时，泪湿春风鬓脚垂。
低徊顾影无颜色[②]，尚得君王不自持。
归来却怪丹青手，入眼平生未曾有。
意态由来画不成，当时枉杀毛延寿。
一去心知更不归，可怜着尽汉宫衣。
寄声欲问塞南事，只有年年鸿雁飞。
家人万里传消息，好在毡城莫相忆！
君不见，咫尺长门闭阿娇，人生失意无南北。

【注释】①明妃：即王昭君。她入宫数年，一直不得召见，匈奴呼韩邪单于入朝求和亲，自请远嫁。②无颜色：脸上失色，面容惨淡。

【赏析】有一种观点认为，诗歌或者说广义的文学作品，是作者和读者共同创造的产物。因此，作者把一篇作品写出来，充其量还只是一件半成品，必须经过读者的审美阅读和再创造，才能成为一件完整的艺术品。所以，从接受美学的角度讲，就有这样的名言："一千个读者就有一千个哈姆雷特。"也就是说，我们读一篇作品，可以有多个角度；而真正的好诗，不管你从哪个角度去分析，都必然是好的。宝钗指出王安石的《明妃曲》一诗好就好在立意上，是一个角度。有评论家指出，《明妃曲》描写昭君之美，运用了莱辛在《拉奥孔》中提出的"不到顶点"的写法，又是一个角度。还有人认为，此诗"人生失意无南北"一句，借昭君之口抒发深沉的人生感慨，力重千钧，又是一个角度。当然还有许多其他的角度。

王安石更精辟的见解是他说的那一句"意态由来画不成"，可惜那些缺乏文学才能的史家，不知天高地厚，偏偏就想"画"出昭君的美来。

"君不见咫尺长门闭阿娇，人生失意无南北!"是陈皇后阿娇的失意，也是王昭君的失意，也是诗人自己的失意。在人生的前半期，王安石壮志难酬，怀才不遇。到了后半期，虽然受到宋神宗的重用，一展宏图，但他的理想有哪一条实现了呢？这个"中国十一世纪的改革家"留下的，是一个更为残破的国家和一个更为残缺的人生。王安石说："人生失意无南北。"如果往悲观里去看，那么，世上尽是失意之人，哪里分什么地点和时代呢？稍稍得意于一时的，也必将在更大的失意中度过长久的岁月。

人生得意有尽，人生失意无终。大概，这也算是人生的常态吧。

泊船瓜洲

王安石

京口瓜洲一水间，钟山只隔数重山。
春风又绿江南岸，明月何时照我还。

【赏析】"绿"字向来为人称道。这个字用得好！好在何处呢？好在以一颜色词而当作动词用，使得满篇皆绿，两岸皆绿；好在以一字而写尽春景，春天非绿色而何？除却绿色还有何？好在这个字写出了春风的威力，也就是写出了自然节令的威力，这威力是那样自然而又磅礴有力，使你感到人力的微不足道。

值得注意的还有“春风”“明月”和那个“还”字。这里的“还”不是还乡，而是指何时还都，即回到报国、报君的政治生活之中。在中国古典诗歌的抒情传统中，清风明月本来是指回归家园的、快乐自适的理想生活境界。但这里的“春风”不是春风，是美好的政治气候；“明月”不是明月，是贤明的君主提携。诗人不仅想象以后的政治生活中定会有“春风明月”的良机，而且在诗人那里，春风、明月更是宇宙中最美好常青的生命存在，有这样美好的景物在，人生便有根据。

梅花

王安石

墙角数枝梅，凌寒独自开。
遥知不是雪，为有暗香来。

【赏析】中国文化中有一种把花木人格化，从而使之成为某种品格原型的诗学思维方式。王安石此诗，就是采取花木人格化的思维方式。以松、竹、梅为“岁寒三友”，较早见于宋代林景熙《霁山集》卷四五《五云梅舍记》：“即其居累土为山，种梅百本，与乔松、修篁为岁寒友。”对松的推崇，早已见于《论语》：“岁寒然后知松柏之后凋也。”竹的名声，与竹林七贤相关，又有王徽之寄居空宅就种竹，说是“何可一日无此君”，这都是六朝时候的事。因此岁寒三友的排行，松竹居前，而梅成为品格原型，是与宋朝人有深刻因缘的。林和靖的“疏影横斜水清浅，暗香浮动月黄昏”，赋予梅花高士品格，而王安石此诗却从志士角度，发掘梅花的品格内涵。这数枝梅花出处不显，寄身墙角，但它志气不凡，冲破寒冷的抑制，独立不倚地开放，敢为天下先。“遥知不是雪”，暗示其时积雪未消，才有梅、雪之辨，但是由于有一股暗香，一股并不轻狂张扬而以其内在品质沁人心脾的香气，就可以使人感知早春的生命信息了。

这是一首咏物诗，它咏物的特点是把梅花当作一种可以同人进行交流的生命来对待，在物我互释中，创造了既超越出身又超越俗态，高洁、稳健而有为的志士化的品格原型。六朝陆凯从江南寄梅花一枝给范晔，并赠诗云：“折花逢驿使，寄与陇头人。江南无所有，聊赠一枝春。”这里把“梅花使”带上春天消息的行为，写得非常清新不俗，但它以“折花”代替“折梅”，在对梅花进行人格化的深度上还有待宋朝人来弥补了。（杨义）

登飞来峰

王安石

飞来山上千寻塔，闻说鸡鸣见日升。
不畏浮云遮望眼，自缘身在最高层。

【赏析】此诗首句写飞来山上高塔。古代一寻为八尺，此处以夸张的手法极言塔之高。塔高是因为山高，山高才能眼高。次句写鸡鸣日升之传说。因为山高，所以见到日出也最早。在山下头遍鸡叫，天还很黑时，山上却已经看到太阳升起来了。后二句是说不怕浮云遮住瞭望的眼睛，因为自己身在最高层，什么都看得清清楚楚。这就是即景明理了。

诗人有充足的理由这样说。作为一位杰出的政治家、改革家，王安石深知改革事业会遇到来自各方面的阻力，他将这些阻力比喻为“浮云”。“浮云”这个意象用得太妙了。你看，它似乎能遮天蔽日，席卷一切，但它又是“浮”动的，是不恒定的，不长久的，太阳一出，它就会烟消云散。所以，他不畏。“不畏”一词，写出了他的勇敢无畏，充满自信。这种“不畏”的自信来自他身在“最高层”。这“最高层”，不是指他位居宰相、执掌大权，而是指他高瞻远瞩、看问题高屋建瓴。这里流露出一个坚定执着的改革家的深深自信，这也是他对流俗之人的宣言！而改革，需要的正是这种胸襟与气度，否则，何事能成？“拗相公”王安石的确名不虚传，骨子里都透着自信。

元日偶成

王安石

爆竹声中一岁除，东风送暖入屠苏。
千门万户曈曈日，总把新桃换旧符。

【赏析】这是王安石在元旦之日的感怀之诗。当时他位居宰相之位，正在全国推行新法，此诗以欣喜的心情，描绘了新法实行后万象更新、喜气洋洋的景象，同时也透露出他踌躇满志和志在必得的心态。

诗写得通俗平易，但又不失精到。它既写出了元日的民间风俗，又通过对风俗的描写语意双关地表达了他对新法的评价，并反映出一个政治家的观察视野。爆竹送岁，乃为古时民俗。南朝梁宗懔的《荆楚岁时记》载，山里人家在元日时，闻鸡鸣而起，在庭前燃放爆竹，以避恶鬼。屠苏是一种用屠苏草和其他植物混合而成的药酒，古时风俗，每年除夕全家团圆都要共饮这种药酒庆贺新年。

诗人用一“入”字，既可说是春风将屠苏酒送入百姓家门，亦可说是百姓们在除夕之夜纷纷进入屠苏酒所创造的喜庆与飘逸世界。除夕与元日本就连在一起，爆竹既是送旧也是迎新，而等到元日太阳初升，光芒四射，令人眼神炫耀之时，千家万户将门上的旧桃符取下，换上新的桃符。

挂桃符之说最早见于应劭《风俗通》中的一个传说，民间用桃木刻上神荼、郁垒兄弟的像挂在门两边以驱鬼避邪。到了宋代，桃符已演变为以红纸写的对联，名“春贴纸”，红色亦具有驱邪的意义。此处王安石仍用“桃符”乃是沿袭旧时的说法。“新桃换旧符”虽然写的是一种民俗，但诗人却借这一表象反映出百姓对新法推行的拥护，表明新法之行是颇得人心的，同时诗人也借这一民间常见的现象表达了新生事物必将代替旧事物的历史规律。

王安石的改革虽然在保守派的阻挠下以失败而告终，但爆竹送旧，春风送暖，新桃换旧符，毕竟是谁也阻拦不了的民间传统和历史规律。王安石的改革虽然失败，但他除弊革新的勇气和精神却永远得到后人的敬仰。这也便是这首诗之所以得以流传，“新桃换旧符”之所以常被人引用的原因所在。（蒋占捷）

和子由渑池怀旧

苏轼

人生到处知何似？应似飞鸿踏雪泥。
泥上偶然留指爪，鸿飞那复计东西？
老僧已死成新塔，坏壁无由见旧题。
往日崎岖还记否？路长人困蹇驴嘶[①]。

【注释】①蹇（jiǎn）驴：跛驴。

【赏析】关于人生，哲学家说得很多，可惜我们听不懂；实践家做得很好，却不能形诸文字，给我们以教益；唯有文学家，可以把实践家的智慧和哲学家的深刻统统拿来，化为感性的形象，立竿见影地使我们思绪激荡。

《庄子》说：“人生天地之间，若白驹之过隙，忽然而已。”《古诗十九首》说“人生寄一世，奄忽若飚尘”，“人生天地间，忽如远行客”，曹植说“人生处一世，去若朝露晞”，所有这些话，归结起来，不过一个意思：人生短暂。

真正给人以形象上的激动，并将人生这个题目写到题无剩义的，是苏轼的《和子由渑池怀旧》，诗云："人生到处知何似？应似飞鸿踏雪泥。泥上偶然留指爪，鸿飞那复计东西！"才华横溢的青年苏轼，以一个"雪泥鸿爪"的精妙比喻，不费吹灰之力，就把人生的偶然性揪出来置于阳光底下了。

苏轼的这首诗是一首和诗，题目说得很清楚，是和他的弟弟苏辙（字子由）的。诗的内容也很清楚，是"渑池怀旧"，即对兄弟两人当年途经渑池情形的追忆。因为是和诗，并且两人对那段经历都很清楚，历历在目，所以不必花费笔墨去写这些劳什子。因此，苏轼一上来就别开生面，借题发挥，发了一大段议论。在苏轼看来，不仅一个人的行踪飘忽不定，即便整个人生，也充满了偶然性，就像鸿雁飞来飞去，偶尔驻足在雪地上，留下深深浅浅的印迹，鸿飞雪化，一切又都不复存在。

人生，是一条充满偶然性的河流，却只在干涸的大地上画出唯一的道路。

饮湖上初晴后雨

苏轼

水光潋滟晴方好[①]，山色空濛雨亦奇。
欲把西湖比西子，淡妆浓抹总相宜。

【注释】①潋滟（liàn yàn）：水盛而波涛翻涌貌。

【赏析】西湖有著名的苏堤和白堤，都是因两位大诗人苏轼和白居易而得名。白居易的"乱花渐欲迷人眼，浅草才能没马蹄"，写的是西湖春景，以形象生动的白描见长。苏轼的"欲把西湖比西子，淡妆浓抹总相宜"，写的是西湖夏景，以遗貌取神的比喻见长，这个绝妙的比喻几乎把西湖写尽了，也写绝了。

首句"水光潋滟晴方好"描写西湖晴天的水光：在灿烂的阳光照耀下，西湖水波荡漾，波光闪闪，十分美丽。次句“山色空濛雨亦奇”描写雨天的山色：在雨幕笼罩下，西湖周围的群山，迷迷茫茫，若有若无，非常奇妙。从题目可以得知，这一天诗人在西湖游宴，起初阳光明丽，后来下起了雨，这就是诗题所说的初晴后雨。

好了，现在西湖晴也有了，雨也有了，亦好亦奇。再写西湖的什么呢？西湖有那么多的美景可以着笔，到底该从哪里入手呢？也许写了这个，会遗漏了那个，怕是不能尽如人意吧。当你正在为这个问题绞尽脑汁时，聪明的诗人却另辟蹊径，给了我们一个意外的答复。“欲把西湖比西子，淡妆浓抹总相宜”，不是局部描写，而是总体观照，不是写其形貌，而是写其风神情韵。西子是人人熟知的美女，可以说人人心中都住着一个西施。那么，好了，西湖的美就像这西子，每个人尽可以在自己的心里想象这西湖的美，也就是说每个人心里也都住着一个西湖。当想象变得丰富、开放和多样化之后，一切就都有了可能。西湖就是这千万种可能，是这千万种可能中最美的那一个。

题西林壁

苏轼

横看成岭侧成峰，远近高低各不同。
不识庐山真面目，只缘身在此山中。

【赏析】元丰七年，苏轼刚入庐山的时候，曾写过一首五言小诗：“青山若无素，偃蹇不相亲。要识庐山面，他年是故人。”他很风趣地说，第一次见到庐山，好像遇到一位高傲的陌生人。于是他下定决心要与庐山常来常往，那么日后再相见，就会像故人一样。此后他“往来山南北十余日”，最后与友人参寥同游此山，在西林寺写出这篇杰作。

诗人眼中的庐山是什么样的呢？你看，从横里看，所得到的印象是道道山岭；从侧面端详，则是座座奇峰。从远处望，近处看，高处俯视，低处仰观，所见景象全然不同。为什么不能识别庐山的真面目呢？那是因为未能超然于庐山之外。

“不识庐山真面目，只缘身在此山中。”结尾二句，奇思妙发，整个意境浑然托出，为我们提供了一个回味体验、驰骋想象的绝妙空间。

哲学家说：看事物要从各个角度、各个侧面入手，才能看到其整体，认识其本质。

美学家说：对宇宙人生，须入乎其内，又须出乎其外；入乎其内，故有生气，出乎其外，故有高致。

而对于芸芸众生中的你我来说，苏轼的奇思妙句更像是一道心灵鸡汤，一个智慧的偈子，它给了执迷不悟者一剂醒魂的良方。

它分明是说：破除执着！你执着于庐山之中，跳不出庐山之外，你就休想领略庐山的真美。同理，你执着于人生之中，却不能跳出人生之外来旁观默察，也就无法体味人生的真味。

我们要拆解人生这个巨大的圆球，也应该从不同的侧面去冷静观察。只有这样，才有可能找到一团乱麻中的线头，从而试着破解人生这个谜团。如果执着于某一侧面，必然陷入迷误而不能自拔。

学会换个角度思考问题，是破除人生执着的不二法门。

正月二十日与潘、郭二生出郊寻春，忽记去年是日同至女王城作诗，乃和前韵

苏轼

东风未肯入东门，走马还寻去岁村。
人似秋鸿来有信，事如春梦了无痕。

江城白酒三杯酽[1]，野老苍颜一笑温。
已约年年为此会，故人不用赋招魂[2]。

【注释】①酽（yàn）：味浓。②招魂：归来意。此句意思是，友人们不用可怜他的贬斥而设法把他召还回京。

【赏析】乌台诗案的惊涛骇浪在苏轼一生中打下了深刻印记，它给予苏轼的启示是全方位的、颠覆性的、彻底的，像洪水一样淹没一切。

作者写此诗时，他来到黄州已经两年了，乌台诗案也已成为往事。但是，所有这一切仍然在他心底隐隐作痛，孕育它的珍珠。“人似秋鸿来有信，事如春梦了无痕”，这样的警句就是它所结出的珍珠了。

鸿雁南来北往，世人忙忙碌碌，似乎信守着什么。但在这茫茫宇宙中，尘世间的一切不过是一场春梦，转瞬即逝，了无痕迹。

在这里，我们看到，诗人努力想将过往的一切在心里融化掉，他要使心灵得到安顿，变得熨帖，他要使自己和大家都得到安慰，都生活得愉快些，以此来度过一切灾难。

於潜僧绿筠轩[1]

苏轼

可使食无肉，不可使居无竹。
无肉令人瘦，无竹令人俗。
人瘦尚可肥，士俗不可医。
旁人笑此言，似高还似痴。
若对此君仍大嚼[2]，世间那有扬州鹤？[3]

【注释】①於潜：古县名，在今浙江临安。筠（yún）：竹子。②此君：指竹子。王羲之的儿子王徽之喜欢竹子，一次到了一个新宅子，马上令人种竹，并说："何可一日无此君！"③扬州鹤：一个传奇故事里讲到有个人的梦想是："腰缠十万贯，骑鹤下扬州。"又想升官发财，又想骑鹤成仙，总之各种美事都想有份。

【赏析】管子说："仓廪实而知礼节，衣食足而知荣辱。"这是很通达的见解。在"仓廪实""衣食足"这二者之上，如果我们学有余力，则可以谈谈文艺，努力使自己的精神世界变得丰富、高尚。这就像古人所讲的一样，修身齐家都做好了，然后才可以治国平天下。但在现实生活中，人们却喜欢跳跃，或者因为前面的基础根本就做不到，或者因为自视甚高而显得急切。

生活曾经这样告诉过我们，讨论精神层面的东西，一定不可以调子太高，一定不可以不看对象。

苏轼这首诗，我以为仅有前六句就够了。后面四句就俗了，煞风景。这前面六句应该是苏轼对于潜僧人说的恭维话，讲完就算了，彼此心领神会，呵呵一笑罢了。

惠崇春江晚景①

苏轼

竹外桃花三两枝，春江水暖鸭先知。
蒌蒿满地芦芽短②，正是河豚欲上时。

【注释】①惠崇：僧人，能诗善画。②蒌蒿：一种植物。蒌蒿可使河豚肥，又是鱼羹作料，且能解毒。

【赏析】这是一首题画诗，应该就写在惠崇春江晚景这幅画上。

惠崇的画画了些什么呢？有疏竹掩映下的桃花，不多，只有两三枝。可见春天到了，但春意并不深。有浮游在江水之上的鸭子，还有遍布岸堤的蒌蒿，刚刚吐出嫩芽、破土而出的芦芽。这些大概就是惠崇的画画面上可以看见的东西了。但是我们欣赏一幅画，如果仅仅看到这些，还算不上会欣赏。苏轼本身是画家，又是诗人，他比我们会看得多，他是用全部的感官去看的。

苏轼还见到了什么呢？它看到了戏水的鸭子感受到了春江水的融融暖意，看到了在江水下跃跃欲上的河豚。这些都是用心灵的眼睛才能看见的。画无法画出江水逢春变暖，诗人把自己的感觉“移植”给鸭儿，使它们感知时节和水温的变化。这样写，无非是传达了一种春的喜悦，一种对万物欣欣向荣的生命体验。还有，江边，那蒌蒿，那芦芽，无一不在暗示着早春的气息，无一不在泄露着春的生机。大自然是如此的美妙，仿佛在提示着诗人，还等什么呢？尽情享受这一切吧，享受生活所赋予的一切，品尝那鲜美的河豚，这才是真实平常却又温暖的生活呢。

无论他是一个画家，还是一个诗人，如果他心中没有汩汩流淌着的诗意，他也无法捕捉到平淡之外的美。这首诗的高妙处，正在于它以无须太多的联想和想象，勾连了画中与画外、艺术与现实，从而使画中的景物变得生机勃发，充满意味。

水调歌头

苏轼

丙辰中秋，欢饮达旦，大醉，作此篇，兼怀子由[①]。

明月几时有？把酒问青天。不知天上宫阙，今夕是何年？我欲乘风归去，又恐琼楼玉宇，高处不胜寒[②]。起舞弄清影，何似在人间？

转朱阁，低绮户，照无眠。不应有恨，何事长向别时圆？人有悲欢离合，月有阴晴圆缺，此事古难全。但愿人长久，千里共婵娟[③]。

【注释】①子由：苏轼弟苏辙的字。②不胜（shēng）：不能承受。③婵娟：指月亮。

【赏析】这首词是苏轼外放密州时所作。此时，他已经在仕途上奔波了近二十年，与远在齐州的弟弟苏辙不得相见已有七年余。

中秋是仅次于春节的传统佳节，在这样一个节日，苏轼的心在酒的作用下彻底敞开了。他“欢饮达旦，大醉”之后，写下了这首中国诗歌史上最著名的咏月词，有人说，中秋词自东坡《水调歌头》一出，余词尽废，这话并不算太夸张。

这词是从他心里流出来的。他在半醉半醒的状态下，发出梦幻般的天问：皎洁的明月啊，你是什么时候出现在天际的？在你那月宫仙境里，今夜是个什么样的日子呢？我想乘风而上，超越这凡俗的人间。但那月宫高处太寒冷了，没有人间烟火，我怎么住得下？罢了，还是在这人间伴你起舞、共你徘徊吧。你转过朱阁，来到窗前，与佳人耿耿相对。皎洁的明月啊，你没有人间的悲欢离合，为什么要时圆时缺呢？也许，你有你的阴晴圆缺，就像我有我的悲欢离合一样，这二者是并无不同的吧。我为什么要把你当成一个无情之物呢？在这悲欢离合的人世，只能祈求每个人都活得好好的吧，就像你毫无偏私地将月光洒在这千里之遥的每一片大地上一样，你的宏愿代表了我的心。

在人间，而不拘泥于人间，始终有一种仰望星空的高致。承认这个人间充满缺憾，却始终以一颗慈悲之心看待这些不圆满。在不圆满中安顿好自己的心灵，以一颗虔诚的心，好好活着，活出自己的诗意和风采来。这正是苏轼在这个月夜所得的感悟。

定风波

苏轼

三月七日，沙湖道中遇雨。雨具先去，同行皆狼狈，余独不觉。已而遂晴，故作此。

莫听穿林打叶声，何妨吟啸且徐行。竹杖芒鞋轻胜马①，谁怕？一蓑烟雨任平生。

料峭春风吹酒醒，微冷，山头斜照却相迎。回首向来萧瑟处②，归去，也无风雨也无晴。

【注释】①芒鞋：草鞋。②萧瑟：风雨吹打树叶声。

【赏析】宋神宗元丰二年（1079年）八月，苏轼于湖州知州任上，以作诗指斥乘舆、讥切时政的罪名下御史台，酿成著名的“乌台诗案”。年底，苏轼被放黄州团练副使本州安置，翌年二月至黄州（今湖北黄冈市）。这首《定风波》就作于到黄州第三年的春天。

三月七日这天，苏轼和几个朋友前往沙湖，边走边欣赏沿途的景致。没想到风云突变，转眼间下起了雨。同行的朋友都被这场突如其来的雨搅得很狼狈，唯独他毫不介意。他想，东躲西藏一样被淋湿，倒不如坦然面对。于是他脚穿草鞋，手持竹杖，和着雨打疏林的沙沙声，唱着歌，吟着诗，安步徐行在雨中。不一会儿，云开日出，雨过天晴，一阵雨后的风吹来，让沉浸在自然中的他感觉有点冷。回头看去，一抹夕照安恬地挂在远山，一切都像没有发生过一样。

当风雨扑面而来，他自有“泰山崩于前而色不变”的勇气，迎接它就是了；当风雨骤然而去、斜阳相迎时，他也没有得意忘形，暗自庆幸。阴晴晦明，进退得失，皆不足道。他已超然于外部影响之上，宠辱不惊——归去，也无风雨也无晴。不要忽略了这个“归”字。苏轼能够自适旷达、超然物外，全在于他的心有归处。他所“归”之处，不是陶渊明的世外桃源，也不是他的家乡眉州，而是一个能够安放他心灵的精神家园。

在黄州，苏轼完成了精神的突围，艺术才情也得到升华。“他真正地成熟了——与古往今来许多大家一样，成熟于一场灾难之后，成熟于灭寂后的再生，成熟于穷乡僻壤，成熟于几乎没有人在他身边的时刻。”《定风波》只是前奏，真正的千古杰作正在向我们走来，那就是《念奴娇·赤壁怀古》和前、后《赤壁赋》。

江城子　乙卯正月二十日夜记梦

苏轼

十年生死两茫茫[1]。不思量，自难忘。千里孤坟，无处话凄凉。纵使相逢应不识，尘满面，鬓如霜。

夜来幽梦忽还乡。小轩窗，正梳妆。相顾无言，唯有泪千行。料得年年肠断处，明月夜，短松冈。

【注释】①十年生死两茫茫：苏轼妻子王弗死于1065年，距作此词时正好十年。

【赏析】尼采说：“一切文学，余爱以血书者。”苏轼的这首悼亡词，真情郁勃，句句沉痛，是当得起“以血书者”四个字的。

有些痛，是人世无法抚平的。也许，你会在某个深夜，恣肆地痛哭一场。也许，你会找一棵树，挖个洞，把秘密说出来，永久地封在那个树洞中。也许，你会在今夜写出最悲凉的诗句，以这最后的痛苦祭奠过往。

在这首《江城子》中，我们读到的同样是我们自己。我们会细细地去体会苏轼对于亡妻王弗的深爱与剧痛，去想见王弗初嫁时的深明事理和兰心蕙质，去设想死者对于生者无言的泣诉，去理解命运的诡谲与嘲弄。对于过去，我们不能够再做任何事情来使它有所改观；我们回望过去，是为了与自己的灵魂对话。因为一切过往都在你的灵魂里住着，等待有一天你来同它谈谈。

蝶恋花　春景

苏轼

花褪残红青杏小。燕子飞时，绿水人家绕。枝上柳绵吹又少，天涯何处无芳草！

墙里秋千墙外道。墙外行人，墙里佳人笑。笑渐不闻声渐悄，多情却被无情恼。

【赏析】苏轼晚年被贬惠州，身边唯有朝云同行，这也是他生平唯一之红颜知己。在惠州孤独失意的日子中，苏轼想起了往日的欢畅。于是，他叫朝云再唱一次“花褪残红”。朝云唱至“枝上柳绵吹又少，天涯何处无芳草”，早已泪满衣裳。此后不久，朝云病故，苏轼也终身不再听此词。

这词轻轻碰触了一下我们心里那块柔软的地方，竟爆发出如此巨大的情感力量。枝上的柳絮快要飘尽了，萋萋芳草又铺满了天涯。啊，我的青春欢畅的时刻！

词的下阕写春日里的一次艳遇，奇情四溢。墙里有佳人在打秋千，墙外有行人走过。墙外行人往墙里看了一眼，墙里佳人对他回眸一笑。墙外行人不知道这笑是什么意思，他揣度着、几次鼓起勇气。笑声渐渐停下来了，他也就这么走过去了。但这笑声在他心里余波荡漾，使他烦恼。

我们每个人大概都有过这种不明不白的烦恼。它就像我们平淡的生活里偶尔会泛起的气泡，绚烂夺目。但我们却不愿意去戳破它。

江城子 密州出猎

苏轼

老夫聊发少年狂。左牵黄，右擎苍[①]。锦帽貂裘，千骑卷平冈。为报倾城随太守[②]，亲射虎，看孙郎[③]。

酒酣胸胆尚开张。鬓微霜，又何妨！持节云中[④]，何日遣冯唐？会挽雕弓如满月，西北望，射天狼[⑤]。

【注释】①牵黄擎苍：牵犬擎鹰。②倾城：全城的人。③孙郎：指孙权，此处作者自比孙郎。④云中：古郡名，在今内蒙古托克托东北。⑤天狼：星宿名，主侵掠。

【赏析】1075年秋，苏轼在他主政的密州进行了一次盛大的会猎。

金风送爽，红叶飘飞，湛蓝的天空上白云舒卷，倾城的老百姓前呼后拥地赶来，要看看他们的太守苏轼导演的这一场壮举。只见骏马奔腾，旌旗猎猎，苍鹰展翅，黄犬争先。苏轼意气风发，豪兴满怀，他头戴锦帽，身披貂裘，仿佛回到了裘马轻狂的年少时光。他时而扬鞭催马，时而拈弓搭箭，直到日落西山，才满载着猎物踏上归途。这次场面壮阔、气氛紧张的会猎，使他油然想起了当时西北边境的紧张局势，心中不禁涌起一股效力疆场、以身许国的豪迈激情。

千载之下，当我们读到这阕筋力弥满的文字时，仍然有一种身临其境的向往。

水龙吟　次韵章质夫杨花词

苏轼

似花还似非花，也无人惜从教坠[1]。抛家傍路，思量却是，无情有思。萦损柔肠，困酣娇眼，欲开还闭。梦随风万里，寻郎去处，又还被莺呼起。

不恨此花飞尽，恨西园落红难缀[2]。晓来雨过，遗踪何在？一池萍碎。春色三分，二分尘土，一分流水。细看来不是杨花，点点是离人泪。

【注释】①从教坠：任凭杨花飘坠。②缀：收拾。

【赏析】在咏物词中，苏轼的这首《水龙吟》遗貌取神，压倒古今。的确，这首词刻画细腻，写尽了杨花的形、态、神、魂，没有一处不恰切。但我们读这首词觉得好，则不仅仅在这里。通篇看下来，我们都会错愕，字面上确实是在写杨花，而心底里却是在写一个女子、一个美人。从字里行间，我们可以想见那个女子的倾城之姿，又能感受到那个女子的幽怨缠绵之思。

“似花还似非花”，柳絮似花，但又不像花。如果咏别的花，断断这样说不得。而咏杨花，又非这样说不可。女人“似花还似非花”？“也无人惜从教坠”，柳絮飘飞，谁来管它？换作是一个寂寞女子，谁又能怜惜她？“抛家傍路，思量却是，无情有思”，杨花离开枝头，落在路边，看似无情却自有深意。可叹那女子也终会嫁到别家，这无情的举动里难道没有对于郎君的情意？“萦损柔肠，困酣娇眼，欲开还闭”，杨柳细柔的枝条是女子的寸寸柔肠吧，尖尖的柳叶是美人的眼睛吧，她困倦时欲开还闭的双眼是柳叶在迎风款款摇摆吧。“梦随风万里，寻郎去处，又还被莺呼起”，黄莺儿在柳枝上啼叫，惊醒了闺中女儿遥远的绮梦。或许是春风在吹拂着柳枝吧，这一吹就把女子的思绪吹到万里之外去了。

“不恨此花飞尽，恨西园落红难缀”，杨花飞尽，落红也没有人来收拾，春将尽矣！我们可以想见，一个女子的青春，只在一转眼间，也将消磨殆尽。“晓来雨过，遗踪何在？一池萍碎”，风雨过后，杨花落入水中，像一池破碎的浮萍。那个女子注定要经历人世的风雨的吧，身世浮沉，可像雨打萍？“春色三分，二分尘土，一分流水”，三分杨花，有二分委于尘土，一分随流水而去。女子在这世间的命运，落于凡尘的居多吧，高洁的能有几个？“细看来不是杨花，点点是离人泪”，杨花点点，是女人盈盈的眼泪。人与花，于结句处融为一体，引人叹息。

寄黄几复

黄庭坚

我居北海君南海①，寄雁传书谢不能②。
桃李春风一杯酒，江湖夜雨十年灯。
持家但有四立壁，治病不蕲三折肱③。
想得读书头已白，隔溪猿哭瘴溪藤④。

【注释】①我居句：《左传·僖公四年》：“君处北海，寡人处南海，惟是风马牛不相及也。”此处形容两人天南海北，相距遥远。②谢：告诉。③蕲（qí）：祈求。三折肱：古代有三折肱而为良医的说法。此处是夸赞友人有治国之才，不需要多次便能胜任。④瘴（zhàng）溪：旧传岭南边远之地多瘴气。

【赏析】这首诗能代表“山谷体”生新之风格，但并不瘦硬，虽讲求用典及来历，但融入诗中竟能和谐完美，堪称佳作。

诗题表明此诗是寄给友人黄几复的。如何恰当地表达自己的思念和情谊，如何关合自己和朋友双方，是写诗时首先要考虑的。这首诗处理得非常得体，从全篇结构来看，珠圆玉润，无懈可击。

首联从空间遥远写我之思念。“我居北海君南海，寄雁传书谢不能”，巧妙融入南海北海风马牛不相及之典故，表明空间遥远，自己想通音信也不可能。颔联回溯往昔，从时间之久写双方睽隔难聚，这一联关合双方，绾住今昔，也是这首诗中的神来之笔。

颈联从对方写起。以“持家但有四立壁”之典比喻好友黄几复清贫自守之廉洁，以“治病不蕲三折肱”之典夸赞好友有治国理政之才干。巧妙的恭维，融入贴切的典故之中，丝毫不露痕迹。

尾联又是关合双方，朋友白发萧萧仍一如从前好学不倦，自己虽至为想念却只能遥想着友人在猿哭瘴溪的凄凉中爱莫能助。结句凄凉，也是诗人心境的悲凉。仕途蹭蹬，怀才不遇，虽有满腹不平，满腔怜惜，也只能化作一声遥远的叹息。

不得不再提一下“桃李春风一杯酒，江湖夜雨十年灯”一联之高妙。这一联纯用名词意象关联，却巧妙地融入了今与昔、哀与乐、此与彼，内涵极丰富，形象极传神。“桃李”二字便足见阳春烟景，“春风”二字便足见心神骀荡，在这样明媚的春光中，知己遇合，杯酒尽欢，“一杯酒”言欢聚短暂。这是对往昔的追忆。“江湖”二字足见辗转坎坷，“夜雨”更添凄凉落寞，飘泊零落之感以“十年灯”绾住，足见悲苦之久。这是对今日的描摹。十个字，浓缩了长长的半生。这样的奇语，也莫怪乎传言有人要将此句的专利权据为己有呢。

鄂州南楼书事

黄庭坚

四顾山光接水光，凭栏十里芰荷香。
清风明月无人管，并作南楼一味凉。

【赏析】东晋征西将军庾亮镇守武昌（今湖北鄂州）时曾登城南楼观赏风

光，后人遂于鄂州复建一南楼纪念庾亮。黄庭坚在 1102 年寓居鄂州后登此楼，写下了一组诗，此为第一首。

此诗核心在于一个“凉”字。此“凉”不仅是生理上的，更是心理上的，精神上的。

起笔以“四顾山光接水光”的阔大境界，写月下南楼四周的不凡气象，重在视觉传达。“凭栏十里芰荷香”，写夜色中的十里风荷，馨香四溢，重在嗅觉传达。接着以“清风”承“芰荷香”，以“明月”承“山光接水光”，江上清风与山间明月，这些造物的无尽藏，毫无偏私地陪伴着在南楼上凭栏远眺的诗人，而诗人仿佛也忘了它们的存在，在物我两忘的自适自得中，唯静心领略着这一味“凉”。

素月清辉、水风荷香，无一不是自然恩赐的“凉”。而心理和精神上的“凉”，必是摒弃一切机心和憎爱之念之后，才能体味到的妙境，所谓“心静自然凉”便是此意。“清凉”原是佛家常用语，指摆脱一切憎爱之念而达到的无烦恼境界。所以，如果你只停留在诗人所勾画的自然之凉上，那你还没有读懂他的一颗清凉心。

人在凡尘中奔命，在名利场上翻滚，是难以体会到这“南楼一味凉”的。有时候，我们需要像诗人一样，暂时忘却营营，体会到生命的另一种清凉妙境。

黄庭坚的诗于唐诗外自辟蹊径，号“山谷体”，历来是“诗分唐宋”的一个标杆。他工于炼字用典，造语好奇尚硬，善用拗律，以达到一种生新瘦硬的风格。但这首小诗清新淡雅，放在唐人诗中几乎难辨真伪。在摇曳生姿的声情之美中，同时传达了一点机锋和理趣，不愧是大手笔。

鹊桥仙

秦观

纤云弄巧，飞星传恨，银汉迢迢暗度①。金风玉露一相逢②，便胜却人间无数。

柔情似水，佳期如梦，忍顾鹊桥归路？两情若是久长时，又岂在朝朝暮暮？

【注释】①银汉：银河。暗度：悄悄渡过。②金风玉露：金风即秋风，玉露即白露。

【赏析】一般的词，词与调是分离的。这首词的词调《鹊桥仙》却与内容相符。词借牛郎织女七夕相会于鹊桥的民间传说，抒发他独特的爱情观。

七夕，是牛郎织女久别重逢、一慰相思的日子，也是民间的乞巧节。这一天，女孩儿们都要陈设瓜果，向渡河的织女乞巧，希望她赐给她们高超的工艺技巧。诗人很巧妙地将这些内容融在了诗里。

七夕的夜里，仰望天空。天空中的云锦，是织女的巧手织就的么？云河里，有偶尔飞动的流星，划过静谧的天宇，仿佛在传递着牛郎与织女的离恨。银河再迢递，也抵不过相思泅渡。在这样秋风白露的良夜，相逢一次，不但抵得简直还胜过人间的无数次了。这一句，已经打破了世人俗见。对大多数人而言，聚少离多，枉自为仙，哪里比得上人间的普通夫妇？

过片两个对句，写牛郎、织女相爱之长久与相会之匆促。他们温柔的感情就像天河中的水那样永远长流，无穷无尽。欢会又是如此短暂，简直像做了一场梦。渴望太久的东西，一旦拥有，人难免会有恍然如梦的感觉。这个梦，不过是害怕失去的心理幻觉。长长的离别只换来短短的重逢，深深的情感敌不过浅浅的银河，怎么忍心去看要往回走的那条路呢？一个“忍”字，万千不舍已在其中。

当你还沉浸在相会的柔情蜜意、相离的缠绵悱恻中时，词意突然一转：两情若在久长时，又岂在朝朝暮暮！他否定了朝欢暮乐、如胶似漆的庸俗相守，歌颂了天长地久的忠贞不渝。有人说，这正是这首词的翻案之处、高蹈之处。但细读这首词，越来越觉得秦观无意翻案，他只是为牛郎织女这对有情人不得不分离找了一个借口。既然有情而别离、相望不相亲是他们无力改变的宿命，那么，用一个天长地久的美好幻象来告慰世人又有何不可？

相爱是两个人的天长地久，相思是一个人的地老天荒。如果有可能，这世上更多的人会选择实实在在的朝暮而不是虚无缥缈的长久。因为，这世上最长情的告白，不是我爱你，而是在一起。

踏莎行　郴州旅舍

秦观

雾失楼台，月迷津渡，桃源望断无寻处。可堪孤馆闭春寒，杜鹃声里斜阳暮。

驿寄梅花[①]，鱼传尺素[②]，砌成此恨无重数。郴江幸自绕郴山，为谁流下潇湘去！

【注释】①驿寄梅花：陆凯《赠范晔》：“折梅逢驿使，寄与陇头人。江南无所有，聊赠一枝春。”②鱼传尺素：古人书写多用素绢，通常为一尺，故名“尺素”。这里的“尺素”指亲友的书信。

【赏析】秦观早有才名，但直到三十七岁才被取为进士；之后所任的官职，也都是微职闲官，最高也不过八品。四十六岁时，对党争并无概念的秦观却因“影附苏轼”等罪名被贬监处州酒税。其后的五年，他又连续被削秩徙郴州、编管至横州、除名移雷州，并最终死在了藤州。这首《踏莎行》，就写于词人由郴州迁往横州的时候。随着迁地的愈为偏远和所受迫害的愈加严酷，他的心境也越来越悲凉。

上片写景，有虚有实。“雾失楼台，月迷津渡，桃源望断无寻处”，是造境。其字面意思是楼台与津渡或“迷”或“失”于茫茫雾霭与漾漾月色之中，作者用迷茫失所的几种意象来表现人进退无据的失路之悲和悲凉之情。理想中的桃花源，望断了，也找不到入处与出处。“可堪春馆闭春寒，杜鹃声里斜阳暮”，是写境。一个灰心至极的我，满目所见，无不是萧瑟凄厉。馆驿本已孤寂，还要闭锁着春寒，杜鹃啼叫本已让人断肠，偏要在夕阳西下的黄昏日暮时候。孤馆春寒、杜鹃斜阳，这些情境无一不是高度自我化、情绪化的产物，无一不包含着词人强烈的情感色彩，逼仄凄厉至极。

下片抒情，借驿寄梅花和鱼传尺素两个典故表达虽有音信传递却渺邈难归的孤苦伶仃。所以，亲友的问候对他来说，只是平添了无尽的恨。他没有苏轼那种超越苦难的高蹈智慧，同样的被贬，苏轼可以说“此心安处是吾乡”，他却认为自己的路已经走到了尽头，一味在绝望的深渊中泅渡哀吟。而作为一个在党争中的牺牲品，一个文弱书生，他哪里能决定自己的命运呢？望着眼前的东流水，他这样问道：“郴江幸自绕郴山，为谁流下潇湘去？”郴江啊郴江，你本来是围绕着郴山而流的，为什么偏要向老远的潇湘而去呢？

生活的洪流，依着惯性，总是把人带到深不可测的远方去。就像命运，命运是风，人走在哪里，都在其中。这个失意落魄的人，对着深不可测的命运，深深叹息。

青玉案

贺铸

凌波不过横塘路①，但目送，芳尘去。锦瑟年华谁与度②？月桥花院，琐窗朱户③，只有春知处。

飞云冉冉蘅皋暮④，彩笔新题断肠句，试问闲愁都几许[5]？一川烟草，满城风絮，梅子黄时雨！

【注释】①凌波：比喻女子的轻盈步态。②锦瑟年华：美好的年光。李商隐《锦瑟》："锦瑟无端五十弦，一弦一柱思华年。"③琐窗：雕成连锁形花纹的窗。④蘅皋：长满香草的湿地。蘅，杜蘅，香草。⑤都几许：共有多少。

【赏析】传说这首词是贺方回退居苏州时，偶见一位女郎，生了倾慕之情写出来的。且他命名自己的苏州别业为"企鸿居"，不知此鸿是否为这个翩若惊鸿的女子？

这首词写得美。

上片之美，美在隐约朦胧，若即若离。"凌波不过横塘路，但目送，芳尘去"，是目送。此女如惊鸿一瞥般路过他的世界，惊艳了他心底的整个春天，但美人如花隔云端，只能目送她的背影而去，空中空留她的芳香气息。接下来以一问一答，写心随。锦瑟年华，珠圆玉润般的美，这样的美，在月桥花院，在琐窗朱户，在春的深处。人不可留，尘亦难驻，目送之劳，惆怅极矣！

下片之美，美在遐思绮丽。"飞云冉冉蘅皋暮"，这分明是屈原笔下的香草美人之喻，从形之美到神之美，其志行高洁可想而知。如此佳人，空惹愁肠。所以，接下来又是一问一答，将他的愁写得形象可视而又铺天盖地。闲愁似何？一川烟草，状其迷离绵延之态。满城风絮，状其充盈八荒之广；梅子黄时雨，写出愁的重量，仿若梅雨连绵，不停地敲击着人心，淋湿了整个梅雨时节。这一连串的博喻，将愁写得可视可听可感，而妙的是三个喻体草、絮、雨都紧扣眼前的残春暮景。如此看来，尤胜李清照的"只恐双溪舴艋舟，载不动许多愁"了。

贺方回因此词而得名"贺梅子"。

卜算子

李之仪

我住长江头，君住长江尾。日日思君不见君，共饮长江水。

此水几时休，此恨何时已？只愿君心似我心，定不负相思意。

【赏析】曼声吟咏这首浸润了浓浓民歌意味的小词，总是联想到唐人崔颢的《长干曲》。两者皆托流水起兴，又都用女孩子口吻轻轻柔柔道出，纯然口语白话，浅明畅晓，一派天真。崔颢诗委婉含蓄，情由曲笔暗示而出，欲露似藏，李之仪词更显得率真坦直，尽吐心声，多了一些北方发露爽快的地域色彩和人文风貌情调。

词的上阕围绕着“长江水”生出，从“头”到“尾”，充分展示出空间的辽远阔大。借助“共饮”的生活细节，牵引出她“日日思君”的心事，也好像长江一般绵长浩渺。那么面对“不见”只两相隔离的无奈，痴情女孩儿的烦忧怨怅模样便足以想象得到——这种艺术手法，正是“不写之写”。这近似中国画里留下的大片空白，凭着周围山水景物的烘托渲染，通过大略提示性的联想想象，使隐藏着的或原本未曾道明的主题内涵，有了更加丰富深刻的体现。

词的下阕也如“长江水”一样前后承续、通泻而下，但只转过一个弯儿，改叙述为抒怀言情，不变的是那份直白径率的格调。仍然以“此水”来譬喻类比“此恨”，一种与恋人离别，时刻牵念、日夜相思的煎熬——这里既有时间上的恒久，因为长江永远奔流从无止息；同时又形容了她心绪的翻动不宁恰似江水的腾涌动荡，略无片刻停歇，故从眼前见到长江水的不“休”便能够知晓女孩儿情恨的不能“已”。以上六句由远及近，一一依次叙出，言真意切，最后二句便很自然地说明心底意愿：“只愿君心似我心，定不负相思意。”

这首词的宛然民歌情调、民谣风味，并不仅仅是表现在表层局部，甚至简单的通篇全用白话口语，而是包括整体意境都经过了精心锤琢洗练，既能够变

雅作俗，同时又摒弃市井鄙俗滥陋气，以致化俗作雅，所以最终才能够从大俗处见雅，而又雅不掩俗。(乔力)

如梦令

李清照

常记溪亭日暮，沉醉不知归路。兴尽晚回舟，误入藕花深处。争渡，争渡，惊起一滩鸥鹭。

【赏析】且看开篇的“常记”二字，念念不忘乃至于刻骨铭心，可想此词是对早年幸福生活的追忆。

人们年少时最渴望的是什么呢？是自由，是快乐，是无忧无虑的生活。这首词所描绘的，就正是这种自由、快乐、无忧无虑的生活。这一天，词人应该是很早就出门了吧？可时至“日暮”，她还“沉醉”在“溪亭”的景色之中，而没有回家的念头。她一定是被日落时特有的景色给迷住了。过了许久许久，直到夜幕把所有日落时的色彩都遮蔽起来的时候，她终于长长地舒了一口气，带着极大的满足，准备回家了。可“兴”是“尽”了，回家的路却分辨不清了。船划着划着，怎么荷茎越来越高、荷叶越来越密、荷香越来越浓、船也越来越难行了呢？糟糕，原来是划离河道了。那就赶紧调整船头吧！划呀划，划呀划，看谁划得快，看谁先到家。不期然间，一场有趣的划船比赛就在暮色中上演了！那些仆从也一定和岸上的“鸥鹭”一样，只能在一旁惊叫着了。这真是一次开心的“一日游”啊！

黄苏称李清照的另一首《如梦令》(昨夜雨疏风骤) 是“短幅中藏无数曲折”，这一首更是。你看，词人先把时间压缩在了日落至夜幕降临这一段很短的时间里，然后就在这时间内驰骋起自己的笔力。按常理，日之将落，游赏止息，是得赶紧收拾东西、乘船回家了。但词人却不，她是“日暮”而不归，“沉醉”

而忘归。此为第一层曲折，也是后来几次曲折的条件和背景。接下来，“兴尽”而路迷、而“误入”他处，是二层曲折；所“误入”的地方又并不是什么烂泥污淖，而是让人喜出望外的别有洞天的“藕花深处”，是三层曲折；由出离“藕花深处”而拨正船头，并发起了一场兴味十足的竞渡比赛，是四层曲折；人在兴奋中，却惊扰了岸边水鸟的好梦，是五层曲折；余韵中，词人和伙伴们先为水鸟的“惊起”而惊叫，后为原是一场虚惊而开心大笑，是六层曲折。三十三字中，竟有六层曲折，且六次曲折又统一在已说“兴尽”而兴却总也不尽的总体转折之中，且行且转，一折再折，折转相递，波澜叠生。试问，此等妙手，古往今来几人曾有，又几人能有？（郭红欣　尹育阁）

如梦令

李清照

昨夜雨疏风骤，浓睡不消残酒。试问卷帘人，却道海棠依旧。知否？知否？应是绿肥红瘦。

【赏析】诗人善感，易安尤甚。海棠花开，花开嫣然，她一定是时时流连花前，赏花自赏，把青春的花看作了青春的自己的。经这一夜的风雨，那花岂有不受损的！但易伤易感的她又实在不忍心亲睹那花儿受损的样子，于是便在她和海棠花之间设置了一道“屏障”、一个海棠受损信息的传递者——卷帘人，想通过传递者的传递，来减缓自己直面那摧折之花所引起的情感冲击。词人的心理预期，一定是想听到一声惊叫或一声叹息，把自己的预想证实，然后沉到自己凄然的情绪中，去品尝那既伤且美的橄榄般的滋味。

但词人的心理预想却一下子落空了！她一声深情的、郑重的、怯怯的“海棠如何”的问话之后，听到的却是淡淡的、随意的、若无其事的卷帘女的回答——“海棠依旧”！

也许身份、地位、修养、心境的不同，造成了文学家李清照和侍女卷帘人之间的问答的错位。侍女的生活是现实的，卷帘须经心，看花可漫意，忽听问讯，抬眼看那海棠，可不就是有红有绿、红绿一片，和昨天一样的吗？而李清照就大不同了。她是生活在诗意里，海棠哪里是在室外，分明就在她的心中，或者根本就是她自己！她的判断当然有她自己实际的生活经验在内，但更多的则是她的心理感受，——这看“应是绿肥红瘦”中的“应是”二字便知。一个现实，一个浪漫，一个大眼漫观，一个用心感受，那结果怎么能一样呢？但词人却不管这些，当她听到“海棠依旧”的回答后，一下子就急了：怎么能一样呢？你再仔细瞧瞧，应该是“绿肥红瘦”才对呀！言语之中，好像还颇有一种责怪的味道呢！

“绿肥红瘦”自是诗人之境界，常人尚且难感难入，何况一侍女哉！但这只是问题的一个方面。但这首词因为卷帘女的介入，充满了曲折与趣味。（郭红欣）

一剪梅

李清照

红藕香残玉簟秋[①]。轻解罗裳，独上兰舟。云中谁寄锦书来[②]？雁字回时，月满西楼。

花自飘零水自流。一种相思，两处闲愁。此情无计可消除，才下眉头，却上心头。

【注释】①玉簟（diàn）：席子的美称。②锦书：前秦秦州刺史窦滔之妻苏蕙，于锦上织了一首回文诗寄给被流放的丈夫，倾诉思念之情。后世常用锦书指夫妻间往来的书信。

【赏析】写这首词的时候，李清照与赵明诚尚是新婚绸缪。因父亲的外放，她也被迫开始了往返京乡两地的生活。生活突然在这里拐了一个弯，可以想见李清照当时的心境。

这首词没说别的，只说相思，却将相思写得如此好看而入骨。

红藕香残，季节在悄然更替了。轻解罗裳，独上兰舟，本为消解心中的离思，却只看到大雁排成人字，匆匆向南飞去。不知道过了多久，冷冷的月光，盈满了西楼。

雁是传书使者，它要传达的是什么？——“一种相思，两处闲愁”。相思是一致的，却因两处分离，如花自飘零水自流一样，各自寂寞着，心意难通。只是你拿这种相思一点办法也没有，放不下，赶不走，紧锁的眉头刚刚舒展，心头又起了幽微和褶皱，真正是“才下眉头，却上心头”。

相思是一种无处安放又想要安放，无处排遣又极力排遣的一段心绪、一种姿态、一颗灵魂。极安静又极躁动，极甜蜜又极苦涩，无处不在，又难以捕捉。伸出双手，捕捉到的也只是空空。它是让有情人渴望啜饮又害怕啜饮的毒药。

这种极细微、极灵动、极精妙的感觉，被李清照写活了。

醉花阴

李清照

薄雾浓云愁永昼，瑞脑销金兽①。佳节又重阳，玉枕纱厨②，半夜凉初透。

东篱把酒黄昏后③，有暗香盈袖。莫道不销魂，帘卷西风，人比黄花瘦④！

【注释】①瑞脑：香料名。金兽：铜制兽形香炉。②纱厨：纱帐。③东篱：指种菊之处。东晋人陶渊明《饮酒》：“采菊东篱下，悠然见南山。”④黄花：菊花。

【赏析】相传，赵明诚拿到这首词后，闭门谢客，三天三夜，作词五十首。然后将李清照此词混在其中，请友人鉴赏。陆德夫品赏再三，结论是：“你的词作里，唯三句惊人。”这三句就是：“莫道不销魂，帘卷西风，人比黄花瘦。”

人比黄花瘦，好就好在，它不是李清照写出来的，而是从她的心里长出来的。她以自己的心灵为土壤，以自己的真心和精魂灌注，在佳节重阳这样一个让人易感的时序里，让它自然生发出来了。

这首词弥漫着哀伤的相思之情，而相思向来是一个人的地老天荒。她一个人在香气萦绕的闺房里，感觉时间太漫长了，好像怎么也过不完似的。她一个人在凉意初透的夜里，让玉枕纱帐看着她的无眠。她一个人在黄昏后，饮酒赏菊。但这一切，统统无济于事，当年华在西风里逝去，当青春在无人在场的孤寂里呼啸而过，她忍不住一声叹息：唉，人比黄花瘦。

一个关于爱恨离合、外表沉静而内在激烈的故事，一段适于在唇齿间细细咀嚼的暧昧心事，正如这冷冷幽夜里，金兽鼎中的一缕沉香，袅袅不绝。时隔千年，犹能闻到它的香。

而她不过要告诉你，她很孤独。

永遇乐

李清照

落日熔金[①]，暮云合璧，人在何处？染柳烟浓，吹梅笛怨[②]，春意知几许！元宵佳节，融和天气，次第岂无风雨[③]？来相召，香车宝马，谢他酒朋诗侣。

中州盛日[④]，闺门多暇，记得偏重三五[⑤]。铺翠冠儿⑥，捻金雪柳⑦，簇带争济楚⑧。如今憔悴，风鬟雾鬓，怕见夜间出去。不如向帘儿底下，听人笑语。

【注释】①熔金：形容落日灿烂的颜色。②吹梅笛怨：笛曲有《梅花落》一种，声调哀怨。③次第：顷刻，转瞬。④中州：本指中原河南一带，此处特指汴京。⑤三五：指正月十五日。⑥铺翠冠儿：以翡翠羽毛作装饰的帽子。⑦捻金雪柳：用素绢或白纸扎成柳叶，而以金线为茎。⑧簇带：头上的饰品插戴得满满的。济楚：整齐。

【赏析】以南渡为界，李清照的生活被生生拆成两半，词风也如是。这首词是李清照晚年流寓临安时所作，称得上是“以血书者”。

某一年的某一个元宵佳节，有熟悉的盛大场面和热闹气氛，让她恍然间心意萌动。往事又悄悄潜上心头，山茶花般浓盛。她无法释怀，无法忘情拥抱新生活，只能在回忆的缝隙中，望过去。望着这个人间的喧嚣与繁华，静静地，不去惊扰。

落日熔金、暮云合璧的元宵傍晚很美，美得让人恍然间不知今夕何夕，有种迷失般的错愕。热热闹闹的天气，热热闹闹的城市，让她极想沉醉，却又不敢挥霍。

她依然守着自己的清欢，从回忆里打捞起往日的点点滴滴。那是在东京。她还是少女，闺门多的是闲暇，还有明亮的心情。也是在这样的一个天气，这样的一个元宵佳节里，她和朋友们戴着镶有翡翠的帽儿，穿着整整齐齐、华丽鲜艳的罗裙，像比赛似的，欢欣雀跃地去看花灯，闹元宵。那时多好，有闲暇，有心情，有伙伴，有青春。

青春，这两个字念起来，让人心疼。看看现在的自己，所剩唯憔悴的面容，花白的头发，衰老的心境。还是不出去罢了，在浓烈明艳的节日里，这样的衰飒怕是会煞风景。何况自己再难以拾起往日的情怀，纵身在热闹红尘。

只是，她终于还是忍不住掀起门帘儿的一角，偷偷地，听他人的欢声笑语。

暮年华发，她孤独地站在人生的边缘，看繁华落幕，水落石出。

小池

杨万里

泉眼无声惜细流，树阴照水爱晴柔。
小荷才露尖尖角，早有蜻蜓立上头。

【赏析】杨万里早年学江西诗派、师法古人，后来又走上了师法自然的创作道路。他从大自然汲取诗材，启发诗思，达到了他所主张的“古今百家景物万象皆不能役我而役于我”的境界，就是说各种景象，自然万物都供他驱使，在诗中表现出来。

《小池》就具备这样的特色。其特色在于取景别致，以“小”贯穿全诗。你看诗句中，泉是“泉眼”，流是“细流”，荷是“小荷”，且是崭露头角的小荷，小而新，再点缀上小小的蜻蜓。全诗取景小巧精致，无一不紧扣诗题。这些小景正是常人难以发现或是容易忽视的，一经诗人的慧眼捕捉并迅速把握住，就显示出一种新颖别致的情趣来。

而且诗人还将自己的主观体验巧妙地融入诗中。泉眼与细流间着一个“惜”字，树荫和池水间着一个“爱”字，皆是诗人将自己的怜爱之情移植给客观对象，让无情的生灵变得有情，充满情趣。后两句，一个是小荷“才露”，一个是蜻蜓“早立”，好像是小荷与蜻蜓间的一场秘密的约会，一场小小的较量。小荷有情，蜻蜓有意，情意相通，让人心生爱怜。这种和谐温馨的场面真是让人过目难忘，会不由自主地喜欢起这自然界的小小的生灵，如同诗人一样。

在对自然万物进行深入体察的过程中，杨万里恢复了与自然万物的“亲缘关系”。诗人将对儿童的关爱之心移植于自然万物，使它们和儿童一样具有了活泼、灵动的特性，成为诗人怀抱中安享的“孩童”。同时，他也被眼前活泼、灵动的自然万物所感染，进入到与万物混一之境。所以那些自然万物在他面前毫无顾忌地玩耍、戏闹，而且他也表现出与万物为伴的乐趣，这已经是理学家“莫非己也”的“乐”的境界了。

此诗不但有情趣，还有理趣。“小荷才露尖尖角，早有蜻蜓立上头”，是流传后世的经典名言。注重机巧的诗往往会流入肤廓，杨万里的很多诗都有这种毛病，这首诗则不愧为佳作。仔细体味这句，我们不难发现其中的理趣，小荷才露尖尖角，这是新生事物的崭露头角，因为是新生，便有了很多未知，很多偶然。唯有敏锐的眼睛才能发现它，唯有善感的心灵才能捕捉它，并抓住机会，抢得先机，早早地培植着，等待着。

闲居初夏午睡起

杨万里

梅子留酸软齿牙，芭蕉分绿与窗纱。
日长睡起无情思，闲看儿童捉柳花。

【赏析】儿童是诚斋体中描写最多的形象，儿童的天真影响了诗人的心理和想象，使诚斋体表现出浓厚的童稚色彩。他常以儿童的视角去观察自然万物，用纯一的赤子之心体察他眼前的每一丝变化，产生了很多新颖别致的奇思妙想。

我们都知道，儿童对眼前的万物总是充满了无尽的好奇，他们所思考的恰好是我们平时经常注目却很少深思的问题，这些思考经常是只有孩子才精心去做的，他们为自己创造的“世界”而兴奋不已，所以杨万里的诗中常常体现出一种独特的观察视角。

初夏午睡初醒，这是一件多么平常的事情。但当他用一颗纯一的赤子之心去体察时，他也能发现一些新颖别致的情意来。

这首诗写他午睡初醒，齿颊间还存留着梅子的余酸，这种感觉极为细腻。此时此刻，四周一片静谧，一片碧绿，芭蕉多情，分绿与窗纱。一个“分”字，何其多情而又传神。这两句都是在写初夏。紧接着诗人就在“闲”字上下功夫了，夏日昼长，初睡醒，了无情思，百无聊赖，能做些什么呢？只有静静地坐在这里，看着小儿童追捉柳花罢了。

难道全诗要表现的就是诗人闲散、慵倦、百无聊赖吗？不，读他的诗，就像在品尝一枚青涩的橄榄，初觉涩，越品越有味，越甘饴，能品出一种内在的妙味来。在诗人的“闲适”和“慵倦”背后，其实蕴藏着一种活泼的兴味，一颗天然的赤子之心。诗人寂寞无聊的心境在这些天真的儿童身上获得了苏生，也变得兴味盎然了。

真与率意是儿童的天性。真者，真实无妄之谓，天理之本然也。率意，指不用意处，真情自见，用意则夺其真矣。诗人不但用儿童的视角去体察自然万物，而且从儿童的真诚与率意中体悟出生命的本性和乐趣。写此诗时，诗人赋闲在家，儿童世界的天真与率意，无邪与真诚与成人生活的种种不如意，机心暗斗相比，恰好形成鲜明的对比，诗人闲居的苦闷恰好在此得到了释放，获得了一种由衷的快慰。由此看来，诗人笔笔写闲，“闲”到最后却孕育了一种“乐”来。

晓出净慈寺送林子方

杨万里

毕竟西湖六月中，风光不与四时同。
接天莲叶无穷碧，映日荷花别样红。

【赏析】我们知道了诚斋体的一些特征，比如善于体察幽微并迅速捕捉，善于移情使物皆著我之色彩，从而达到一种物我浑一的境界。又比如善于用赤子之心、之视野去观察万物，使诗饱含着童趣与童真……在这首《晓出净慈寺送林子方》中，我们会看见他的另一面：新颖的立意，新颖的想象，新颖的视角。

此诗写的是，一天早晨，诗人呼吸着新鲜的空气，步出净慈寺，送别友人林子方。当他路过西湖时，突然间闯入眼帘的莲叶荷花的美，一下子把他给镇住了，他忍不住脱口而出，吟出这首别有新意的小诗来。这首诗是脱口而出的，没有丝毫人工的斧凿，一派浪漫与纯真。

毕竟，是六月的西湖啊，风光与四时的就是不一样。这个“毕竟”起势就造成一种强烈的情感气势，而且具有触目兴叹、即兴而成的口语特色。是什么让诗人这般感慨，这般不假思索脱口而出？是六月西湖的特异风光：接天莲叶无穷碧，映日荷花别样红。你看啊，莲叶、荷花，绵延无尽，直到与水天相接，在朝阳的映照下，这无穷的碧，这别样的红，真是好看极了！这“接天”、这“无穷”，一下子将人的视野打开了，延伸了，使得诗歌的境界也由此变得阔大而雄奇了。如果不是有感于自然造化的鬼斧神工，不是由衷地被这美景所吸引，诗人怎么会有如此的逸兴遄飞？

其实，西湖的六月，西湖的景，一直以来，就在这里，只是平常的人用平常的眼睛、平常的心态去面对它时，就会对它熟视无睹，不以为意。因而，也就体察不到它的特异之处，它异乎寻常的美来。而杨万里做到了，这首诗的精彩之处在于，它不写西湖的景事实上是怎样的不同，怎样的新颖，而写诗人一下子被自然造化的美所击中所吸引的瞬间感受。他能在庸常之中振拔出来，寻找出惯常当中的新奇与诗意。

的确，生活中不是缺少了美，而是缺少了发现美的眼睛。

游山西村

陆游

莫笑农家腊酒浑，丰年留客足鸡豚。
山重水复疑无路，柳暗花明又一村。
箫鼓追随春社近，衣冠简朴古风存。
从今若许闲乘月，拄杖无时夜叩门。

【赏析】写这首诗时，陆游正贬官闲居故里。相信，读了这首诗后，我们都会被诗句字里行间流露出的那种简单纯朴的快乐所感染。当久居樊笼的诗人，走出了他的书斋，走出了他的仕途，走进了古朴的乡村，他看到的又是怎样的一种景象呢？

自酿的腊酒虽浑，你不要笑话。没有山珍海味，佳肴珍馐，那鸡豚却是准备得足足的，有如他们的一片盛情。全诗一起笔，就酝酿了一种浓浓的淳朴的盛情，这一切一个“足”字就将它体现得活灵活现了。就像一个久在异乡的游子归家了，妈妈没有别的表达方式，就为他准备了满满一桌他最爱吃的家乡菜，相信没有什么比这更简单却更奢华的表达爱的方式了。就在这种浓浓的乡情气氛中，诗人开始了他的山西村之游。但见山峦叠翠，山泉在曲折的溪流中穿行，蜿蜒的山径仿佛越来越难以辨认了。正在恍惚间，突然看见前面柳暗花明，几间农家茅屋，隐现于花木扶疏之间，让人豁然开朗，兴奋异常。这是自然山水图，紧接着诗人由自然入人事。“箫鼓追随春社近，衣冠简朴古风存”，好一幅农家风俗画！春社近了，箫鼓齐鸣，好不热闹，还有村民那简朴的衣冠，那一张张充满着丰收期盼的脸，让你知道了，他们对这片故土的最真挚的热爱之情。正是这古朴的民风，古朴的民情，让诗人不由得从心底里喊出了他最诚挚的期盼：从今若许闲乘月，拄杖无时夜叩门。但愿从今往后，我能不时拄杖乘月，轻叩柴扉，与农家絮语，共同沐浴这纯朴民情的清辉，充实这人生！

真正让这首诗流传千古的是“山重水复疑无路，柳暗花明又一村”，钱锺书先生曾列举了前人诗中很多类似的境遇，但他说唯“陆游的这一联才把它写得题无剩义”。它不但是对自然景物的描写，更道出了世事万物消长变化的哲理，也写出了某种人生境遇，富含理趣，因而历久弥新。不同的人结合自己不同的人生境遇，总是能从这句诗中找到一种共鸣。那些把人生当作一部恢宏的史诗来书写的人，那些在人生道路上经历过最艰辛最遥远的探索的人们，一定能真正了悟这句诗最深微的含义。

剑门道中遇微雨

陆游

衣上征尘杂酒痕，远游无处不消魂。
此身合是诗人未？细雨骑驴入剑门。

【赏析】陆游这首诗看似简单，实则复杂，复杂就复杂在它所表达的情感主旨上。很多人以为这首诗的调子是轻快明朗的，如果联系作者写诗时的处境，我宁愿相信，它的调子是落拓失意的，至少带有些许的无奈。对“诗中什九从军乐”的陆游来说，他真正的梦想可能一直都是驰骋沙场马革裹尸。在运筹帷幄决胜千里当中实现自己真正的人生抱负。然而，他终究因书生气太重，得罪了上司，不得不从汉中前线调离，去四川成都任安抚司参议。这次调离，实际上是从战地转向都市，从前线到后方。这一转移，一下子打碎了诗人的从军梦，其心情可想而知。

四十七岁的他，在一个冬天的午后，在苍茫暮色中，带着未酬的壮志又一次上路了。在路上，他总是在路上，哪里才是自己真正的归宿呢？喝酒吧，曹孟德不是说过吗：何以解忧？唯有杜康。征尘，酒痕，无论走多远，无论走向哪里，它们总是那么忠实地陪伴着他，见证着他的落魄和销魂。也许，前程和命运是未知的，唯有这种矛盾而又无奈的感觉是真实的，真实地刺痛着自己。

“此身合是诗人未？细雨骑驴入剑门。”沉思中的诗人忍不住问自己：难道，此生我就应该做个诗人？在细雨中，骑着驴，悠悠步入剑门。那些忙着公务、忙着打仗、忙着经国之伟业的人，哪里会有诗思呢？诗人何为？诗人无为。还是骑着驴，在细雨中走入剑门吧。这句话有无限的苍凉在其中。就好像川中的酒，在地窖中发酵多年之后，就有了自己的精魂。虽然淡泊，却醇厚典雅。

“此身合是诗人未？”这不仅仅是陆游一个人的矛盾与反思。其实，在许多人的思想深处，尤其是抱负远大的读书人心里，是颇不以笔杆子为满足的，他们向往的是枪杆子。汉代的扬雄就说要笔杆子是雕虫小技，唐代的李贺说“男儿何不带吴钩，收取关山五十州”，杨炯的《从军行》说：“宁为百夫长，胜作一书生。”可见他们改变自己的命运和人生道路的愿望是多么强烈，或者说，他想成为另外一个自己的愿望是多么强烈。

其实每个人心中都有一股激情，渴望自我实现的激情，渴望成为另一个自己的激情。正是这种激情，点燃了古往今来一切英雄豪杰内心梦想的壮丽火焰！

书愤

陆游

早岁那知世事艰，中原北望气如山。
楼船夜雪瓜洲渡，铁马秋风大散关。
塞上长城空自许①，镜中衰鬓已先斑。
出师一表真名世，千载谁堪伯仲间！

【注释】①塞上长城：典出《南史·檀道济传》。南朝宋文帝杀大将檀道济，檀在临死前投愤怒叱：“乃坏汝万里长城！”陆游虽然没有如檀道济被冤杀，但因主张抗金，一直被贬。

【赏析】此诗作于宋孝宗淳熙十三年春，这时陆游退居山阴家中，已是六十二岁的老人。从淳熙七年始，他罢官已六年，挂着一个空衔在故乡蛰居。直到作此诗时，诗人才以朝奉大夫、权知严州军州事起用。因此，诗的内容兼有追怀往事和重新立誓报国的两重感情。

诗的前四句是回顾往事。“早岁”句指隆兴元年他二十九岁在镇江抗金战争的第一线，北望中原，收复故土的豪情壮志，坚定如山。以下两句分叙两次值得纪念的经历：一次是隆兴元年，随主张抗金的张浚北伐，从出征时满怀希望到兵败后愿望化为泡影，转瞬天上人间。另一次使诗人不胜感慨的是乾道八年事。王炎当时以枢密使出任四川宣抚使，积极擘画进兵关中恢复中原的军事部署。陆游时在军中，几次亲临大散关前线，当时北望中原，也是浩气如山的。但这年九月，王炎被调回临安，他的宣抚使府中幕僚也随之星散，北征又一次成了泡影。“楼船夜雪瓜洲渡，铁马秋风大散关”，这十四字中包含着丰富的愤激和辛酸的感情。

岁月不居，壮志已逝，志未酬而鬓先斑，这在赤心为国的诗人是日夜为之痛心疾首的。陆游不但是诗人，他还是以战略家自负的。可惜毕生未能一展长材。自许为“塞上长城”，是他毕生的抱负。但因主张抗金，多年被贬，“长城”只能是空自期许。这种怅惘是和一般文士的怀才不遇之感大有区别的。但老骥伏枥，陆游的壮心不死，他仍渴望效法诸葛亮的“鞠躬尽瘁”，干一番与伊吕相伯仲的报国大业。这种志愿至老不移，甚至开禧二年他已是八十二岁的高龄时，当韩侂胄起兵抗金，他还跃跃欲试。

中间两联属对工稳，尤以颔联“楼船”“铁马”两句，雄放豪迈，为人们广泛传诵。这样的诗句出自他亲身的经历，饱含着他的政治生活感受，是那些逞才摛藻的作品所无法比拟的。(何满子)

示儿

陆游

死去元知万事空①，但悲不见九州同②。
王师北定中原日③，家祭无忘告乃翁。

【注释】①元：通“原”，本来。②同：统一。③中原：指淮河以北被金人侵占的地区。

【赏析】在我看来，陆游一生有两个专一：一是对唐婉的感情专一，一是对收复中原的雄心专一。一个是情感，一个是事业，两者几乎占去了他生命的全部。这样看来，他的一生是丰富而又饱满的。

无论是深于情，还是忠于志，他都没有半点掩饰，在诗中写了又写。他的心胸一定是够开阔的，他对世事的态度一定是够豁达的，为什么这样说呢？因为，在中国古代诗人当中，能够像陆游一样活到八十五岁的绝对是凤毛麟角。一个人能够长寿，我想对他而言有两点很重要，一是他有良好的心态，有了良好的心态才能有健康的身体。二是他有着执着的信念，有了执着的信念，才能最大限度激发他生命的潜能。支撑着陆游的信念里面，肯定少不了上面的两个专一。

这首《示儿》是陆游的绝笔，也是他的遗嘱。遗嘱一般是说很私人的事情，或是一些家事。而陆游却不一样，他“但悲不见九州同”。当然，他提到了家祭，只是这个祭祀的内容是：如果祖国江山一统，可别忘了告诉我。他真是将爱国进行到底，爱到了极致。所以朱自清先生称他是一个真正的爱国诗人，朱自清先生极力推崇这首《示儿》诗。

《示儿》诗是临终之作，不说别的，只说“北定中原”，正是他的专一处。这种诗只是对儿子说话，不是什么遗疏遗表之类，用不着装腔作势，他尽可以说些别的体己的话；可是他只说这个，他正以为这是最体己的话。诗里说“元知万事空”，万事都搁得下；“但悲不见九州同”，只这一件搁不下。他虽说“死去”，虽然“不见九州同”，可是相信“王师”终有“北定中原日”，所以叮嘱他儿子“家祭无忘告乃翁”！教儿子“无忘”，正见自己的念念不“忘”。这是他的爱国热诚的理想化；这理想便是我们现在说的“国家至上”的信念的雏形。……过去的诗人里，除了屈原之外，也许他也配称爱国诗人吧。

一个梦到底要做多久才能醒？一个夙愿到底要过多久才会放弃？也许，只有死，才能阻断内心永远的梦想与残酷的现实之间的距离。而在此之前的漫长岁月里，诗人无时无刻不在受着理想与现实冲突的煎熬。人们常说，事定犹须待阖棺。而在《示儿》这首诗里，我们分明看到了陆游阖棺也无法定论的执着。

卜算子　咏梅

陆游

驿外断桥边，寂寞开无主。已是黄昏独自愁，更著风和雨。

无意苦争春，一任群芳妒。零落成泥碾作尘，只有香如故。

【赏析】牡丹为唐人所爱，因为牡丹的富贵、雍容与热烈是和唐人的精神风貌相应和的。而宋人呢？宋人爱梅花，除了求雅之外，他们更看重的是梅花的品、志。宋人最需要什么？不是雅，而是在异族欺凌威压之下的精神支撑：于是，他们就心仪了梅，并从梅中找到了一个软弱王朝所特别需要的强韧精神。

陆游笔下的梅，很孤独。它生长在驿外断桥边，是人迹罕至的荒凉之境。它独处黄昏，心中本已黯淡，风雨又紧跟着而来；它不容于同类，为它们所妒忌。它被吹打抛至驿道上，被行人和车辙狠狠碾压。

然而，这一切都不要紧，其香依然如故！梅可以被摧残，可以被践踏，但它不会失了精神，不会散了魂魄，不会丢了意志，不会失了品节！这真像海明威笔下的那个老人：一个人可以被毁灭，但不能被打败。

这种躁烈的血性与气节，是陆游所处的那个时代所缺少的。正是因为少，才格外珍贵；也因为少，而倍显孤独。

如果你愿意从这一枝梅花中，看见春天，那么，你就读懂了它。只是在花开的瞬间，他孤独地站在大宋那片弥漫着悲凉气息的尘世。

诉衷情

陆游

当年万里觅封侯，匹马戍梁州。关河梦断何处？尘暗旧貂裘。

胡未灭，鬓先秋，泪空流。此生谁料，心在天山，身老沧洲！

【赏析】陆游一生致力于抗金恢复大业，爱国情志至死不衰，梁启超曾盛赞其为“亘古男儿一放翁”。但终其一生，他都志业不遂，心愿难偿，尝尽了英雄失路的滋味。这种滋味，在他的这首《诉衷情》词中，有着集中而鲜明的反映。

这首词作于词人晚年闲居家乡山阴时。从“此生”二字看，可知是他对自己一生境况的感慨与总结。陆游一生的境况究竟如何呢？词结末的描述是：“心在天山，身老沧洲！”天山，在新疆境内，是汉唐时的边境，此处借指抗金前线；沧洲，即水边，是古时隐士隐居的地方，此处指陆游晚年闲居之地。二句是说，自己的心一直是在烽火连天的抗金前线，而身却被抛置在与抗金前线遥不可及的水泽山乡中，并且就这样一天天地老死下去。理想与现实间的距离是如此之大，以致使我们仿佛看到了词人身心被割裂的情形。而这种情形，又是词人怎么也没有预料到的！“谁料”二字，就表明了词人对此情形的无从预料、无法相信和不能接受，以及对造成这种情形的现实政治的深深无奈和强烈不满。但无奈也罢，不满也好，现实就那么冷冰冰地摆在他的面前，让你无从选择。

简单回顾一下陆游的经历。二十九岁时，他参加进士考试，省试中成绩优异，被取为第一，却仅仅因为名次排在了秦桧之孙秦埙的前面，就被放在了最末一位，主考官也险遭处分。第二年，他勉强参加了礼部试，也是名列前茅，但因“喜论恢复”被秦桧强行黜落。直到秦桧死后，他才得以出仕；而这时，他已经三十四岁了。之后，他又是坎坷连连，摧挫不断。四十二岁时因“力主张浚用兵”，被罢隆兴通判职；五十二岁时，被指“不拘礼法，恃酒颓放”，罢四川制置使参议官职；五十五岁时，因“奏拨义仓赈济”，触犯地主豪强势力，被罢提举江南西路常平茶盐公事职；六十六岁时，终以“嘲咏风月”（实是把抗金情志形诸歌咏）罪名罢严州知州职，被迫回乡，直到老死（中间只几个月参与了修史）。如此，陆游入仕既晚，后又连遭罢黜，算起来，前后竟有三十多年的时间被闲置故里！壮志难酬，壮心成灰，“天山”“沧洲”之说实实地成了他一生运命的写照，实在是令人唏嘘感叹。

有人说，宋朝是个需要英雄而又英雄“过剩”了的时代，发人深思。（郭红欣）

春日

朱熹

胜日寻芳泗水滨，无边光景一时新。
等闲识得东风面，万紫千红总是春。

【赏析】这首诗选入了《千家诗》，只有雅俗共赏、老少咸宜的诗才有资格入选这个诗集。一般的诗人写这样的诗我们并不觉得惊奇，而朱熹可不是一般的诗人，他是大理学家，是大儒。能将理的思辨深刻与诗的形象生动结合起来，并非易事，朱熹的这首《春日》做到了。

对这首诗的解释，不少人已经讲得很清楚了。他们认为，这首诗有两层含义：从表层上看，本诗写的是游春踏青。无边的光景，在春日焕然一新。这个“新”字，既是春光无限万象更新的实景，也是诗人兴致甚高、精神振奋的心境。下联则紧承“无边光景”，写了寻芳所得。一夜东风，仿佛吹开了万紫千红的鲜花；而百花争艳的景象，不正是生机勃勃的春光吗？诗人由“寻”而“识”，从万紫千红这个艳丽的形象中认识了东风的真面，也感知了春天的气息。由此，春天这个抽象的概念，也变成了具体可感、可触摸的形象了。

从深层看，这首诗有着更深的内蕴。泗水在山东，孔夫子曾在泗水之滨讲学传道；而南宋时那地方早已沦陷于金国，朱熹怎能去游春呢？原来这是一首哲理诗。诗中的“泗水”暗喻孔门，“寻芳”暗喻求圣人之道，“东风”暗喻教化，“春”暗喻孔子倡导的“仁”。这些意思如果用哲学讲义式的语言写出来，难免枯燥乏味。本诗却把哲理融化在生动的形象中，不露说理的痕迹。这是朱熹的高明之处。

无论是形而下的赏春踏青，还是形而上的求仁得仁，都是对这首诗的理解。但每次读到这首诗，我总觉得这首诗同时也是在写一种心境。不只是向外的寻寻觅觅，也是一种向内的瞬间彻悟，仿佛在那一刻，触碰到了一种妙处难以与君说的感悟。

这种感觉就像“踏破铁鞋无觅处，得来全不费功夫”，那“胜日寻芳泗水滨”，不就是踏破铁鞋，上下求索的写照吗？而一旦顿悟，灵光一闪，竟然见到无边的新鲜的光景了。境与心得，理与心会，哪里不是春？哪里不是东风面？至于这个春，是“仁”也罢，是“理”也罢，是顿悟也罢，是瞬间的妙想也罢，是一种心情也罢，我们不用去计较。也许都是，也许都不是。但这种瞬间的感受与妙悟是真实的，是可遇而不可求的，诗人将这种心境形象捕捉并传达出来了。

观书有感

朱熹

半亩方塘一鉴开[①]，天光云影共徘徊。
问渠那得清如许[②]？为有源头活水来[③]。

【注释】①鉴：镜子。②渠：它，第三人称代词，这里指方塘之水。③为：因为。

【赏析】这首诗是朱熹关于读书的名作，写得有理趣而无理障，以形象来说理，变抽象为具体，手法自然是高明的。

关于读书，朱熹曾说："读书，始读未知有疑，其次则渐渐有疑，中则节节有疑。过了这一番后，疑色渐渐解，以致融会贯通，都无所疑，方始是学。"这番心得，非深于学者，是不能体悟出其中的奥妙的，这也是朱熹能成为大学问家的治学奥秘，是他能写出《观书有感》这样的好诗的基础。

诗的大意是，半亩大的池塘像镜子一般明净彻底，天光云影在方塘中摇曳流动。要问它为什么如此清澈，因为上有源头，使活水不断流来。本文明在写景，实则在讲读书治学的心得体会。半亩方塘，我们可以把它理解为人的思想。一鉴开，写了思想的澄明状态，而天光云影，则是活跃在思想中的种种意识，各种思维意识纷至沓来，异常活跃，可见这是在写思想的活跃。后两句，则以活水源头作比，大意是说在学习中只有不断地吸收新的知识，才能进步不已。

其实，朱熹的这番感受以读书起，却不能以读书结，它揭示了一种普泛的人生哲理。

"源头活水"，简直是一个放之四海而皆准的真理，岂止是读书？小而言之的生活、事业、思想、情感，大而言之的人生、家国，哪一处没有这个"源头活水"的真理融贯其中？"苟日新，日日新"，没有新变，不能代雄。没有活的源头，一切都会僵化，都会腐朽，都会成为一潭死水，激不起生机和活力，激不起新鲜的气息，那样，距离平庸，距离堕落又有多远的距离？

汉宫春　立春日

辛弃疾

春已归来，看美人头上，袅袅春幡[①]。无端风雨，未肯收尽余寒。年时燕子[②]，料今宵梦至西园。浑未办黄柑荐酒[3]，更传青韭堆盘。

却笑东风从此，便薰梅染柳，更没些闲。闲时又来镜里，转变朱颜。清愁不断，问何人会解连环？生怕见花开花落，朝来塞雁先还。

【注释】①春幡：当时风俗，人们常于立春日用纸或绢剪成小旗、巾饰，插在头上或挂于花枝。②年时：年前，去年。③未办：宋人常用语，意思是“不能”“没有”。

【赏析】辛弃疾是个猛人，二十二岁就干过带领一个几十人的小分队突入敌军万人大营捉回叛徒张安国这样惊人的壮举，二十三岁写了这首词。开篇就是“看美人头上，袅袅春幡”，何等风韵，何等情致，真是万万令人想不到，又万万令人忘不掉。

顾随先生论稼轩词，千挑万选，拈出六个字来：“以健笔写柔情”。就是说辛弃疾完全不用女儿情态、靡靡之音，镂红刻翠地来写柔情，而是把柔情写得生猛、劲健、鲜活、元气淋漓，这就把辛弃疾与晏殊、柳永、苏轼、李清照等人区别开来了，也把词分豪放、婉约之间的鸿沟沟通起来了。

此词“却笑东风”以下三十六字，逐句换意，连环不断，真是笔似快刀，本色自然！一会儿说东风吹开了梅花，染绿了柳枝，一会儿说东风吹上美人脸，流光转变朱颜，一会儿说风雨有余寒，惹人清愁如连环。在这番立体细致的描摹中，“立春日”这个题目凸显了、丰满了。但丰满还不够，还要于万万种风情之中别具一格，惊心夺目。这就显出“看美人头上，袅袅春幡”这一句的魔力了。今日何日？突然于美人头上，见此春幡之袅袅然。那么，尽管余寒尚烈，花之未开，柳之未青，也的的确确可见得春已归来。人们热切的举动，难道不更能表示着春天的到来吗？

青玉案　元夕[①]

辛弃疾

东风夜放花千树[②]。更吹落，星如雨[③]。宝马雕车香满路。凤箫声动，玉壶光转[④]，一夜鱼龙舞[⑤]。

蛾儿雪柳黄金缕[⑥]。笑语盈盈暗香去。众里寻他千百度，蓦然回首[⑦]，那人却在，灯火阑珊处[⑧]。

【注释】①元夕：元宵，元夜。②花千树：千株灯树。③星如雨：比喻灯火之多。④玉壶：灯名。⑤鱼龙舞：指元夕所表演的百戏。⑥蛾儿、雪柳、黄金缕：均是女子首饰。⑦蓦（mò）然：忽然，猛地。⑧阑珊：稀疏，零落。

【赏析】写上元灯节的词，不计其数，稼轩的这一首，却谁也不能视为可有可无，即此亦可谓豪杰了。然究其实际，上片也不过渲染那一片热闹景况，并无特异独出之处。看他写火树，固定的灯彩也。写星雨，流动的烟火也。若说好，就好在想象：是东风还未催开百花，却先吹放了元宵的火树银花。它不但吹开地上的灯花，而且还又从天上吹落了如雨的彩星——燃放烟火，先冲上云霄，复自空而落，真似陨星雨。然后写车马，写鼓乐，写灯月交辉的人间仙境——“玉壶”，写那民间艺人们的载歌载舞、鱼龙曼衍的“社火”百戏，好不繁华热闹，令人目不暇接。其间“宝”也，“雕”也，“凤”也，“玉”也，种种丽字，总是为了给那灯宵的气氛来传神、来写境，盖那境界本非笔墨所能传写，幸亏还有这些美好的字眼，聊为助意而已。总之，我说稼轩此词，前半实无独到之胜可以大书特书。其精彩之笔，全在后半始见。

后片之笔，置景于不复赘述了，专门写人。看他先从头上写起：这些游女们，一个个雾鬓云鬟，戴满了元宵特有的闹蛾儿、雪柳，这些盛装的游女们，行走之间说笑个不停，纷纷走过去了，只有衣香犹在暗中飘散。这么些丽者，都非我意中关切之人，在百千群中只寻找一个——却总是踪影皆无。已经是没有什么希望了……忽然，眼光一亮，在那一角残灯旁侧，分明看见了，是她！

是她！没有错，她原来在这冷落的地方，还未归去，似有所待！

这发现那人的一瞬间，是人生的精神的凝结和升华，是悲喜莫名的感激铭篆。那一瞬是万古千秋永恒的。词人却如此本领，竟把它变成了笔痕墨影，永志弗灭！——读到末幅煞拍，才恍然彻悟：那上片的灯、月、烟火、笙笛、社舞、交织成的元夕欢腾，那下片的惹人眼花缭乱的一队队的丽人群女，原来都只是为了那一个意中之人而设、而写，倘无此人在，那一切又有何意义与趣味呢！多情的读者，至此不禁涔涔泪落。

此词原不可讲，一讲便成画蛇，破坏了那万金无价的人生幸福而又辛酸的一瞬的美好境界。然而画蛇既成，还思添足：学文者莫忘留意，上片临末，已出“一夜”二字，这是何故？盖早已为寻他千百度说明了多少时光的苦心痴意，所以到得下片而出“灯火阑珊”，方才前早呼而后遥应，笔墨之细，文心之苦，至矣尽矣。可叹世之评者动辄谓稼轩“豪放”“豪放”，好像将他看作一个粗人壮士之流，岂不是贻误学人乎？

王静安《人间词话》曾举此词，以为人之成大事业者，必皆经历三个境界，而稼轩此词之境界为第三即最终最高境。(周汝昌)

水龙吟　登建康赏心亭

辛弃疾

楚天千里清秋，水随天去秋无际。遥岑远目[①]，献愁供恨，玉簪螺髻。落日楼头，断鸿声里，江南游子。把吴钩看了，栏干拍遍，无人会，登临意。

休说鲈鱼堪脍[②]，尽西风季鹰归未？求田问舍[③]，怕应羞见，刘郎才气。可惜流年，忧愁风雨，树犹如此！倩何人唤起，红巾翠袖[④]，揾英雄泪[⑤]？

【注释】①遥岑：远山。②“休说”句：用西晋张翰典。张翰，字季鹰，在洛阳因思念家乡吴地的美味特产，决定弃官归乡。后以“思莼鲈”借指思念故乡。③求田问舍：营求田产，购置房屋。谓人无远大志向。④红巾翠袖：女子的装束。⑤揾（wèn）：擦拭。

【赏析】这首词通篇皆好。上片写景，“千里清秋”，“水随天去”，浩浩荡荡，苍苍茫茫，一时小我，混于自然，意境极为开阔雄奇。接下来写登楼头，看吴钩，拍栏杆，寄寓了江南游子的无尽情怀，带出下片的议论抒情。下片从否定张翰辞官归隐的议论开始，逐层深入，继而否定许汜的求田问舍，把假设的各种退路一一否定，然后才逼出时局动荡、年华虚度、壮志难酬的主题。歇拍更妙，不说英雄潦倒，而从红巾翠袖的绮丽想象宕开去，表达英雄美人彼此孤寂无援而又心心相通的情怀，风调不群。

“无人会，登临意”，这恐怕是许多踽踽独行的英雄在困顿之中最深刻的痛苦了。但试问，这“登临意”究竟是何意？是岳飞“待从头，收拾旧山河，朝天阙”的急切吗？是刘邦“安得猛士兮守四方”的忙迫吗？是曹操“周公吐哺，天下归心”的勇毅与坚守吗？是左思“世胄蹑高位，英俊沉下僚”的呐喊吗？是阮籍“时无英雄，遂使竖子成名”的叹息吗？是陈子昂“前不见古人，后不见来者。念天地之悠悠，独怆然而涕下”的孤独与悲伤吗？过去，他有很多知音，将来，他也会收获许多知音，唯独在当时当地，他没有一个知音。

菩萨蛮 书江西造口壁

辛弃疾

郁孤台下清江水[1]，中间多少行人泪！西北望长安，可怜无数山。

青山遮不住，毕竟东流去。江晚正愁余，山深闻鹧鸪[2]。

【注释】①郁孤台：在今江西赣县西南，赣江之西。②鹧鸪：鸟名，啼声如呼“行不得也哥哥”。

【赏析】造口、郁孤台、清江，都在江西赣江流域。辛弃疾淳熙二、三年（1175–1176）任江西提刑（掌管刑法狱讼的官），官署在赣州，这首词当作于这一二年间。

词从赣江想到四十年前金人追隆祐太后（宋高宗的伯母）一路抢掠杀戮的情状，想象江水里还流着那时逃难人民生离死别的眼泪。又从郁孤台想到宋朝的故都开封，想到北方无数山河那时都被敌人占领，成为沦陷区了。郁孤台又名望阙，唐代刺史李勉登郁孤台望都城长安，以为郁孤台非美名，改为望阙。古时候几个朝代都在长安建都，所以常用长安代表首都。“西北望长安”实际上是望开封。

下片说江水毕竟要东流去，重叠的山是不能遮断它的去路的。这也许是作者比喻自己百折不回的报国壮志和决心。但是江上暮色苍茫的时候，又听见鹧鸪的啼声，好像说：“行不得也哥哥！”使他想到恢复之业，还是困难重重，引起他无限的忧愁。

这首词情景交融，写出作者一片忧国的心情，不仅仅是一首描写山水的作品。它的下片结句语言沉郁，这由于作者的政治遭遇，也由于当地山险水急，是不舒坦的环境（前人用“郁孤”两字为台名可见），所以作品的感情也带着这种沉郁的色彩。但他用“青山遮不住”二句放在中间起振动的作用，全词便不致消沉无力了。

《菩萨蛮》调全以五、七言句组成，近于唐代的近体诗。它的句子匀整，唐五代、北宋人填此调的，多写儿女柔情，声情谐婉。温庭筠填此调十四首，最著名的一首“小山重叠金明灭”。辛弃疾这首《菩萨蛮》却不同，它不写儿女柔情，而是抒发对国家民族兴亡及个人抱负难以实现的感慨。梁启超评这首词说：“《菩萨蛮》如此大声镗鞳，未曾有也。”（见《艺蘅馆词选》）镗鞳是撞击钟鼓的大声。梁氏这两句话的意思是：用《菩萨蛮》小令写大感慨的词，在辛弃疾以前，未曾有过。（夏承焘）

破阵子　为陈同甫赋壮词以寄之①

辛弃疾

醉里挑灯看剑，梦回吹角连营。八百里分麾下炙，五十弦翻塞外声②。沙场秋点兵。

马作的卢飞快③，弓如霹雳弦惊。了却君王天下事，赢得生前身后名。可怜白发生！

【注释】①陈同甫：即陈亮，南宋著名的爱国者，思想家、文学家，作者好友。②八百里：指牛；五十弦：指瑟。此句为倒装句，正常语序为“麾下分八百里炙，塞外翻五十弦声”。③的卢：指马。一个著名事件是，刘备乘的卢马跃过檀溪，逃脱蔡瑁追杀。

【赏析】陈亮从自己的家乡给辛弃疾捎去一封信，向辛弃疾索词，辛弃疾就寄了这首词给他。全词十句，前九句写理想，是想象之词，写得无比壮阔、瑰丽，最后一句陡转，落脚现实，却无比直白、苍凉。

夜凉如水，缺月无声。一个英武的身影徘徊于斗室之中，把一柄宝剑挥舞得寒光闪闪。恍惚间，宝剑发出的琮琤之声汇成军营里一连片悠悠不断的角声。

战士们在篝火旁鼓噪喧腾，烹羊宰牛，却禁不住悲凉的瑟声吹奏得满地如霜。这是多么盛大的场面啊！在秋天的沙场上，威武的将军检阅着雄壮的士兵，他们骑着骏马呼啸而过，他们拈弓搭箭发出霹雳之声。这是多么令人向往的功业啊！统率着千军万马，杀向塞外，收复大好河山，也博得个拜相封侯。这是个梦吗？这不会是梦吧？突然，宝剑沉重地掷在了冰冷的地上，铿锵一声。仍然是那个英武的身影，在摇曳的灯光下叹息着新添的白发，嘤嘤啜泣！

读完这首《破阵子》，既使人雄心涌起，又使人脊背发凉，然而，终究是希望未泯。难道这就是作者自称的“壮词”吗？豪言壮语诚然有之，但是如果一味地豪言壮语下去，也称不得壮。壮者，悲壮也，豪放也。有炽烈如火之热诚，又敢于面对现实的无情风雨，而仍然抱持理想主义之情怀、英雄主义之气概，或许这才是作者理想中的“壮词”吧。

丑奴儿　书博山道中壁

辛弃疾

少年不识愁滋味，爱上层楼。爱上层楼，为赋新词强说愁。

而今识尽愁滋味，欲说还休。欲说还休，却道天凉好个秋！

【赏析】谈辛稼轩这首词之前，得先谈谈这首词的调名。“丑奴儿”在这里并不是丑人的意思，它犹如《西厢记》里的“可憎才”和“冤家”，是故意反说来表示一种强烈的喜爱的感情。这个词调原名叫《采桑子》，也就是《采桑曲》，“子”就是曲。现在所知最早填这个调的是冯延巳和李煜。古乐府《日出东南隅》中咏美女罗敷采桑，所以这个词调又叫《罗敷媚》。“媚”是美好的意思，反过来叫“丑”。《丑奴儿》这个调原是咏美人的曲子，辛弃疾转变为写自己的感情。

少年时没有尝到愁的滋味，不知道什么叫“愁”，为了要作新词，没有愁勉强说愁。“而今识尽愁滋味”，按一般写法，接下来应该描写现在如何忧愁。但是它下面却重复了两句“欲说还休，欲说还休”，最后只用“却道天凉好个秋”一句淡话来结束全篇。这是吞咽式的表达，表示有许多忧愁不能明说。

他的欲说还休，有怀才不遇的哀愁，有直揭统治阶层疮疤的披肝沥胆之言。总之这一切浓烈的情感，都归为“却道天凉好个秋”这样一句看似无关痛痒的闲话了。

我们都有过欲说还休的时候。这是一个人看透了人世间的荒凉彻骨，看清了人生的满目疮痍后的失语，还是从一路尘沙中走来、也无风雨也无晴的平和？是与命运握手言和的无奈，还是静待时光深处水落石出的从容？

最想表达的，往往都欲说还休。最想说清的，恰恰是一言难尽。徘徊在心边的言语，说出口最难。

清平乐　村居

辛弃疾

茅檐低小，溪上青青草。醉里吴音相媚好[①]，白发谁家翁媪[②]？

大儿锄豆溪东，中儿正织鸡笼。最喜小儿无赖[③]，溪头卧剥莲蓬。

【注释】①吴音：吴地方音。②媪（ǎo）：老年妇女。③无赖：顽皮，可爱。

【赏析】辛弃疾自号“稼轩”，并非是他的故作姿态、故为风雅。从二十三岁“南归”到六十八岁去世，辛弃疾曾遭三次罢官，闲居江西上饶、铅山达二十余年之久。他了解了农村生活，感受到了农村和农民生活的淳朴与美好，写下了不少气息浓郁的农村词。这首《清平乐》，就是其中有名的一首。

这首词好在哪里呢？好在其弥散在词中的“和谐”气息。

人与人的和谐。这是一个家庭，因而人与人的和谐又具体化为家庭成员之间的和谐。首先映入我们眼帘的，是一对老年夫妇。他们在做什么呢？在聊天。是“相媚”式的聊天，既让对方开心，又为对方的开心而开心。加上吴地方音特有的软媚，以及醉里的口齿缠绵与内心畅快，其中的融乐、满足与幸福，就连千年后的我们也能真切地感受到。夫妻两个的大儿“锄豆溪东”，二儿“正织鸡笼”，三儿“卧剥莲蓬”。壮者各忙其事，少者自寻其乐。老的、壮的、少的，似乎都在过着他们那个年龄段应该有的生活，而且都在尽情体味、尽情享受他们各自生活中的乐趣，自然而和谐，满足而快乐。

人与自然也是和谐的。一家临溪而居，门外青草如茵。虽然只是低矮的茅草屋，但丝毫没有给人寒酸、寒碜的感觉；相反地，正因为是“茅”屋而且“低小”，才能和周围的青草、小溪，以及溪中的莲花、岸上的豆苗相融相谐、相映成趣。他们的生活亦如同门前流过的小溪那样，自然、恬静、澄澈、生动。

这样的村居，这样的和谐，是辛弃疾在风波场上无论如何也体会不到的。(郭红欣　尹育阁)

西江月　夜行黄沙道中

辛弃疾

明月别枝惊鹊，清风半夜鸣蝉。稻花香里说丰年，听取蛙声一片。

七八个星天外，两三点雨山前。旧时茅店社林边，路转溪桥忽见。

【赏析】这首词是辛弃疾退隐上饶带湖时所作，词写了他“夜行黄沙道中”的所见、所闻、所感。

黄沙道中的夜景，是诗人眼中所见，更是他心中所见。这样的夜色里，他该是怎样的平静放松，才能用心看见平日里我们看不见的东西，才能用心感受到我们根本感受不到的稻花的香气。自然敞开怀抱接纳了他这个夜行人，他也敞开了自己久被蒙蔽的心灵，感受到了这样一个看似寻常的夜里，竟有着如此丰富的层次和生命：别枝的鹊，鸣叫的蝉，说着丰年的蛙。还有，和着清风吹送来的稻花香。这一切，都烙着乡村的记忆。

夜里的“奇迹”还不只这些。天外厚厚的云层里有七八个星，山前忽然落下了两三点雨，一切都刚刚好的样子。星太多会没了韵致，雨太多会让人狼狈。晴好的夜里，忽然来了两三点雨，这是自然给诗人的馈赠和惊喜吗？更大的欣喜还在后面：旧时茅店社林边，路转溪桥忽见。土地庙旁是自己曾熟悉的那个茅店，山回路转之际一座架在溪上的小桥忽然出现在这个夜行人的眼前。

对一个夜行人来说，还有什么比一个简陋朴素的茅店给人归宿感呢？山回路转处的溪桥，通往那个茅店，也通向了诗人的心灵。

丰富的安静，隐秘的喜悦。这一路，诗人带我们走过晴雨，走过生命。在远离喧嚣尘世的乡间，人安静了许多，心灵也安静了许多。如此，甚好。

南乡子　登京口北固亭有怀

辛弃疾

何处望神州[①]？满眼风光北固楼。千古兴亡多少事？悠悠，不尽长江滚滚流。

年少万兜鍪[②]，坐断东南战未休[③]。天下英雄谁敌手？曹刘。生子当如孙仲谋。

【注释】①神州：中国名曰赤县神州。此处指中原。②兜鍪（móu）：头盔，代指士兵。③坐断：占据。

【赏析】“何处望神州？”这样的起句好得没法说，气魄大，直白，引人遐想。何谓神州？为什么要望神州？在哪里望？望什么？一连串的疑问。接句也好——“满眼风光北固楼。”诗人站在北固楼上放眼望去，北固山的壮丽景色尽收眼底。接下来，诗人不用再去絮叨，我们已经心领神会。难道这就是诗人要望的神州吗？不，人的局限性在这里告诉了他，他无法穿透江山和岁月的阻隔，望到他心目中的“神州”。那么，他心目中原来是有一个“神州”的么？

虽说是看惯了千古兴亡，却依然架不住无数次痛心于神州沉沦。逝者已矣，烽烟散尽，再美的江山也唤不醒英雄归来！这些，算是作者的感怀吧。从后面的诗句中，我们看到了作者心中的“神州”——望向历史，望向英雄，也望向未来。

永遇乐 京口北固亭怀古

辛弃疾

千古江山，英雄无觅，孙仲谋处。舞榭歌台，风流总被，雨打风吹去。斜阳草树，寻常巷陌，人道寄奴曾住①。想当年金戈铁马，气吞万里如虎。

元嘉草草②，封狼居胥，赢得仓皇北顾。四十三年，望中犹记，烽火扬州路。可堪回首，佛狸祠下，一片神鸦社鼓。凭谁问，廉颇老矣，尚能饭否？

【注释】①寄奴：刘裕小字寄奴。②草草：草率从事。

【赏析】被迫退居江西乡下十余年，六十四岁的辛弃疾又被欲北伐大金的韩侂胄起用。他本以为可以一展抱负，却只是一场闹剧。被降职、被排挤，现在又被打击，他意欲恢复大业的愿望再度落空。这首词就是在这种心境下写出来的。

他登上京口北固亭，想到了三国时击败曹操定都南京的英雄人物孙仲谋，只可惜，孙仲谋的风流余韵，早被雨打风吹去。想到了在京口起兵讨伐桓玄、平定叛乱的刘裕，他率军北伐，驰骋中原，气吞胡虏。历史的长卷，在他眼前徐徐打开。刘裕的儿子刘义隆，不能继承父业，听信王玄谟的北伐之策，想像霍去病一样封狼居胥，却只落得仓皇北顾。光荣、梦想与耻辱交织的历史场景，在他心中猎猎作响。想到了四十三年前，自己也在战火弥漫的扬州路抗金。到如今，自己已成了老人，而壮志依然难酬。

放眼望去，瓜步山上，佛狸祠中，拓跋焘大败刘宋后那祭神的鼓声还在耳边回响，自己多想像廉颇一样，身虽老，心尚健，依然驰骋在为国效力的沙场。

一个梦要做多久才能醒，一个夙愿要经历多久才能放弃？也许只有死，才能阻断他内心梦想与现实之间的距离。只要活着一天，他无时无刻不在受着煎熬。

我无法看透历史，看透命运，也无法看透英雄。这个胸中百万兵的诗人，最终在政治的泥淖里越陷越深，越来越小。他只能眼睁睁看着衰老进入自己的躯体，将自己吞没。他只是历史祭台上的一个牺牲品罢了。

凭谁问：廉颇老矣，尚能饭否？

英雄途穷，那本应抚弄山河万里的大手不得不捏起小酒杯，他啜饮的是一缕销魂蚀骨的落寞。

扬州慢

姜夔

淳熙丙申至日[1]，予过维扬[2]。夜雪初霁，荠麦弥望。入其城，则四顾萧条，寒水自碧，暮色渐起，戍角悲吟。予怀怆然，感慨今昔，因自度此曲。千岩老人以为有黍离之悲也。

淮左名都，竹西佳处，解鞍少驻初程。过春风十里，尽荠麦青青。自胡马窥江去后[3]，废池乔木，犹厌言兵。渐黄昏，清角吹寒，都在空城。

杜郎俊赏[4]，算而今，重到须惊。纵豆蔻词工[5]，青楼梦好，难赋深情。二十四桥仍在[6]，波心荡，冷月无声。念桥边红药[7]，年年知为谁生？

【注释】①至日：冬至日。②维扬：即扬州。③胡马窥江：指宋高宗绍熙三十一年（1161年）金兵侵犯扬州。④杜郎：唐代诗人杜牧。他曾在扬州任职多年，有“十年一觉扬州梦，赢得青楼薄幸名”之句。⑤豆蔻词：杜牧《赠别》诗中有“娉娉袅袅十三余，豆蔻梢头二月初”的句子。⑥二十四桥：扬州桥名，以曾有二十四位美人吹箫于此而得名。⑦红药：芍药花。

【赏析】这首词前有详细的小序，介绍了作者的创作动机：以不胜今昔之慨抒发“黍离之悲”。“黍离之悲”，即亡国之痛。

黍离，是《诗经》中的名篇。《毛诗序》说：“周大夫行役至于宗周，过故宗庙宫室，尽为禾黍，悯周室之颠覆，彷徨不忍去，而作是诗也。”曾经庄重神圣的宗庙，在丛生的禾苗中已憔悴混沌，社稷半残，江山零落，余晖下的旧宗庙，祭奠的全是旧荣光，如今，已全部被周遭离离生长的黍掩映到沧桑。

整首《扬州慢》反复铺陈叙说，也不过写了昔日的淮左名都，纵有杜郎俊才、豆蔻词工，也难赋黄昏清角那阵阵呜咽中穿越时空的沧桑。西周到东周，北宋到南宋，都一步步从旧荣光中走向了败亡。要描述败亡，一定要从兴盛写起；要描述沧桑，一定要从繁华落笔。因为，只有真正经历过了，才能懂得；只有懂得了，才能慈悲。所以，这首词写黍离之悲，一定得从扬州写起。扬州自古繁华，前有杜牧“十年一觉扬州梦”的风流俊赏，继有“天下三分明月夜，二分无赖是扬州”的风月无限，又有“腰缠十万贯，骑鹤下扬州”的世俗想望，那些昔日的荣光，今日安在？春风十里，尽荠麦青青；桥边红药，年年不知为谁而生。无情之物的离离生长惊心触目地掩映着有情人世繁华如梦的空幻与悲凉。残存在这片土地上的废池乔木、二十四桥依稀诉说着兴亡与无常。唯有一轮明月，亘古如常，冷眼注视着一切幻变，像一个看穿了天机的智者，不发一言。

这一切是什么造成的呢？姜夔说是“胡马窥江”、金兵南犯之故。其实，这个理由很表象。以扬州为代表的南宋的衰亡，绝不仅仅只是金兵南犯外力造就，它顶多是压死骆驼的最后一根稻草。根本原因还在于自身，从根子上烂掉了。姜夔终究是个文人，不是政治家，他看不透这一点也很自然。

姜夔精通音律、书法、绘画，有着极高的天分。一部《白石道人歌曲》，是流传至今唯一一部带有曲谱的宋代歌集，也是音乐史上的稀世珍宝，这首《扬州慢》是其中的自度曲之一。一篇《大乐议》，对自古以来象征皇权的宫廷雅乐与崛起于晚唐两宋的民间流行音乐条分缕析，非专才不能为。他还娴熟地运用音阶和半音，使曲调变得清越秀丽，以合其清空骚雅的词风。

约客

赵师秀

黄梅时节家家雨，青草池塘处处蛙。
有约不来过夜半，闲敲棋子落灯花。

【赏析】这首《约客》是南宋后期“永嘉四灵”之一赵师秀的名作，也是整个宋诗中不容忽视的名作。它在结构艺术上采用了蒙太奇手法，它将各种意象加以组接并列，有静态的黄梅、青草、池塘，有动态的蛙声、雨声、敲棋子、落灯花。诗人像一个高明的剪接师，将不同的画面剪接，再辅以匠心独运的排列，便使得画面的意义得以延伸，使整个诗歌产生出一种言外之意，真个是尺幅千里。

那么，这首诗里究竟有着怎样的言外之意？关键在于“闲敲棋子落灯花”这一突起之笔。闲敲棋子，看着落了一桌的灯花，这是诗人虽候客未至，却心境如水，陶醉于青草池塘、黄梅蛙声的自然造化之中，心灵在一刹那间体会到的一种独到之乐，一种闲适之趣，还是诗人久候客未至，听着雨声蛙声喧聒盈耳，看着户内的一灯如豆，整个人变得无聊焦躁起来，只好将这种心境外化为枯坐敲棋这一特定的动作行为，抑或是两者兼而有之，在片刻的焦躁无聊之后迅即以行到水穷便坐看云起的淡定从容去享受自然赐予的一切？也许都是。而这首诗好就好在这里，诗人的高明也正在这里。他没有正面去说夜已过半客却未至他的心情，只用了“闲敲棋子落灯花”这一个特定的动作，这一种富有意味的画面去侧面作答。他充分地调动了读者的想象力，使得整首诗呈现出一种开放性的结局，言已尽而意无穷，富有饱满的张力。

虞美人　听雨

蒋捷

少年听雨歌楼上，红烛昏罗帐。壮年听雨客舟中，江阔云低断雁叫西风。

而今听雨僧庐下，鬓已星星也。悲欢离合总无情，一任阶前点滴到天明。

【赏析】说起蒋捷，可能没有多少人知道，据传他是义兴巨族，先世家境是显赫的。南宋亡国后，他深怀家国之痛，一直隐居。“流光容易把人抛，红了樱桃，绿了芭蕉”这句流传甚广的词，就是他写的，后人因此称他为“樱桃进士”。

一个阅尽繁华的人，才有资格说繁华，才能领略繁华背后的沧桑与苍凉。这首《虞美人》写的是走过人世繁华、经历过人世浮沉之后，站在人生边上，静默无言的状态。

词用空间之“歌楼上”“客舟中”“僧庐下”这样一个渐次下移的次序，隐喻人生之少年、中年、老年渐次衰败的三阶段。

少年不识愁滋味，所以其人生状态是：听雨歌楼上，红烛昏罗帐。诗酒风流，挥洒青春，那时世界是我的，时间一大把。壮年辗转漂泊，有如无根浮萍，所以其人生状态是：听雨客舟中，任凭断雁叫西风。断雁，是离群之雁；一只游离在主流群体之外，孤零零面对苍茫大地，不知何处是归程的大雁，让人心惊。

老年呢？听雨僧庐下，鬓已星星也。少年听雨，听的是情调；壮年听雨，听的是萧瑟；老年听雨，听的是一个长长的故事，却再也不想对人提起，停止呼告诉求，一任阶前，点滴到天明。

走到人生的边上了，道理越看越明透，越明透越觉得无话可说。还是不说的好，心里都明白，一任阶前，点滴到天明吧。

一首词，一段漫长的人生之旅，词人用化繁为简、举重若轻的笔力带我们一同走过。

游园不值

叶绍翁

应怜屐齿印苍苔，小扣柴扉久不开。
春色满园关不住，一枝红杏出墙来。

【赏析】叶绍翁属江湖诗派，擅长写七言绝句，这首《游园不值》更是万口传诵。

此诗写景是“以少总多”，含蓄蕴藉。例如“屐齿印苍苔”，就包含许多东西。仅就写景而言，“苍苔”生于阴雨，“屐”多用于踏泥，“苍苔”而“屐齿”可印，更非久晴景象。叶绍翁从“春雨”声中听到了杏花消息，但他避熟就生，不明写“春雨”，却用“屐齿印苍苔”加以暗示。“春色”既已“满园”，而且满得关也关不住，那么进园去逐一观赏，该多好！然而就是进不去，只能在墙外看看那出墙来的红杏，而且仅仅是“一枝”，岂非莫大的遗憾！可是这“一枝红杏”，正是“满园春色”的集中表现，眼看出墙红杏，心想墙内百花；眼看出墙一枝，心想墙内万树，不正是一种余味无穷的美的享受吗？

题为《游园不值》，“不值”者，不遇也。作者想进园一游，却见不上园主人。那么主人是怎样的人呢？门虽设而常关，“叩”之又“久不开”，其人懒于社交，无心利禄，已不言可知。门虽常关，而满园春色却溢于墙外，其人怡情自然，风神俊朗，更动人遐想。

这首诗的好处之一是不仅景中含情，而且景中寓理，能够引起许多联想，从而给人以哲理的启示和精神的鼓舞。“春色”一旦“满园”，那一枝红杏就要出墙来向人们宣告春天的来临。一切美好的、向上的、生机勃勃的事物，都具有顽强的生命力，难道是墙能围得住、门能关得住的吗？（霍松林）

过零丁洋

文天祥

辛苦遭逢起一经[①]，干戈寥落四周星[②]。
山河破碎风飘絮，身世浮沉雨打萍。
惶恐滩头说惶恐，零丁洋里叹零丁。
人生自古谁无死？留取丹心照汗青[③]。

【注释】①遭逢：遭遇。起一经：因为精通一种经书，通过科举考试而被朝廷起用做官。②四周星：四周年。③汗青：指史册。

【赏析】文天祥二十岁中状元，三十九岁组织抗元义军，四年后兵败被俘，四十六岁就义于大都。

此诗前两句自述生平，可以说是一片忠心、两样情怀。个人层面，诗人立志为国家做一番事业，所以读圣贤书虽辛苦却念兹在兹。国家层面，诗人坚持抗元战争四年多，却没有唤起民众的爱国热情，诗人感到既无奈又悲哀。现在，国家处于风雨飘摇之中，亡国的悲剧已不可避免，个人的命运更是难以说起。但诗人想到的却不是个人的出路和前途，而是深深地遗憾自己两年前未能在军事上取得胜利，从而扭转局面。“风飘絮”“雨打萍”是不能自主的形象，“惶恐滩”“零丁洋”是两个带有感情色彩的地名自然相对，而又被作者运用来表现他昨日的“惶恐”与眼前的“零丁”。我们从字里行间不难感受到诗人对国破家亡的巨痛与自责自叹相交织的苍凉心绪。

“人生自古谁无死？留取丹心照汗青”，是诗人对自身命运的一种毫不犹豫的选择。这句震撼心灵的自白使得前面的感慨、遗恨平添了一种悲壮激昂的力量和底气，表现出独特的崇高美。这既是诗人人格魅力的体现，也表现了中华民族的独特的精神美，其感人之处远远超出了语言文字的范围。

· 元明清 ·

〔南吕〕一枝花　不伏老（节选）

关汉卿

我是个蒸不烂煮不熟捶不匾炒不爆响珰珰一粒铜豌豆[①]，恁子弟每谁教你钻入他锄不断斫不下解不开顿不脱慢腾腾千层锦套头[②]？我玩的是梁园月，饮的是东京酒，赏的是洛阳花，攀的是章台柳[③]。我也会围棋会蹴踘会打围会插科，会歌舞会吹弹会咽作会吟诗会双陆。你便是落了我牙歪了我嘴瘸了我腿折了我手，天赐与我这几般儿歹症候，尚兀自不肯休。则除是阎王亲自唤，神鬼自来勾，三魂归地府，七魄丧冥幽，天哪，那其间才不向烟花路儿上走[④]。

【注释】①铜豌豆：当时勾栏里对于老嫖客的称呼。②恁：通“您”。锦套头：美丽的圈套，比喻妓女笼络嫖客的手段。③章台柳：代指名妓。④烟花路：指妓院。

【赏析】作为文学作品，关汉卿在这套著名的散曲中所塑造的风流浪子形象，是千百年来我们从未见过的、独一无二的。

作者写了风流浪子的生活行径和艺术活动，写了他豪俊多能、诸般技艺无所不通的才情，写了他以“普天下郎君领袖，盖世界浪子班头”自居自傲的胸怀气度，写了他矢志不移、九死未悔的人生意志。它不是关汉卿那个时代哪一个人真实生活的写照或者哪一个人生活情趣的直白，它是一个文学形象！

通过这个形象，我们看到了他桀骜不驯的崇高人格，看到了他蔑视世俗、反抗压迫的精神，看到了他不受名教束缚、任情任性地坚持自己的人生志向、坚定不移地走自己的路的执着，看到了他理直气壮地摆脱束缚、把个人意愿夸张到高于一切的地步的强烈个性追求。在一个不尊重人的社会里，这是人格尊严的闪光，是向藐视人性的畸形社会的挑战，是一篇具有现代意识的人格宣言。

这套散曲风格老辣，文笔恣肆，运用夸张铺陈的手法，融雅与俗、庄与谐于一体，把“不伏老”的主题描写得酣畅淋漓，极尽情致，具有江海不可阻遏的气势。

天净沙 秋思

马致远

枯藤老树昏鸦，小桥流水人家，古道西风瘦马。夕阳西下，断肠人在天涯。

【赏析】马致远这首《秋思》虽然只有短短五句，却被周德清在《中原音韵》中誉为“秋思之祖”，王国维赞其“寥寥数语，深得唐人绝句妙境。有元一代词家，皆不能办此也”，充分肯定其艺术魅力。

小令题为“秋思”，字面意思为秋天的思绪，它通过五幅独立的画面、十个意象来传达浪迹天涯的羁旅之人的秋之思绪。

“枯藤老树昏鸦”置于篇首，为小令奠定了荒凉的基调。干瘪的枯藤缠绕苍虬的老树，垂垂老矣的乌鸦歇于树上，时不时发出一两声喑哑的鸣叫。在驿道上赶路的旅人眼里，这番没有生气的景致越发增加他心中的凄凉和漂泊感，将他心中原本就有的羁旅行役的愁思激发出来，不可收拾。第二幅图景转为柳暗花明：“小桥流水人家”。小桥下流水潺潺，桥边茅舍星星点点，显得清丽秀雅。这如江南水乡般的柔美风光，让他不由得想起了故乡。只可惜人在天涯，一场空想而已。紧接着明亮的基调随着旅人心情的起伏又黯淡了下来。于是出现了第三幅图景：古道上，西风紧，一个疲惫的旅人和一匹嶙峋的瘦马结伴徜徉在路上，步履蹒跚，无精打采，仿佛剪影一般定格在画面中，这又是一幅悲凉景致。第四幅图景：夕阳西下，飞鸟归林，而远在天涯漂泊的游子又将归向何处呢？鸟尚可归林，人却只有寂寥，此情此景，怎不叫人愁肠百结？正所谓

“断肠人在天涯”。天涯，不知何处，不知所往，第五幅图画只留给我们浪迹天涯的断肠游子一个孤单的背影，让人唏嘘不已。

这首小令描绘的五幅图画，由远及近，将寂静驿道上的一幅幅图景依次涂抹于笔下，而秋之思绪就凝结在这形象的画面之中。前三幅画面九种意象，九个名词并列，却通过相互关系和象征传达了游子悲秋思乡的苍凉寂寥情怀。最后一句点题，将前面的十种意象绾住，浑然一体，情景相融，意境天成。

西厢记　长亭送别

王实甫

〔正宫〕〔端正好〕碧云天，黄花地，西风紧。北雁南飞。晓来谁染霜林醉①？总是离人泪。

〔滚绣球〕恨相见得迟，怨归去得疾。柳丝长玉骢难系②，恨不倩疏林挂住斜晖③。马儿迍迍的行④，车儿快快的随，却告了相思回避，破题儿又早别离⑤。听得道一声去也，松了金钏⑥；遥望见十里长亭，减了玉肌：此恨谁知？

【注释】①霜林醉：深秋的枫林经霜变红，就像人喝醉酒脸色红晕一样。②玉骢（cōng）：马名，一种青白色的骏马。此指张生赴试所乘之马。③倩（qìng）：请人代己做事。④迍（zhūn）：行动缓慢，流连不进的样子。⑤破题：比喻开端、起始或第一次。⑥钏（chuàn）：古代称臂环为钏，今谓之手镯。

【赏析】《西厢记》被金圣叹誉为“第六才子书”，这部元曲中的杰作的确充满了才气。其中最突出的特点之一便是曲词华美，极富诗意。

这里选了莺莺在十里长亭送别张生赴京赶考时的两段唱词，道尽了依依惜别的小儿女之态。〔端正好〕是景中情。黄花地，西风紧，雁南飞，霜林醉，无一不是秋景，无一不饱蘸着浓浓离愁。何处合成愁？离人心上秋。无边无际的秋意恰似离人无穷无尽的离愁。

〔滚绣球〕是情中景。将离愁别绪渲染得极其浓烈，连景也带上了强烈的主观色彩。因不忍离别，她怨柳丝长长却系不住心上人离去的玉骢；盼疏林挂住余晖，让时间定格在这一刻；幻想要离去的马车越走越慢而送别的车儿越跟越紧。更夸张的是，只一声“去也”，她即刻便松了金钏，减了玉肌。

这两段唱词情景交融，臻于化境，而相同句式的排比，既加强了语言的节奏感，又增添了感情的浓度。明人朱权在《太和正音谱》中赞道：“王实甫之词，如花间美人，铺叙委婉，深得骚人之趣。”

衣带渐宽终不悔，为伊消得人憔悴。以后的日子里，恐怕这才是常态，犹如日月星辰般伴随着她的将是不绝的相思情意。

我问佛：如果遇到了可以爱的人，却又怕不能把握该怎么办？佛曰：留人间多少爱，迎浮世千重变。和有情人，做快乐事，别问是劫是缘。

和有情人，做快乐事，别问是劫是缘。为了有情人，一个待月西厢，一个夜半跳墙，加上一个伶俐的红娘从中穿针引线，他们算是切切实实做着快乐的事了。而他们的坚持与执着，最终迎来了“天下有情人终成眷属”的美好结局。书生和小姐，终于美好地生活在一起了，就像王子和公主幸福的结合。至于以后，是否疏花照影拂晴空，变了形容，不得而知。

一生中，我们有多少次半路掉头，错过了最后。又有多少人中途走丢，有情人终成怨偶。最浪漫的事，是但愿人长久。

〔中吕〕山坡羊　潼关怀古

张养浩

峰峦如聚，波涛如怒，山河表里潼关路①。望西都②，意踟蹰，伤心秦汉经行处，宫阙万间都做了土。兴，百姓苦；亡，百姓苦。

【注释】①山河表里：指潼关外有黄河，内有华山。②西都：指长安。东汉建都洛阳，称西安为西都、洛阳为东都。

【赏析】因为关中大旱，张养浩接受朝廷任命前往陕西赈灾，行经潼关路时，他看到饥民转徙流离的惨状，不禁感慨万千，写下此曲。“峰峦如聚，波涛如怒，山河表里潼关路”，一开口就石破天惊，笔挟风雷。潼关外有黄河之阻，内有华山之高，实为天险，本可以使江山永固的。但是并不！从古到今，历代建都长安的王朝都灰飞烟灭了。为什么会这样呢？作者望向长安，心潮起伏。他看过了太多的历史，看见过数不清的兴衰，也看清了命运的奥秘。面对历史，他感到悲伤。在悲伤中，他没有沉沦，也没有逃避，而是痛苦地逼视现实，思索着人民所受的苦难。历代的兴亡恍如烟云，却亘古不变，无论兴还是亡，都是统治者为了自己的私利而使百姓受苦。这就是王朝的本质。

张养浩以诗人之眼看透了这一切，他是具有大智慧的人。

桃花庵

唐寅

桃花坞里桃花庵，桃花庵下桃花仙。
桃花仙人种桃树，又摘桃花换酒钱。
酒醒只在花间坐，酒醉还来花下眠。
半醉半醒日复日，花开花落年复年。
但愿老死花酒间，不愿鞠躬车马前。
车尘马足富者趣，酒盏花枝贫者缘。
若将富贵比贫贱，一在平地一在天。
若将花酒比车马，他得驱驰我得闲。
别人笑我太疯癫，我笑他人看不穿。
不见五陵豪杰墓，无花无酒锄作田。

【赏析】读这首《桃花庵歌》，如入陶渊明笔下的桃花源。满眼都是桃花，灿若云霞，宛若一幅画。画里醉卧一个神仙，“酒醒只在花前坐，酒醉还来花下眠。半醒半醉日复日，花落花开年复年”，何等逍遥，何等快活！这花与酒，早已不是单纯的花与酒，早已成为仙人生命中不可分割的一部分。花与酒，与人，早已融为一个和谐的整体，俨然不知何者为我，何者为蝶。那个曾经幻想“朝为田舍郎，暮登天子堂”的学子唐寅不见了，那个曾经醉生梦死于烟花柳巷的风流才子唐伯虎也不见了。痛也痛过，乐也乐过，在经历了人生悲与欢的洗礼之后，出现在我们面前的是一个悠然自得、不问世事的隐士唐寅。

“但愿老死花酒间，不愿鞠躬车马前。”为了所谓的荣华富贵奔波劳碌，屈己下人，何如像神仙般徜徉于花酒丛中，落得清闲快活？“车尘马足”只是富者趣味，“酒盏花枝”才与贫者结缘。那富贵者虽然可以拥有高官厚禄，只手遮天，却不得不绷紧神经，如履薄冰地在上级面前伺候。而贫者，虽少了丰厚的物质条件，却能够逃出樊笼，多了几分逸趣，多了几分真实，多了几分快乐。

如是天壤之别，换作我，也“但愿老死花酒间，不愿鞠躬车马前”。不是么？虽云“一在平地一在天”，却“他得驱驰我得闲”。

“别人笑我太疯癫”，你是如此清醒！荣华富贵是什么？“车尘马足”而已！“我笑他人看不穿”，昔日叱咤风云，不可一世的王侯将相，如今身归何处？一朝身死，连他们的坟茔都保不住！“不见五陵豪杰墓，无花无酒锄作田。”

这首诗简直是唐寅的精神宣言，从中看得见他的仙气、狂气、傲气、逸气。这个自称为“桃花庵主”“逃禅仙史”的吴中才子，在“土木形骸”之下，有着“冰雪性情”。他以一双冷眼，看清了世事，看透了名利，只想做一个抱持真性情的真人。弘治十二年的科场舞弊案，断了他的仕进之路，却为他在庸碌之途外开辟了另一条蹊径，在诗、书、画几个方面都蜚声后世。艺术的伟大就在这个地方，现实中一切被撕离的、篡改的，唯有它才能弥补和修复。人在创造它的同时，也是对自我的救赎。

临江仙

杨慎

滚滚长江东逝水，浪花淘尽英雄。是非成败转头空。青山依旧在，几度夕阳红。

白发渔樵江渚上，惯看秋月春风。一壶浊酒喜相逢。古今多少事，都付笑谈中。

【赏析】这首词是明代文学家杨慎所作《廿一史弹词》第三段《说秦汉》的开场词，后来毛宗岗父子评刻《三国演义》时将其移来放在卷首，因此很多人都误认为是罗贯中所写的了。

作者试图在历史长河的奔腾中探索永恒的价值，在成败得失之间寻找人生的哲理。因此，我们在作者笔下看到了江水滔滔、青山不老、夕阳几度，看到了浊酒相逢、万事皆空、一席笑谈。在一阵喧闹之后，历史归于沉寂，任你是多么伟大的英雄，到头来，一切光荣和梦想都将化为平淡。

杨慎是四川人，也是个奇才，二十四岁中状元，后来在云南待了三十年，记诵之博，著述之富，冠绝一时。杨慎有着丰富的人生阅历，他能够把世事看穿，把哲理讲透，不是没有缘由的。深度和远见，必须经过生活的淬炼。

石灰吟

于谦

千锤万凿出深山，烈火焚烧若等闲。
粉骨碎身浑不怕，要留清白在人间。

【赏析】这是一首托物言志诗，作者是于谦。于谦是一位与岳飞齐名的民族英雄。明英宗时，瓦剌入侵，英宗被俘。于谦议立景帝，亲自率兵固守北京，击退瓦剌，使人民免遭蒙古贵族的再次野蛮统治。但英宗复辟后却以“谋逆罪”诬杀了这位民族英雄。于谦的悲剧，不下于岳飞的屈死风波亭。

在于谦之前，没有一个诗人以石灰自喻的，于谦是第一个，也是唯一一个真正实践了石灰精神的人。这是于谦的伟大之处。

长相思

纳兰性德

山一程，水一程，身向榆关那畔行。夜深千帐灯。

风一更，雪一更，聒碎乡心梦不成[1]。故园无此声。

【注释】①聒（guō）：声音吵闹，使人心烦。

【赏析】康熙二十年，三藩之乱平定。次年三月早春，玄烨出山海关即“榆关”东巡，三月末四月初至盛京，在吉林乌拉望祭长白山，告祭永陵、福陵、昭陵，纳兰扈从。追随天子，何等荣耀？然而，对御前侍卫纳兰容若而言，这仍然是一次枯燥而痛苦的旅程。正如董讷《诔词》云：“原期翰院之选，竟充虎贲之列，执戟庙堂，岂容若初衷哉！《饮水》怨抑之词，率由此出。”

当夜晚来临，皇帝已经安睡，随扈的队伍也各自安营扎寨，金刀侍卫纳兰容若却夜不能寐。他走出帐外，放眼望去，只见夜色之下，帐幕林立，而帐中点点焰火，在漆黑的夜里，有着异乎寻常的震撼。容若独立风雪之中，听着一更又一更的风雪之声，不禁乡心陡起，长思故园。

容若之故园何在？他的故园是梦里的江南。所以他结交的好友尽是江南名士，他建了渌水亭，把它布置成江南。他去了前蜀，自此便跌落于李珣眼中情意繁茂的江南。就这样，生于北方的容若揣着一颗南方的心，在波澜壮阔的生活与优美的惆怅间起伏不定。就这样，容若的塞上曲，颠覆了范仲淹《渔家傲》里的慷慨苍凉，将边塞的雄浑与辗转的乡愁集于一词，乃豪放与婉约融合之作。王国维对容若此词曾大加赞赏，认为其境界达到了“千古壮观”之地步。其景固然壮观，但纵观整首词，其“山一程，水一程”之迢迢情感迭起；“风一更，雪一更”之簌簌寒霜落下，虽不乏天子出征之大气磅礴，但他真正关注的，是这壮观之下的婉转惆怅。

纳兰说：“恒抱影于林泉，遂忘情于轩冕，是吾愿也。”如此看来，他真正的精神故园，是林泉而不是轩冕，是自由而不是束缚，是天真而不是机变。

浣溪沙

纳兰性德

谁念西风独自凉，萧萧黄叶闭疏窗，沉思往事立残阳。

被酒莫惊春睡重①，赌书消得泼茶香②。当时只道是寻常。

【注释】①被酒：犹中酒，酒酣。②赌书泼茶：李清照和赵明诚夫妇的故事，比喻夫妻琴瑟和鸣。李清照《〈金石录〉后序》云："余性偶强记，每饭罢，坐归来堂，烹茶，指堆积书史，言某事在某书、某卷、第几页、第几行，以中否，角胜负，为饮茶先后。中，既举杯大笑，至茶倾覆怀中，反不得饮而起。甘心老是乡矣！"

【赏析】有情而分离，实是人生种种悲剧的渊薮，也是造就人类普遍悲凉心境的根柢。渐渐老去的青春，逐日孤单的自己。千金散尽，华发早生。无论是功名还是富贵，都难以永恒。至于那更加值得珍重的情感，不管有过怎样的执着，却最终徒留"便纵有千种风情，更与何人说"！康熙十六年的整个秋天，容若都陷入这种深切的痛苦情绪中无法自拔。

康熙十六年五月三十日，容若之妻卢氏离开了她匆匆经过的人世。她的离世，是容若一生都难以释怀的事。不仅因为在容若的心里，一直将卢氏当作另一个自己，在他们相互依存的生命里，彼此映照了然。也因为他们在一起的时日太短暂，故而在容若的记忆中，相聚更加弥足珍贵。卢氏刚刚离世的那段日子，容若夜不能寐，"悼亡之吟不少，知己之恨尤深"，这首《浣溪沙》即为容若痛楚的悲鸣。

萧瑟西风中，容若孑然一身，身边已没有他的妻，唯有黄叶飘落疏窗。残阳如血，如同他内心新鲜的痛苦。那些痛苦来自于幸福温暖的往昔。当卢氏在他生命中来了，又去了，他的心中只剩下无边的悲凉。他悲凉着，追忆着，一笔笔书写着过往，一字字揪着那已回不来的不放。他几乎已经不能待在书房里了，那里的每一篇书页在秋风中发出的哗啦啦的声音，都似在责备容若当初忙于仕途攻读，令年轻的卢氏于大好光阴中独自寂寞。他也不肯再待在书房内，因为那里的每一本书，都曾经被他们怀着同样幸福的心情翻阅过。他怀想与妻子卢氏的赌书泼茶之趣——当日如何欢乐，今日便如何痛不欲生。

死别，是命运对神仙眷侣最残忍的安排。这样的悲伤，是无须任何辞藻与修饰的，故后世文人，凡言及于此，无不抛却天赋文采，流露真挚的情怀。这些作品，一如容若之词，念兹在兹的都是夫妇间最平常的相处，却无不流露出生活中同甘共苦的深情厚谊。“情深不寿”，夫复何言！（何灏）

画堂春

纳兰性德

一生一代一双人，争教两处销魂。相思相望不相亲，天为谁春。

浆向蓝桥易乞[1]，药成碧海难奔[2]。若容相访饮牛津，相对忘贫。

【注释】①浆向蓝桥易乞：源于唐传奇中裴航与云英的爱情故事。裴航于蓝桥驿讨水喝，得遇云英。遂向其母求娶。其母给他的条件是：欲娶此女，得月宫之中的玉杵方可。裴航经历千辛万苦，终于如愿，两人成婚后，双双仙去。②药成碧海难奔：嫦娥偷得灵药，弃人间的吴刚而去，直奔碧海，做了月宫中的一仙姝。

【赏析】这是一首纯任性灵的情词。至于写情的对象，是妻子，是恋人，还是他理想中的知音？不知道，只是这份深情灌注其间，让人忍不住迷失。

一生一代一双人，多好啊。好得像是天造地设似的，像是前世因缘天注定，像是两个前世的冤家来此生演绎一段深情。而结果如何呢？就像林妹妹与贾宝玉，木石前盟也罢，金玉良缘也好，终是有缘无分，天人永隔，情断此生，两处销魂！

一生一代才有的一双人，五百次的轮回换今生一次擦肩而过，生生世世的轮回换一双人相思相守。仿佛，我来到这个世界上，只是为了见你一面。可结果如何呢？因没有果，缘变成劫，你终究只是我生命中的过客，不是归人。真是天意弄人，天为谁春？

在容若看来，像裴航一样求玉杵以成良缘的艰辛与磨折，不值一提。像嫦娥一样，偷得了灵药，却无法轻易飞奔。他无法冲破阻隔，只落得两处销魂，是相思相望不相亲。这阻隔，是比天意还难违的皇命，还是无法摆脱的俗世枷锁？他只能退而求其次了，哪怕像七夕一会的牛郎织女一样，在天河之滨相会，也好。金风玉露一相逢，便胜却人间无数。这短暂的一会，解了千年的寂寞，让人抛却世间繁华，只做一对平凡却能始终相守岁月静好的贫贱夫妻。

就算将希望降到了最低又能如何？弱水三千，只取一瓢饮。人间没有这么多情，终是让一对有情人散落红尘，两两相忘。因无法企及，才让人念念不忘。这样的悲情，纳兰可曾问过自己：有多少痛苦是自我迷执，自己不肯放过自己？

忆江南　宿双林禅院有感[①]

纳兰性德

心灰尽，有发未全僧。风雨消磨生死别，似曾相识只孤檠[②]，情在不能醒。

摇落后，清吹那堪听。淅沥暗飘金井叶[③]，乍闻风定又钟声，薄福荐倾城[④]。

【注释】①双林禅院：在北京阜外城门外二里沟。②檠（qíng）：借指灯。③金井叶：旧时庭院井边多植梧桐，故金井叶指梧桐叶。④倾城：出自汉李延年歌："北方有佳人，遗世而独立。一顾倾人城，再顾倾人国。"后因以"倾城"指美女。

【赏析】记得曾与你携手倚栏看花，记得曾共你相约月夜花下，记得你头上玉钗的颤动，记得你脸颊绯红的颜色，记得病痛是怎样无情地折磨你，也记得你最后的笑貌音容。记得我们一起走过的每一段路，看过的每一道风景，有过的每一份快乐。我什么都记得，可是你不在了。

回忆越是清晰，便越是残忍。它不断提醒着我，我已是形单影只。我想做梦来逃离，梦醒时却更加失落。我多想忘了从前的一切一切，好让我随时可以重新来过。然而，终于明白，有些人有些事，一旦失去，便再也不会回来。

这是一首深情沉痛的悼亡词。由词题可以看出，这是纳兰在双林禅院留宿时所作。据相关史料记载，这首词是纳兰写给亡妻卢蕊的。卢氏死于康熙十六年，之后，棺木被停放在双林禅院一年有余，在这期间纳兰时常为妻子守灵，直至卢氏被埋葬。时过境迁，人去楼空，纳兰夜宿此地，心中万千悲痛。

佳人早已香消玉殒，诗人却久久难以忘怀。只能怪自己福命太薄，无福消受如此美好的姻缘，才使她早早地离世。是啊，除了怨命运不济，纳兰还能怨什么呢？他渴望着佛门的禅灯晚钟能洗涤心中的悲痛，然而哪怕心已成灰，那些挥之不去的愁思依然牢牢占据着他。想放放不下，想忘忘不了。填词以遣怀，落笔已忘言。

后人在赞叹纳兰词时，体会得了词中的悲苦，却体会不了词人伤痛的哪怕万分之一。再细细品味，才知字字凝血、句句含泪。婉转的心事随历史长河流淌至今，有多少失真，不可估量。我们只能凭着斑驳的史料，努力地追溯故事的最初。哪怕或多或少掺杂主观的成分，也不失为一种精神的升华。仅仅需要的，是一颗虔诚而纯粹的心，是对诗人的尊重。

木兰花　拟古决绝词柬友

纳兰性德

人生若只如初见，何事秋风悲画扇①。等闲变却故人心，却道故人心易变。

骊山语罢清宵半，泪雨霖铃终不怨。何如薄幸锦衣郎，比翼连枝当日愿②。

【注释】①何事句：用汉朝班婕妤被弃的典故。班婕妤为汉成帝妃，被赵飞燕谗害，退居冷宫，后有诗《怨歌行》，以秋扇闲置为喻抒发被弃之怨情，后遂以秋扇见捐喻女子被弃。②骊山句：唐明皇和杨贵妃的爱情故事，唐明皇与杨玉环曾于七月七日夜，在骊山华清宫长生殿里盟誓，愿世世为夫妻。安史之乱时，杨玉环在马嵬坡被赐死，明皇心痛不已。后来，唐明皇入蜀，正值雨季，唐明皇夜晚于栈道雨中闻铃，百感交集，依此作《雨霖铃》的曲调以寄托哀思。“薄幸锦衣郎”即唐明皇，“比翼连枝当日愿”则是唐明皇与杨贵妃在长生殿里的誓约。这里说明人心易变，誓言是无法永恒的。

【赏析】这首词题为“拟古决绝词柬友”，说是写给友人的，也很像写给情人的，更像是写给天下所有负心人的。

我们都渴望一份天长地久，美好的始终美好，拥有的永不再失去。然而，微风片刻即逝，雪花落地便融，说着永远在一起的人，转身即天涯。我们都以为自己可以抵挡时间的洪流，到头来，还是被时光冲散。

不信你看：班婕妤荣宠一时，还是被汉成帝打入冷宫，就像被弃于秋风中的秋扇。唐明皇与杨贵妃比翼连枝天长地久的誓言犹在骊山回响，转瞬即在马嵬坡下香消玉殒。世事无常，人心易变。就算是曾经许诺不离不弃的恋人，就算是曾经有过刻骨铭心的爱恋，也在时间的洪流中分离，零落天涯。时间强大到能改变一切，而轻飘飘的誓约是太过脆弱的东西。

世事即人心，如果能在这易变的人世，永远保持初见时的美好，保持一颗初心，那该多么好。纳兰容若的这句“人生若只如初见”就是这样一击而中，道出了每个人内心深处的渴望。初见的美，正在于有一颗初心。初心，是未经世事浸染的本真之心，如赤子之心般明澈晶莹，不染俗尘。随着岁月的冲刷，一些初心会斑驳失色，一些初心永远失去，人在越来越成熟、越来越融入规则的同时，也越来越难以捡拾最初的那种美好与纯粹。

人，只有背对他人，才能更好地面对自己，面对自己的初心。

踏莎行

纳兰性德

倚柳题笺，当花侧帽①，赏心应比驱驰好。错教双鬓受东风，看吹绿影成丝早。

金殿寒鸦，玉阶春草，就中冷暖和谁道。小楼明月镇长闲，人生何事缁尘老。

【注释】①当花侧帽：形容洒脱不羁，风流自赏的装束。《世说新语》载，独孤信不但少年英雄精于骑射，而且生得俊美非凡，他出身于鲜卑贵族之家，更擅于修饰，因此自少年时便被称为“独孤郎”，后来做官更被上下级同事公认为“璧”人。有一次他外出打猎，忘了时间，等到回城已是日落时分，就要关城门了，独孤信放马快驰之下，头上的帽子被震斜了也不知道。谁知晚霞映照着这样的骏马少年，却引得路人目眩神驰。第二天一早，秦州城的官吏士民都把帽子歪着戴。

【赏析】众生芸芸，每个人都在为自己的心寻找一处归属。然而，世事纷扰，少有人能够摆脱现实的牢笼，无拘无束，随性而活。

向往的自由，因为无法拥有更显得珍贵。人需要一种理想作为精神支撑或是一种寄托，无论最终能否实现，这种力量都会使人在漫漫长夜不感到绝望。希望其实是一种十分虚无缥缈的存在，因为一旦它成为现实，便失去了意义。如庙堂之上的人向往一介平民的生活，短期是享受，长期便成了折磨。所以，心怀希望，便是一种幸福。

这首词是纳兰写给好友张见阳的寄赠之作。纳兰长年生活于官场中，见多了明争暗斗，看透了险恶沧桑。心里愈加愁苦寂寞，他多想像刘过一样倚柳作词，浪迹天涯，也想如独孤信一样当花侧帽，过一种风流自赏的生活。然而，现实却容不得他这般洒脱。重重的枷锁套在心上，无法挣脱。他知道自己就是那“金殿寒鸦，玉阶春草”，侍卫生涯看起来风光无限，实际上却以失去自由为代价，就像被豢养的玩物，内心深处的荒凉和孤独谁又知道？

“小楼明月镇长闲，人生何事缁尘老。”青春便在这样日复一日的矛盾和等待中悄然而逝。人生啊，总是在无谓的等待和世俗的琐事中，消磨了最好的时光。转眼之间，便垂垂老去。

人苟活一世，究竟是为了什么呢？无非是追逐得不到的，悼念所逝去的。看透之后，也不过如此。时间匆匆流逝，不给我们任何歇息的机会。心心念念的，终于再也得不到，费心追寻的，终于在日复一日的等待中愈加模糊。这是纳兰的伤心处，也是芸芸众生的。

生命的最好状态，便是追随初心而生活，随性洒脱，无拘无束。而这样的自由，太过难得。一面是饱受重压的肉体，一面是渴望自由的灵魂，二者难以调和，所以多数人选择随波逐流，碌碌而活。这是纳兰的悲哀，也是芸芸众生的。

金缕曲 赠梁汾

纳兰性德

德也狂生耳。偶然间淄尘京国，乌衣门第。有酒惟浇赵州土①，谁会成生此意。不信道，竟逢知己。青眼高歌俱未老②，向尊前，拭尽英雄泪。君不见，月如水。

共君此夜须沉醉。且由他蛾眉谣诼，古今同忌。身世悠悠何足问，冷笑置之而已。寻思起，从头翻悔。一日心期千劫在③，后身缘，恐结他生里。然诺重，君须记。

【注释】①赵州土：赵国平原君好养士，死后虽没有葬于赵州，但他是赵国公子，又为赵相，故称他的墓为“赵州土”。用此典是表明自己希望像平原君一样，礼贤下士，广招贤才。②青眼：阮籍善用青白眼，对自己喜爱或重视的人示之以青眼，对愚俗之人则示之以白眼。③千劫：佛教用语。指旷远的时间与无数的生灭成败，也指灾难重重。这里指一日心灵相契，历经千劫万难也不会改变。

【赏析】梁汾，即顾贞观。顾贞观是清初著名的诗人，他一生郁郁不得志，早年担任秘书省典籍，因受人轻视排挤，愤而离职。四十岁时，他认识了二十二岁的纳兰性德，当时顾贞观是离职后再次返京，经人介绍，准备进相府当纳兰性德的家庭教师。谁知，两人相见恨晚，遂成忘年之交。这首词便是见面时纳兰性德赠给顾贞观的。

纳兰容若见面就将顾贞观放在一个平等的朋友位置，向其自剖心迹。交浅者，不能言深。而纳兰与顾贞观只是初相识，却像一个相识多年的旧友一般，没有丝毫掩饰与城府。他说“德也狂生耳”，我其实跟你一样生性疏狂不羁。说什么“缁尘京国，乌衣门第”，我并不以此为傲，因为我的追求是“有酒惟浇赵州土”。“不信道、竟逢知己”，谁能料到，在这个时候，得遇知己呢？你我今日相逢，“青眼高歌俱未老”，正是大有可为之时。这是一番掏心捧肺的真诚慰藉。

知音相惜，对那些世间谣诼，应该“冷笑置之而已”，且一饮千觞，沉醉此夜。

接下来“一日心期千劫在”就更是郑重的许诺了，倾盖如故，千载不悔。千载相逢那一霎心灵相契，足以抗拒人世之千劫。到此还不够，还要“后身缘，恐结他生里”。一世相交，来生也许还有重逢的机会，所以今生的誓言可要记好了，来生也莫要忘记。芸芸众生，相遇相交，已是不易。相遇相惜，更是难得。不但相惜，还要一辈子，真是难上加难。不但要一辈子，还要来生，还要下辈子，真是一片至诚。这人世间的变幻与沧桑，今生也是难料，何谈来生？但至情的纳兰性德，偏偏还要约定来生。这几句话说得情真意切，堪比情人之间的海誓山盟。

人的相识相知有时真是一个谜，有的人只是一见，却如故人。有的人朝夕相处，却形同陌路。

也许正是这种一见如故，这种没有来由，这种没有世俗的考量与羁绊，才能让这段相知成为传奇，让这首《金缕曲》成为千古。

竹石

郑燮

咬定青山不放松，立根原在破岩中。
千磨万击还坚劲，任尔东西南北风。

【赏析】相比郑燮这个名字，我们更熟悉郑板桥。两个名字，其实是同一个人——号称“扬州八怪”之一的清代画家郑板桥。

《竹石》是郑板桥为自己的竹石画题写的诗句。这首入选中小学课本的《竹石》，朗朗上口，流传久远。这简单如同白话的诗句，其奥义却蕴藏在诗人悠长的人生阅历中，我们不一定懂得。

“千磨万击还坚劲，任尔东西南北风。”这两句诗让人想起高尔基的名言：“让暴风雨来得更猛烈些吧！”细读起来，真有睥睨一切的气概。若非狂傲至骨，怎能赋予竹子这样的气概？传统的咏竹诗或者画，表现的是文人趣味的“竹韵”，而郑板桥的《竹石》却让人感到顽强的“竹魂”。于是想起梵高，他以近乎狰狞的生命力造就了火热的向日葵。郑板桥，他以狂怪的气质造就了瘦硬顽强的竹石。

以前读徐渭，总是难以理解，这个怪人为何屡次自残呢？郑燮虽然不曾有徐渭的激烈怪诞，但经历坎坷，胸中自有常人难以理解的悲愤和凄凉，“难得糊涂”四个字就是他的自画像。家境清贫，幼年丧母，中年丧子、丧妻，四十岁仍然功名无望。后虽高中，但疏狂的个性让他在官场混得并不顺利。他的一生，似乎总有些悲凉的基调。大概是伤已则爱人，他体恤普通百姓，甚至不惜因此屡屡得罪上司。看他的《墨竹图题诗》：“衙斋卧听萧萧竹，疑是民间疾苦声。些小吾曹州县吏，一枝一叶总关情。”郑板桥当过县令，在老百姓面前，他一点也不狂怪。说到底，狂放的底色是悲悯、是仁爱。寓仁悲于奇妙，寓仁悲于怪诞，寓仁悲于狂放，真正的狂士其实过得并不潇洒，因为有仁悲，有挂累。郑板桥正是如此。(万彩玲)

论诗

赵翼

李杜诗篇万口传，至今已觉不新鲜。
江山代有才人出，各领风骚数百年。

【赏析】“若无新变，不能代雄。”这八个字是南朝梁萧子显的名言，实际上也是赵翼在此诗中所表述的文学主张。

一代有一代之文学。《诗经》《离骚》所开辟的中国诗歌的风骚传统，到了汉代，被汉乐府民歌和《古诗十九首》所取代，到了魏晋有建安风骨，及至唐代，唐诗上接风骚，登峰造极，其后，宋词和元曲均另辟蹊径，绵延着中国诗歌的美丽传统。从文学的内在规律看，文学既要表现时代的新鲜内容，给人以新鲜的激动，又要不断地创新形式，锤炼语言。从本质上说，文学并没有永恒不变的形式，也没有永垂不朽的诗人。

“江山代有才人出，各领风骚数百年。”这既是人民的要求，也是文学的规律，谁都逃不掉的。“李杜诗篇万口传，至今已觉不新鲜”，这是事实，谁也否定不了。但造成这事实的，却并不是李白、杜甫的诗不好，也不是我们喜新厌旧、抛弃传统，而是我们的时代发展了、变化了，而那“永恒”的不能够再变的诗篇却跟不上我们了，时代及人民都需要有新的诗人出来，说出一些新话，造成新的文学，文学的功用决定了它必然如此。

绮怀

黄景仁

几回花下坐吹箫，银汉红墙入望遥。
似此星辰非昨夜，为谁风露立中宵。

【赏析】黄景仁一生潦倒，落落寡合。却有一腔真情，灌注于诗词间，动人心魄。

这是一首充满深情回忆的情诗。乍一看去，与李义山的无题诗颇有几分神似。一样的深情绵邈，一样的痴绝之态，不一样在于：义山更为幽深，而景仁更为明白。

这是一个怎样的女子？让他领略了情的销魂，思恋的痛苦。一年又一年，把她久久藏在心间，难以释怀。一次又一次，在诗句中触摸她的指间。从《秋夜曲》到《秋夕》，再到《感旧》和这首《绮怀》，他精心陈述着感情的发展、生命的演变，推进着自己的人生剧情，当内心日渐清晰的时候，结局也日趋分明——相忘于江湖。

前两联写景。首联是对往昔的追忆。明月相伴，花下吹箫，相遇的美让人怦然心动。接下来一句“银汉红墙入望遥”，让人看清了现实的残酷。伊人的红墙近在咫尺，却如天上的银河一样遥不可及。这注定是一场无望的爱恋，红墙如侯门其深似海，自己如萧郎从此陌路。

但这又如何呢？红墙可以隔断空间，却无法阻挡他心里的思恋。这样一个美好的三五月圆之夜，他像着魔了一般，再次来到初见她的红墙之外。一个人，看月，看星，发呆，直到秋夜的寒露浸湿了他单薄的衣衫！

似此星辰非昨夜，为谁风露立中宵。是自问，也是问人。为谁，他心里明白，比谁都明白，更明白这种守望是无望的，但他就是这样固执地用“风露立中宵”的姿势昭示情的痴缠、爱的魅惑、思的坚贞！

情如丝到死方尽，心如蕉层层瑟缩。这样的心境，在这样一个月圆人不圆的美好夜晚，又有何生之意兴与情趣呢？把酒望月是不可能的了，那酒中洒满了月之清辉，倒映着伊人渐渐模糊的面影，他用手轻轻触摸了一下酒杯，月影碎了，乱了，一切都是虚空的幻影。而她，依然如天上之明月，可望而不可即。

我在清冷秋夜对月徘徊，你在冷暖人间渐行渐远。尽管事情早已过去多年，那创痛却像晨露一样新鲜。

癸巳除夕偶成

黄景仁

千家笑语漏迟迟[①]，忧患潜从物外知[②]。

悄立市桥人不识[③]，一星如月看多时。

【注释】①漏（lòu）：漏壶，古代计时仪器。②物外知：从时间流逝、外物变迁中感觉出来。③市桥：江南城镇多傍水为街，市中多桥。

【赏析】这首诗写于除夕——一个万家团聚充满欢喜的日子，但我们从诗中读到的却是深深的孤独与寂寥。

一边是千家笑语、守岁迎春贪恋人间情味的人迟迟不肯睡去，他们要把这生命中的狂欢好好消受一番。一边是满怀惆怅、惊叹年华逝水忧患丛生于心的诗人。这种反差耐人寻味，也让人心惊。

他一个人悄悄走出户外，立于市桥，没有人注意到他的落寞，他的眼中也没有红尘中的喧嚣。人与人接谈，能述说的仅是片刻辰光，一两桩人情世故而已。不能述说的，却是最深的孤独。

所以，他选择了独立市桥，以一副众人皆醉我独醒的遗世姿态，看着天上的星，直到把星看成了月，直到浓重的夜色泼墨般笼罩着这个渺小的个体。

“独立市桥人不识，一星如月看多时”，寂寥萧瑟的气息扑面而来。他独立苍茫，站在原地，就像一棵坚持不肯老去的树。这是等待的姿势，不是等待一个人，而是等待时间，等待时间之外的无限可能，等待命运之手会为他揭开一个预设的谜底。

想想自己，将近而立之年，功不成，名不就，穷困潦倒，贫病交加，愤激悲伤之情，一齐涌上心头。而这些他无法对人言说，说了别人也不能懂。他只能孤独地仰望星空，神秘莫测的命运有如高悬于他头顶上的苍穹。人啊，是何等的渺小。

不只是在这样的除夕夜，他的一生中，孤独犹如影子一样存在于他生命的一隅。

己亥杂诗

龚自珍

九州生气恃风雷①，万马齐喑究可哀②。
我劝天公重抖擞③，不拘一格降人才。

【注释】①九州：指中国。恃（shì）：依靠。②喑（yīn）：沉默，不说话。③天公：造物主。抖擞：振作，奋发。

【赏析】提到近代，心里便渐渐觉得离那个古雅的诗歌时代渐渐远了。历史发展到龚自珍的时代，确实不能算作古代了。他去世的前一年，震惊中外的鸦片战争爆发，震碎了无数士大夫天朝上国的美梦。他去世之后不到一年，《南京条约》签订。中国文人深深怀念的六朝古都，转瞬间成了耻辱的象征。历史注定他不会成为一个普通文人。

这种不普通，从他的诗中可以读出。抛却了种种思想意义之后，细读龚自珍的诗，觉得到他的诗中总带有一种风雷之气。别人描绘花鸟虫鱼，别人感叹春花秋月，而他的诗歌，似乎只有风雨雷电、日月星辰，似乎总能看到诗人躁动不安的灵魂。“九州生气恃风雷，万马齐喑究可哀”，这诗句自有一种伟丈夫的豪气。豪气之下，躁动不安的灵魂似乎在渴望一场风雷大变。

历代的文人，即便时运不济，也只是哀唱“不才明主弃”，狂妄如左思，面对社会不公，也只是说“世胄蹑高位，英俊沉下僚”，从未对社会产生怀疑、对时代感到悲哀。而龚自珍则不同，在时代风潮面前，他不再只是空谈“王者之道”的腐儒，他敏锐地预见到时代将有“风雷大变”，因此呼唤一场“风雷”式的大刀阔斧的改革，以此唤醒那些沉睡的英雄。

龚自珍最终没能盼到“风雷”，倒是听到了另一种“风雷”——那是鸦片战争的隆隆炮声。或许，在那个风雨飘摇的年代，龚自珍已经感觉到了此后数十年中华民族将要经历一个个“风雷”骤起的日子。（万彩玲）

村居

高鼎

草长莺飞二月天，拂堤杨柳醉春烟。
儿童散学归来早，忙趁东风放纸鸢。

【赏析】春天是美好的。随着春光萌动发芽的，不仅是自然界的花花草草，还有人的心情。

这首诗描述的就是一种在春光中发芽的心情。诗的作者高鼎，生于晚清黑云压城的年代，除了这首诗让他在历史上留名之外，没有多少关于他的痕迹。想必他是一个沉沦下僚、郁郁不得志的读书人。

据说此诗写于他归隐上饶农村时。诗前两联写景，后两联叙事。景写得姗然可喜，玲珑轻盈，能感受到诗人那颗在柔媚春光中轻舞飞扬的心。事写得充满童趣，有一种久在樊笼中复得返自然的天真欢欣。

诗人用了“草长莺飞”四个字来描画初春的景象，又用了一个近镜头，将视角聚焦于拂堤的杨柳上，杨柳随春风摇曳于春烟之中，像是醉了一样。铺设了这样一个春的图景之后，人物要出场了。

“儿童散学归来早，忙趁东风放纸鸢”，诗人选取了早早散学的儿童追逐东风放风筝这样一个特定的细节，传达春天的朝气和生机，也寄托着他深深浅浅的希望。使生活变得美好的，往往是我们的真诚和童心。默默看着奔跑于春风中的孩子，听着他们充满童真的欢声笑语，相信诗人此刻的心是安宁的、喜悦的，自己也仿佛回到了童年的时光。

岁月永远年轻，我们慢慢老去，你会发现，童心未泯，是一件值得庆幸的事情。它能让人捕捉到生活中的美好和诗意。